Joachim Westphal und Johannes Calvin

SALZWASSER
VERLAG

Carl Mönckeberg

Joachim Westphal und Johannes Calvin

Unveränderter Nachdruck der Originalausgabe von 1865.

1. Auflage 2022 | ISBN: 978-3-37501-052-2

Verlag: Salzwasser Verlag GmbH, Zeilweg 44, 60439 Frankfurt, Deutschland
Vertretungsberechtigt: E. Roepke, Zeilweg 44, 60439 Frankfurt, Deutschland
Druck: Books on Demand GmbH, In de Tarpen 42, 22848 Norderstedt, Deutschland

Gallerie hamburgischer Theologen.

Vierter Band.

Joachim Westphal

von

C. Mönckeberg,

Hamburg 1865.

Joachim Westphal

und

Johannes Calvin.

Von

C. Mönckeberg,
Prediger zu St. Nicolai in Hamburg.

Hamburg 1865.

Lange habe ich mich gefreuet, lieber Freund, Dir diese Schrift übersenden zu können zum Troste für die Unbill, die Dir für Deinen Goeze von solchen, die wohl Goeze's Schriften nicht kennen, widerfahren. Es ist schwer, von hergebrachten Meinungen zu lassen. Mir wird es mit meinem Westphal nicht besser gehen, als Dir. Unser Wendt war in dieser Hinsicht besser daran, da er Philipp Nicolai zum Gegenstand seiner Darstellung nahm. Daß ich gerade für einen dritten Pastor unserer Catharinen-Kirche eure Aufmerksamkeit in unserer theologischen Gesellschaft in Anspruch nahm, Du weißt es, es geschah nicht, weil wir es etwa verabredet. Nein, wenn unser theurer verewigter Freund durch die innige Liebe, mit der er an seiner Catharinen-Kirche hing, bewogen wurde, sich mit Nicolais Schriften zu beschäftigen, und wenn Dich Deine Streifzüge auf dem Felde der Literatur auf Goeze brachten, so wurde ich genöthigt, Westphals Streitigkeiten gründlicher zu erforschen, da ich bei der Entwerfung von Lebensbildern aus der hamburgischen Kirche bis auf seine Zeit gekommen war.

Ich kann nicht sagen, daß ich mit Vorliebe an Westphal herangetreten bin; aber ich habe es bei ihm wieder erfahren, daß man jeden Menschen zuletzt lieb gewinnt, dem man ins Herz sehen kann. Und das ist das Erste, was ich von dem verlange, der einen Andern darstellen will, daß er ihn wenigstens nicht mit Abscheu betrachtet.

Dir hat das Bild, das ich von dem Erz-Feinde unserer Kinderzeit, dem Marschall Davoust, in meiner Schrift: „Hamburg unter dem Drucke der Franzosen" entworfen, nicht gefallen können, mögest Du mehr Freude haben an diesem Buche.

Dein

C. Mönckeberg.

Joachim Westphal und Johannes Calvin.

„In Hamburg lebte ein entsetzlich roher Prediger, Joachim Westphal ist sein berüchtigter Name, der sich in den traurigen Streithändeln, welche die Trennung der evangelischen Kirchen herbeiführte, die Berühmtheit eines Erzzänkers erworben hat. Er war eine von jenen aufgeblasenen Naturen, Theologen ohne Christus, die in ihrer plumpen Bornirtheit Luthern gleich zu kommen meinten, wenn sie nur tobten und schmäheten, wie er. Solche Leute pflegte Calvin Luthers Affen zu nennen, die, ohne Ahnung seines großartigen, tiefen Wesens, seines lebendigen Christenthums, nur darauf bedacht waren, ihm in der äußeren Form, bei einem Kruge Bier gleich zu kommen." So schrieb Henry in seiner kurzen Darstellung Calvins; in seinem größeren Werke, „das Leben Calvins", stellt er ebenfalls Westphal „an die Spitze der geistesleeren Nachfolger Luthers (Th. II. S. 95.), der aus streitsüchtigem Unverstand aufgetreten sei (Th. III. S. 290.), dessen nichtswürdige Seele Calvin ans Licht gebracht habe (S. 320.)." Der neueste Bearbeiter des Lebens Calvins, Stähelin, meint auch, „Westphals Stärke bestand in seinem rücksichtslosen Aufrufen des Parteigeistes, in seiner Erregung der Leidenschaften durch die eigene Leidenschaftlichkeit des Beschimpfens und Auschwärzens, in dem Umstande, daß er etwas Handgreifliches und allgemein Faßliches vertrat, an das die Menge sich ohne Weiteres halten konnte (Th. II. S. 214.)." Er sei in einem Tone der Rohheit, Feindseligkeit und Aufreizung hervorgetreten, wie er selbst in jener Zeit der rücksichtslosen Bitterkeit und Derbheit nicht vorgekommen (S. 206.). Ja, als ein redendes Denkmal des unsäglichen Fluches, den Westphal und seine Gesinnungsgenossen über ihr Vaterland und ihre Kirche gebracht, stellt Stähelin das von seinem Stammlande abgerissene, für immer verlorene Elsaß, neben so manchen andern ausgerotteten Gemeinden, so mancher unter das päpstliche Joch zurückgezwungenen Landschaft, Oesterreich, Böhmen namentlich, dar (S. 231). Aehnliche Urtheile finden sich viele in dem „Leben der Väter der reformirten Kirche". Bartels, z. B., in dem Leben a Lascos, rechnet Westphal zu den Kindern des Hadergeistes (S. 56), nennt ihn einen Schreihals, dessen Ton über alle Maßen empörend sei (S. 58), und meint, daß es wenig traurigere Belege für die Bosheit der streitlustigen Zunge, Jacobi cap. 3, gebe, als man bei Westphal finde. Auch Heppe stellt ihn in seiner Geschichte des Protestantismus, als den „wildesten aller Calvinistenfeinde" dar, dessen rasende Wuth das Schwert gegen Calvin erhob, Th. I. S. 121," „als den lutherischen Zeloten, welcher durch frevelhafte Incriminationen die Gefahr gegen a Lasco heraufbeschwor."

Die Urtheile der älteren lutherischen Theologen über Westphal lauteten freilich ganz anders! Selbst noch, nachdem Gottfried Arnold, in seiner „Kirchen- und Ketzergeschichte", Westphal besonders hart mitgenommen hatte, traten einige Vertheidiger für ihn auf: David Scultetus in seiner Schrift: Innocentia theologorum Hamburgensium, Arnold Greve, in seiner Memoria J. Westphali (1748), Walch, Valentin Ernst Loescher. Doch seitdem Plancks „heiliger Eifer wider unsere Kirche" (nach Rudelbachs Ausdruck) darauf ausgegangen ist, zu zeigen, wie Westphal und seine Genossen aus polemischem Ingrimm ein haeretisches Element in Calvins Theorie erblickten und aus Streitsucht gegen ihn auftraten, haben auch die neuesten Vertheidiger der lutherischen Lehre Westphal nicht volle Gerechtigkeit widerfahren lassen. „Wer mag vertreten, schreibt Kahnis in der Lehre vom Abendmahl, S. 403, was er im Einzelnen gesagt hat? wer mag seinen Ton durchweg rechtfertigen wollen? In der Hauptsache aber war er im vollen Rechte." Aehnlich Thomasius (das Bekenntniß der evangelischen Kirche S. 181): „Mag immerhin Westphal, der den Kampf begann, in einer nicht zu rechtfertigenden Weise gestritten haben, doch hat er seiner Kirche einen wesentlichen Dienst gethan, daß er sie vor der drohenden Gefahr rechtfertigte". Selbst Dorner spricht (in der Lehre von der Person Christi, Bd. II. S. 664) von der „leidenschaftlichen Hast, mit der er den Ton anschlug."

Diese Uebereinstimmung der verschiedenartigsten Theologen in ihrem Urtheile über Westphals Verhalten gegen Calvin hat mich um so mehr getrieben, den zweiten Abendmahlsstreit gründlicher zu studiren, da dies Urtheil mit dem Bilde gar nicht übereinstimmte, das mir die Betrachtung des übrigen Lebens unsers hamburgischen Superintendenten gab. Es schien mir dabei die Gerechtigkeit zu fordern, zunächst von den Folgen abzusehen, die Westphals Auftreten gehabt hat, um das üble Vorurtheil gegen ihn zu verlieren; dann nach dem Grunde zu fragen, aus welchem Westphal den Streit angefacht hat. Der Ton in Westphals Schriften findet mehr als eine Rechtfertigung, in Calvins Gegenschriften.

Luther hatte sich bekanntlich mit Zwingli auch bei dem Marburger Gespräch, das der Landgraf von Hessen im October 1529 veranlaßt hatte, über das Abendmahl nicht vergleichen können. Luther hatte die Worte: „Das ist Mein Leib!" vor sich auf den Tisch geschrieben, um nicht von dem Worte des Herrn zu weichen. Zwingli blieb bei seinen früheren Behauptungen, daß das Essen im Sacrament, wie in Joh. 6., nur geistlich verstanden werden könne; daß das „ist" in diesem Worte nichts heißen könne, als „bedeutet", daß der Leib Christi, weil er ein wahrer Leib ist, und weil er im Himmel ist, nicht zugleich im Sacrament sein könne. Luther und Zwingli schieden als Freunde, und versprachen, nicht heftig wider einander zu schreiben; doch hatten Luther und seine Anhänger den Gegnern die

Bruderhand zu geben, sich geweigert. *) Die Süddeutschen, vor Allen Martin Bucer, waren unglücklich; sie suchten die Parteien einander näher zu bringen. **) Endlich, als Zwingli im Jahre 1531 gestorben war, gelang dies Bucer mit großer Mühe. Die „wittenberger Concordie" kam 1536 zu Stande. Man vereinigte sich, lehren zu wollen, daß mit dem Brote und Weine der Leib und das Blut Christi vere et substantialiter gegenwärtig sei, ausgetheilt und genommen werde, und obwohl eine Transsubstantiation zu leugnen sei, auch keine locale Einschließung ins Brod und in den Wein, und keine dauernde Verbindung außer dem Gebrauch des Sacramentes zuzulassen sei, daß dennoch durch eine sacramentale Vereinigung das Brod der Leib Christi sei, d. h., daß sie glaubten, daß im dargereichten Brote zugleich der Leib Christi gegenwärtig sei und wahrhaft dargereicht werde. Außer dem Gebrauch sei der Leib Christi nicht gegenwärtig. Doch, wie Paulus sagt, daß auch die Unwürdigen essen den Leib Christi, so wollten sie lehren, daß in Wahrheit der Leib auch den Unwürdigen dargereicht werde und daß die Unwürdigen ihn nehmen. — Die Oberdeutschen waren froh über diesen Vertrag; die Schweizer dagegen waren im Allgemeinen nur mit schwerem Herzen auf denselben eingegangen, — sie nannten Bucer den Cardinal a latere — aber dennoch gab es in der Schweiz auch eine starke lutherische Partei, die, besonders in Bern, nicht ohne Bedeutung war. ***) Bucer wußte Luther zu bewegen, an die Schweizer freundlich zu schreiben; die Oberdeutschen antworteten ihm auf dieselbe Weise; aber die Schweizer schwiegen. Der offene Ausbruch des Widerstreites der Meinungen wurde durch die wittenberger Concordie verhindert; aber freilich dauerte in der Stille die Verschiedenheit der Auffassung fort. †)

*) Es wird gewöhnlich nicht beachtet, daß auch Melanchthon dies that; ja, noch am 12. October an Agricola schreibt: Vide eorum stultitiam! Quum damnent nos, cupiunt tamen a nobis fratres haberi. Nos noluimus eis hac in re assentiri (Corpus Reform. I. p. 1108.)

**) Keim, Schwäbische Reformationsgeschichte S. 125 ff.

***) S. Hundeshagen: Die Conflicte in der Bernischen Landeskirche. S. 71. 93. 104. u. a.

†) S. J. Köstlin: Luthers Theologie, Bd. II. S. 208 ff.

Unter denen, die sich nicht mit der aufgestellten Formel einverstanden erklären konnten, war der bedeutendste Johannes Calvin. Er war nie mit Zwinglis Auffassung des Abendmahls zufrieden gewesen; nein, in Frankreich schon hatte er gegen dieselbe geschrieben. Aber er hatte sich eine eigenthümliche Ansicht gebildet, die schon damals eine so feste Gestalt angenommen hatte, daß sie sich in der ersten Ausgabe seiner Institutio christiana, die in demselben Jahre mit der wittenberger Concordie, 1536, erschien, uns klar darstellt. *) „Vorwitzige Leute, heißt es da, wollen durchaus bestimmen, in welcher Weise der Leib Christi in dem Brote zugegen ist. Die Einen haben eine wunderliche Verwandlung ausgedacht; die Andern sagen, das Brod selbst sei der Leib; die Dritten, der Leib sei unter dem Brote verborgen; wieder Andere, das Brod sei nur ein Zeichen und Abbild des Leibes. Aber vor Allem ist zu fragen, wie der Leib Christi, der für uns gegeben ist, wie Sein Blut, das für uns vergossen ist, wirklich seinen Zweck an uns erfülle und unser werde. Das Sacrament ist eine Speise für unsern Geist, nicht für unsern Leib. Sein Leib ist durch Seine Auffahrt in den Himmel eingegangen; zur Wirklichkeit eines Leibes gehört räumliche Beschränktheit; dies gilt also auch von Christi verklärtem Leibe. Soll er nicht nur ein Scheinleib werden, so kann er nicht an allen Orten zugleich erscheinen. — Dagegen übt der Herr, der zur Rechten des Vaters sitzt, überall und unbeschränkt Seine Kraft aus, durch die Er jeder Zeit den Seinen nahe ist. So, und nicht auf eine andere Weise bietet Er uns auch Seinen Leib und Sein Blut im Abendmahl dar. Wir sagen, um uns recht klar auszudrücken, wirklich und wirksam (vere et efficaciter) wird uns Sein Leib und Sein Blut dargereicht, nicht natürlich (naturaliter); nicht der Stoff des Körpers, sondern was Christus in Seinem Leibe für uns erworben hat, das ist die Gegenwart des Leibes Christi, welche das Sacrament fordert." — Dies war die Grundanschauung Calvins, die er von Anfang an

*) Stähelins Calvin, Th. I. S. 70.

gehabt hatte, und von der er sich durch keine menschliche Autorität abbringen ließ. Er ehrte Zwingli, er achtete Luther hoch; „wenn man beide zusammenstellt, schreibt Calvin 1539 an Farel, so ist doch offenbar Luther der bei weitem Größere!" *) Aber wie er schon früher gegen Zwinglis Lehre sich ausgesprochen hatte, so konnte er auch Luthers Ausdrucksweise nicht billigen. Luther hätte von Anfang an erklären sollen, schrieb Calvin 1540, in seiner Schrift de coena Domini, daß es nicht seine Absicht sei, die räumliche Gegenwart in der Weise zu lehren, wie sie die Papisten träumen, geschweige denn zu verlangen, daß das Sacrament an Gottes Statt angebetet werde. Ferner hätte er sich der harten Vergleiche enthalten, oder sie doch wenigstens mit Mäßigung gebrauchen oder so deuten sollen, daß das Aergernis vermieden werde. Zuletzt, als es zum Streite gekommen war, hat Luther alles Maß überschritten, sowol in der Art und Weise, wie er seine Ansicht vertheidigt, wie in der Bitterkeit, mit der er Andere getadelt hat." Privatim, in einem Briefe an Bucer, hatte Calvin schon im Januar 1538 viel stärker gegen Luther sich ausgedrückt: „Was ich von Luther denken soll, heißt es da, **) weiß ich nicht. Nicht nur sündigt er durch Großsprechereien und Schimpfreden, sondern auch durch Unwissenheit und die gröbsten Faseleien (crassissima hallucinatione). Welche Absurditäten hat er uns von Anfang an an den Hals geworfen, da er sagt, das Brod sei der Leib Christi selbst! Und was sagen gar die andern Anhänger dieser Sache! Sprechen sie nicht ärger, als Marcion von dem Leibe Christi? Wenn du deshalb etwas, sei es durch Freundlichkeit oder durch deine Autorität, über Martinus vermachst, so mach', daß er lieber sich selbst Christo, als diejenigen, die er jetzt mit dem unglückseligsten Streite verfolgt, sich unterwerfe, daß er der Wahrheit die Hand biete, die er jetzt offenbar von sich stößt." — Aber als Calvin sich gedrungen fühlte, über den Unterschied seiner Auffassung von der Luthers und Zwinglis sich aus-

*) Stähelin a. a. O. S. 201.

**) Henry's Calvin I. Beil. S. 36.

zusprechen, um den unseligen, vom Teufel angezettelten Streit zu schlichten, da schrieb er auch, in der Schrift de coena Domini, von Zwingli und Oecolampad, sie fehlten darin, daß sie bei der Bekämpfung der abergläubischen Lehre der Papisten von der räumlichen Gegenwart und der daraus folgenden Anbetung des Leibes Christi so beharrlich stehen blieben, daß sie nur auf die Zerstörung des Irrthums, nicht auf die Erkenntniß dessen, was doch zu erkennen zum Heile führt, ihre Kräfte verwandten. Während sie der Behauptung Eingang zu verschaffen suchten, daß Brod und Wein nur deshalb Christi Leib und Blut genannt werden, weil sie deren Zeichen seien, bedachten sie nicht, daß hinzugesetzt werden müsse, und weil mit diesen Zeichen doch eine wesenhafte Sache verbunden sei. Auch haben sie es nicht deutlich genug ausgesprochen, daß sie keineswegs beabsichtigten, die wahrhafte Gemeinschaft mit dem Leibe und Blute Christi zu leugnen, zu der uns der Herr im Sacrament führt." — „Bisher, schließt Calvin diese Auseinandersetzung, ist noch keine Formel bekannt geworden, die die nothwendige Verständigung herbeigeführt hätte. Bis Gott diese uns schenkt, muß uns eine brüderliche Freundschaft und Verbindung unter den Kirchen genügen, die auf dem Bekenntnisse Aller, daß wir bei gläubigem Empfange des Sacramentes der Substanz des Leibes und Blutes Jesu Christi theilhaftig werden, beruht. Wie dies geschieht, mögen Andere deutlicher auseinandersetzen. Im Uebrigen gilt es einfach festzuhalten, daß jede fleischliche Vorstellung ausgeschlossen werde, und daß anzunehmen sei, daß unser Geist in den Himmel erhoben werde, damit wir nicht der Meinung uns hingeben, als ob unser Herr Christus aus dem Himmel verstoßen und in verwesliche Elemente eingeschlossen werde. Und ferner müssen wir glauben — damit die Wirkung jenes herrlichen Geheimnisses nicht vermindert werde — daß dies alles geschehe durch die geheime und wunderbare Kraft Gottes, und Sein Geist das Band dieser Gemeinschaft sei, welche auch deshalb eine geistige genannt wird." *)

---

*) Stähelin a. a. O. S. 216 ff.

Luther, der nach der wittenberger Concordie gerne immer mit den Schweizern offen und freundlich handeln und sich immer das Beste zu ihnen versehen wollte, bis das trübe Wasser, das Mißverständnisse erregte, sich setze, freuete sich, wo er ein kräftiges Zeugnis für das Wesen des Abendmahls als wahren Genusses Christi, auch ohne die strengen Erklärungen über die leibliche Gegenwart, die er selbst für recht hielt, fand. Er ließ deshalb dem Calvin durch Bucer, der mit ihm in Straßburg war, bezeugen, daß er seine Bücher mit besonderer Freude gelesen habe. *) Allein das Vertrauen, das Luther den Schweizern bewies, ward auf eine harte Probe gestellt, und der alte Argwohn bei ihm wieder erregt. Die Schweizer waren bei dem Eingehen in die wittenberger Concordie so wenig von ihrer früheren Ansicht abgewichen, wie Luther seine eigene verändert hatte. Deshalb kamen in der Schweiz immer wieder Schriften von Zwingli heraus, und Bullinger, der Zwinglis Nachfolger im Amte geworden war, vertrat auch offen seine Lehre. Ja, noch mehr! Es entstand in der Schweiz das Gerede, als ob Luther seine Lehre vom Abendmahl aufgegeben habe, ja, mit den Schwärmern eins geworden sei. Vieles gab solchem Gerüchte Nahrung. Man erzählte sich, daß jetzt auch in Wittenberg die Elevation des Brotes nach der Consecration beim Abendmahl aufgegeben sei; daß Melanchthon auch viel milder auftrete; hatte er doch selbst, ohne daß Luther irgend ein Zeichen der Mißbilligung gegeben, im Jahre 1540 den zehnten Artikel der augsburgischen Confession geändert; daß er bei der Reformation der Cölner Kirche im Jahre 1543 dem Bucer überlassen habe, den Artikel vom Abendmahl zu stellen. Und an solchen Erzählungen war ja viel Wahres. In der wittenberger Stadtkirche hatte Bugenhagen die Elevation der Hostie jetzt auch aufgehoben, aber in den andern Kirchen Sachsens war dies schon früher geschehen; Melanchthon war allerdings durch die Verhandlungen mit den Schweizern nachgiebiger geworden und hatte an manchen von seinen

*) S. Köstlin: Luthers Theologie II. S. 211—214.

eigenen, wie von Luthers, früheren Aussprüchen, die eine räumliche Einschließung oder eine Allgegenwart des Leibes Christi zu kraß auszudrücken schienen, Anstoß genommen. Ja, Melanchthon hatte nicht nur dem Bucer in Cöln im Jahre 1543 überlassen, das Glaubensbekenntnis zu entwerfen, Luther selbst hatte sich auch mit dem ersten Entwurfe desselben zufrieden erklärt. Aber als nun die Schweizer zu triumphiren anfingen; als Melanchthon selbst Reden führte, die Luther gefährlich vorkamen; als Amsdorf sich im Jahre 1544 scharf über die Cölner Reformation ausließ, und Luther nun wahrnahm, daß Bucer im Artikel vom Abendmahl wirklich nichts anders, „als ein Gemummel über die Substanz im Abendmahl" gemacht habe: da brauste Luther auf; hatte er schon in Briefen sich fest und bestimmt ausgesprochen, daß er, was man auch von ihm aussprengen möge, niemals den Greuel der Sacramentsfeinde in der ihm anvertrauten Kirche dulden werde; jetzt, im September 1544, gab er sein mächtiges „Kurzes Bekenntnis vom heiligen Abendmahl" *) heraus. Er erklärte in demselben, er wolle, ehe er zu Grabe gehe, dies Zeugnis und diesen Ruhm mit vor seines Heilandes Richterstuhl nehmen, daß er die Schwärmer und Sacramentsfeinde Carlstadt, Zwingli, Oecolampad, Stenkefeld, (Schwenckfeld, der sich kurz zuvor gerühmt hatte, von Melanchthon einen eigenhändigen Brief empfangen zu haben) und ihre Jünger in Zürich und wo sie sind, in ganzem Ernst verdammt und vermieden habe. Er selbst wolle einfach, ohne die Vernunft zu fragen, stehen bleiben bei den Worten Röm. 4, 21: Was Gott redet, kann Er auch thun. Rund und rein, ganz und Alles geglaubt oder Nichts! Das sei die Forderung. Wer das ganze Gesetz hält und sündiget an Einem Stücke, sei, nach Jac. 2, 10, des ganzen Gesetzes schuldig. Mit den Schwachen, die bereit seien, sich unterrichten zu lassen, möge man eine Ausnahme machen, über die Schwärmer aber, namentlich die Meister gelte das Urtheil: „Es kann und soll Niemand von den Christen für sie beten, noch sich ihrer annehmen; sie sind dahingegeben und sündigen zum Tode!"

*) Erlanger Ausg. Bd. 32, S. 397.

Melanchthon und Calvin erschraken. Schon sahen sie, wie Andere, den alten Streit wieder ausbrechen; sie thaten Alles, was in ihrer Macht stand, die zur Ruhe zu sprechen, welche gegen Luther auftreten wollten, indem sie auf seine Kränklichkeit und Gereiztheit hinwiesen. Allein Bullinger ließ sich nicht beschwichtigen. Er hatte im Jahre 1534 noch einmal Luther die Bruderhand geboten; er hatte so weit nachgegeben, daß er in seiner „Confessio super Eucharistia ad Bucerum," wie in der zweiten baseler Confession bekannt, daß im Abendmahl der Leib Christi wahrhaftig, vermittelst des Glaubens, genossen werde, und sacramentlicher Weise wahrhaftig gegenwärtig sei. Jetzt fühlte er sich in seinem Gewissen gedrungen, im Namen der zürcher Kirche, ein: „Wahrhaftiges Bekenntnis auf das unbegründete und ärgerliche Schmähen Dr. M. Lutheri" ausgehen zu lassen, und in diesem zu erklären, daß er bei dem einfachen Sinn der Einsetzungsworte bliebe, während Luther mit seiner scholastischen Lehre von der unräumlichen, aber doch körperlichen Gegenwart des Leibes Christi wohl zusehen möge, ob er nicht in die verworrene Lehre des Eutyches falle." — Bullinger schrieb auf eine Weise, daß Calvin so gut, wie Melanchthon und Bucer bedauerten, daß er sich nicht gemäßigter gezeigt habe. *) Aber selbst Calvin scheute sich, wiewol Farel ihn dringend dazu aufforderte, nach Zürich zu gehen, die Gemüther zu beruhigen; er hatte schon damals mehr erfahren, was er im Januar 1548 ausdrückte, „daß die Züricher immer das alte Lied singen." Die Berner fühlten sich in dem Gegensatz gegen die zwinglische Doctrin, die Calvin gegen sie eine profane genannt hatte, mit ihm eins; sie hatten schon, auf seine Aufforderung im Jahre 1542 die Erklärung abgegeben, daß Niemand einen Zweifel haben könne, daß die Gemeinschaft, die wir mit Christo haben, im Abendmahl nicht nur abgebildet, sondern bewirkt werde (non modo figurari, sed etiam exhiberi), und daß uns im Abendmahl nicht nur das Wort des

---

*) Pestalozzi: Bullinger S. 238.

Herrn, sondern mit dem Worte zugleich die Wahrheit, die Sache selbst, gegeben werde; daß diese Gemeinschaft nicht nur eine gedachte (imaginaria), sondern eine wirkliche, durch die wir in Einen Leib und Eine Substanz zusammenwachsen, sei. Ja, unter den Bernern waren Viele, die sich der lutherischen Auffassung zuneigten. Luther selbst erklärte öffentlich, alles Reden gegen die Züricher für vergeblich, und schrieb in einem Briefe an den alten Jacob Propst (Prawest *)), der in Bremen zuerst die reine Lehre gepredigt hatte, am 17. Januar 1546: „Was Du mir schreibst, daß die Schweizer so wild wider mich schreiben, daß sie mich verdammen, als einen unglückseligen Menschen mit unglückseligem Geiste, freut mich sehr, denn das habe ich durch jene Schrift, an der sie solchen Anstoß genommen, gewollt, damit sie ein öffentliches Zeugnis hätten, daß sie meine Gegner sind. Das habe ich also erlangt, und, wie gesagt, ich freue mich!

Wohl dem, der nicht wandelt im Rathe der Sacramentirer,
Noch tritt auf den Weg der Zwinglianer,
Noch sitzet, da die Zürcher sitzen!
Da hast Du, was ich meine!"

Einen Monat später, am 18. März 1546, starb Luther. —

Calvin hatte schon früher einmal, in einem Briefe an Ochino, die Hoffnung ausgesprochen, daß, wenn Luther selbst todt wäre, seine Anhänger mit ihm (Calvin) übereinstimmen würden. Jetzt schien diese Hoffnung in Erfüllung gehen zu sollen. Gerade seine den Zürchern entgegengesetzte Richtung führte ihn nach Zürich. — Die Regierung in Bern suchte damals aus politischen Gründen eine Annäherung an Zürich. Sie wollte deshalb die lutherische Richtung in der Kirche unterdrücken; berief einen eifrigen Zwinglianer, Jodocus Kilchmeier, zum ersten Geistlichen in der Stadt; und gab den Befehl, daß alle Prediger sich zu der Lehre der berner Disputation und des Synodus von 1532 bekennen sollten. Die Hauptgeistlichen

*) Er hieß eigentlich Spreng, unter diesem Namen hat Klose sein Leben erzählt im Reallexicon Th. XIV, S. 689.

in Bern, Sulzer und Gering, die eine lutherische Richtung hatten, wurden abgesetzt; aber ein gleiches Schicksal drohte auch Viret und Valier, die Calvins Freunde waren. Da eilte Calvin von Genf den Freunden zu Hülfe; er kam nach Bern; er ging nach Zürich. Er gewann schon bei seinem ersten Besuch in Zürich, im Jahre 1547, Bullingers Vertrauen. Bullinger gab ihm ein neues Buch, das er über die Sacramente geschrieben hatte, beim Abschiede mit. *) Ein längerer Briefwechsel zwischen Calvin und Bullinger war die Folge; die Briefe waren zwar nicht immer gerade freundlich, **) allein sie brachten beide in ihrer Ausdrucksweise doch näher. Und als nun im Jahre 1549 Calvin wieder nach Zürich geführt wurde, um das politische Bündnis zwischen Genf und den Cantonen der Schweiz zu erneuern, da kam er mit Bullinger über 26 Artikel überein, durch welche, wie sie hofften, alle Kirchen in der Lehre vom Abendmahl vereinigt werden könnten. Im August desselben Jahres (1549) hatten sie sich auch über die Vorrede verständigt. Die Zürcher übernahmen es, die schweizer Kirchen zur Unterschrift dieses Bekenntnisses, des Consensus Tigurinus, zu bewegen. Schaffhausen und St. Gallen entschlossen sich bald. In Neuenburg fanden sie schon Widerstand. Bern verhielt sich auffallend kalt. Calvin hatte sich nicht ohne Grund über die unbiegsamen Köpfe der Berner beklagt. Doch Bullinger setzte alle seine Kraft daran, den Consensus zu Stande zu bringen. Er gab 9 Predigten über die christliche Lehre heraus und sprach sich in denselben beim Sacrament ganz in Uebereinstimmung mit den Artikeln aus. Er benutzte den Einfluß, den er in Bern hatte; im Jahre vorher war durch seine Vermittelung der junge Johann Haller von Zürich nach Bern gekommen und hatte dort großen Anklang gefunden; durch ihn besonders gelang es endlich wenigstens die einzelnen Kirchdiener zu bewegen, privatim ihre Zustimmung zu geben. Die Annahme geschah aber so langsam, daß man es erst im Jahre 1551

*) Pestalozzi S. 375.

**) Hundeshagen S. 206, 243, 246.

gerathen fand, den Consensus Tigurinus gedruckt erscheinen zu lassen. *) In Basel konnte man sich niemals entschieden für denselben erklären; nicht nur, weil man es übel genommen hatte, bei der Berathung gar nicht gefragt zu sein; sondern auch weil durch Sulzers immer wachsenden Einfluß eine Neigung zum Lutherthum immer mehr Raum gewann. **)

Calvin freuete sich, Bullinger gewonnen zu haben; er hatte dem Unterschied in der Lehre vom Abendmahl nie ein solches Gewicht beigelegt, daß er um seinetwillen eine Trennung der Kirche für nothwendig hielt; ***) er dachte, daß wenn Alle nur seine Darstellung annähmen, die Einigkeit von selbst kommen würde. Darum hielt er diesen Streitpunkt für beseitigt, als er nun aus Frankreich die Zustimmung zu dem züricher Consens von allen evangelischen Gemeinden, an die er sich gewandt, erhalten, aus England gehört hatte, wie über denselben sich nicht nur seine Freunde Peter Martyr und Johannes a Lasco, sondern selbst der englische Bischof Hooper ihre Freude kund thaten, und er sah Luthers Standpunkt für einen überwundenen an, den höchstens nur einige schwache Leute, die nicht mit der Zeit fortgeschritten waren, inne halten könnten.

Dies mußten wir vorausschicken, um Westphals Auftreten, so wie Calvins Benehmen gegen Westphal zu erklären. Denn freilich können wir die erste Schrift, durch die Westphal den Streit über das Abendmahl wieder anfachte, nicht verstehen, wenn wir nicht die Kämpfe, die das heilige Sacrament in der Schweiz hervorgerufen hatte, im Gedächtniß haben; aber dennoch würden wir in den gewöhnlichen Irrthum fallen, wenn wir nur allein aus diesen Kämpfen, aus den Streitschriften und Verträgen der Schweizer, Westphalens Auftreten erklären wollten. Westphal hat nicht mit einer Streitschrift gegen Calvin den zweiten Abendmahlsstreit begonnen; er ist auch nicht, wie Andere sagen, durch Peter Martyr zu seiner

*) Hundeshagen S. 253.
**) Hundeshagen S. 309.
***) Hundeshagen S. 143.

Schrift getrieben; sondern er ist veranlaßt worden, gegen alle Sacramentirer zum Kampfe aufzufordern durch a Lasco. Das müssen wir vor Allem im Auge behalten, wenn wir Westphals Verhalten richtig beurtheilen wollen. Ist es wahr, daß Westphal zunächst nicht gegen Calvin geschrieben hat, daß er in seinem Amte durch a Lascos Treiben sich genöthigt sah, sich zu vertheidigen, so fällt von vorne herein der Vorwurf gegen ihn weg, daß er es aus Streitsucht gethan; wir können nicht mehr fragen, wie Pezel es schon im Jahre 1597 that: „Was ging es den Westphal an, den Sacrament-Streit in Deutschland wieder zu erneuern? Calvin war in Savoyen, Westphal in Niedersachsen."

Der polnische Edelmann Johannes Laski, a Lasco gewöhnlich genannt, erhielt bekanntlich in der Schweiz, auf einer Reise, die er zu seiner wissenschaftlichen Ausbildung machte, den Anstoß, die römische Kirche, in der ihm die höchsten Würden sich öffneten, zu verlassen. Erasmus war sein Lehrer geworden; Zwingli trieb ihn, die heilige Schrift zu erforschen; Oecolampad, Pellicanus, Camerarius wurden seine Freunde, besonders den ersten von diesen dreien achtete er hoch. *) Von der Schweiz ging a Lasco wohl, weil Erasmus 1536 gestorben war, nach Ostfriesland; auf der Reise lernte er Albert von Hardenberg kennen, der in Mainz gerade im Jahre 1537, **) sich um das theologische Doctorat bewarb, und gewann ihn bald so lieb, daß er ihm Joh. Reuchlins Buch de rudimentis Hebraicis schenkte, das er selbst mit Erasmus Bibliothek, die er ganz sich erworben hatte, bekommen. Hardenberg, der aus einem vornehmen Geschlechte in Geldern stammte, und, gerade wie a Lasco früher, die Aussicht hatte, zu den höchsten Stellen in der Kirche zu gelangen, ging nach Löwen, mußte aber bald, wegen seines freimüthigen Bekenntnisses verfolgt, Zuflucht suchen in dem Bernhardiner-Kloster Aduwert in Gröningen. Er blieb

---

*) S. die Bibliotheca Hist.-Philol.-Theologica. Bremen 1722. Cl. VI. S. 110 ff.

**) S. die Bibliotheca Hist.-Philol. Theologica Cl VII. S. 314.

indeß mit a Lasco im vertrauten Briefwechsel. Nicht lange konnte er der Wahrheit widerstehen; schon 1542 verließ er das Kloster, ging nach Wittenberg, erwarb sich die Liebe von Luther und Melanchthon so, daß er von letzterem dem Erzbischof Hermann von Cöln zum Hofprediger empfohlen wurde, und mit an der Reformation dieses geistlichen Churfürstenthums theilnahm. Doch ehe die Reformation in Cöln mit Gewalt unterdrückt war, wurde Hardenberg schon aus dem Dienste des Churfürsten entlassen; er ging zu Melanchthon nach Braunschweig, wurde durch diesen mit dem Grafen Christoph von Oldenburg bekannt, und erhielt so 1547 das Pastorat am Dom in Bremen. A Lasco war indessen in Emden geblieben, war zwar, auf Bucers Bitten, zwischendurch auch nach Cöln gewesen und hatte an der Reformation der Kirche mitgearbeitet, fand aber erst einen größeren Wirkungskreis durch die Gräfin Anna in Ostfriesland, da ihm die Superintendentur über die Kirchen dieses Landes übergeben wurde. Hier gab es viel zu thun. Es fehlte in der Kirche die Einheit; Wiedertäufer, Mennoniten traten in allen Orten auf; a Lasco suchte vor Allem Einheit in der Lehre zur Geltung zu bringen und drang auf die Absetzung aller Prediger, die nicht den bestimmten Consensus Doctrinae beobachten wollten. Da traten ihm freilich bedeutende Schwierigkeiten entgegen; von der einen Seite sah er sich durch den Einfluß, den der Hof des Kaisers Carl V. im benachbarten Brüssel ausübte, gehindert, von der andern Seite durch die vielen Geistlichen, die in Sachsen ihre Bildung empfangen hatten und Luthers Ansichten vom Abendmahl theilten. Seine Briefe an Hardenberg sind voll von Klagen über den „Lutheropapismus"*), und er sah sich schon damals im Kampf mit den „Carpanaiten", und sagte schon auch 1547 dem Hardenberg vorher, daß seiner von diesen in Bremen viel Leiden warte. Doch sein organisirendes Talent bewies sich in Emden auf eine glänzende Weise, und es ist nicht zu verwundern, daß der Erzbischof Cranmer auch seine Gegenwart in

---

*) Bibl. Theol. Bremen. Cl. VI. p. 135, 143, 147 ff.

London wünschte, als er nach Heinrich VIII. Tode, unter dem jungen König Eduard VI. die Reformation in England durchführen sollte. A Lasko bekam Urlaub, auf ein halbes Jahr nach London zu gehen. Im März 1549 kehrte er zurück; doch schon fand er die Kirche in Ostfriesland in der größten Verwirrung. Die lutherische Partei, die sich in seiner Abwesenheit wieder erhoben hatte, hatte, als nun das Interim erschien, durch Nachgeben den Zorn des Kaisers zu beschwichtigen gesucht. Das war seiner Denk- und Sinnesweise schnurstracks zuwider. Er weist mit Entrüstung das Interim zurück und erklärte sich kräftig gegen die Schwäche der Pastoren. Natürlich erregte er dadurch den Haß des brüsseler Hofes noch mehr gegen sich. An Uebertreibungen, Verleumdungen von Seiten seiner Gegner fehlte es auch nicht; bald ward er beschuldigt, in England an einem Bündnisse gegen den Kaiser gearbeitet zu haben. Da vermochte seine hohe Gönnerin selbst, die Gräfin Anna, nicht mehr, ihn zu halten. Er mußte fort. Aber a Lasco war nicht schwankend, wohin er gehen sollte; er wußte, daß er in England gerne gesehen wurde. Nun ging er zuvor nach Bremen und nach Hamburg; nach Bremen, sich mit Hardenberg zu besprechen; nach Hamburg, nicht nur, um sich, wie das erste Mal, von dort einzuschiffen, sondern auch um den Superintendenten Aepinus zu Rathe zu ziehen. Aepin war der erste evangelische Theologe gewesen, der von Deutschland nach England gegangen war; schon 1534 hatte er unter Heinrich VIII. dort an der Reformation der Kirche gearbeitet und war seitdem mit dem Erzbischof Cranmer in steter Verbindung geblieben und hatte den Briefwechsel des Erzbischofs mit Melanchthon vermittelt. A Lasco war früher freilich auf die Hamburger schlecht zu sprechen gewesen, als sie den Capernaiten in Emden Beistand geleistet; *) allein durch einen Brief, in welchem Aepin die Emdener zum energischen Widerstand gegen das Interim ermahnt hatte, war er doch mehr versöhnt. **)

*) Bibliotheca. Bremen. Cl. VI. p. 143.

**) Greves Aepinus p. 176.

Er fand in Hamburg bei Aepin die freundlichste Aufnahme, lernte durch ihn Westphal kennen und, war er auch mit diesem im Gespräch über einen streitigen Punkt aneinander gekommen, so hatte er doch beim Abschied auch von ihm seinen Segen zum neuen Berufe mitbekommen. Zu einem eigentlichen Streit über die Abendmahlslehre war es nicht gekommen. *) Es war a Lascos Vorsatz, die Gemeinschaft mit den christlichen Brüdern wegen der Elemente im Abendmahl nicht zu zerreißen, da, wie er meinte, Alle darin übereinstimmten, daß ein hohes Geheimniß im Abendmahl sei (Mysterium omnium summum in coena esse puto, communionem corporis et sanguinis Christi. **) „Wir nehmen mit dem leiblichen Mund, schreibt er 1548 an Hardenberg, ***) Brod, aber das mystische (idque mysticum), d. i. das, welches mit sich verbunden hat das himmlische Geheimnis, das durch den Glauben empfangen wird, nämlich die Gemeinschaft des wahren Leibes und Blutes Christi." Aus diesem Grunde konnte a Lasco auch in Bremen bei dem alten strenglutherischen Superintendenten Jacob Probst das Abendmahl genießen, und dadurch um so weniger Verdacht bei den Hamburgern erwecken. Als a Lasco nach England kam, eröffnete sich ihm bald ein großer Wirkungskreis. In Folge des kaiserlichen Interim waren eine Menge Protestanten aus den verschiedenen Theilen von Deutschland dorthin geflohen; auch Belgier, Niederländer, Franzosen, Italiener, und Schweizer waren schon gar viele dahin gekommen; der König räumte den Fremden in London deshalb für ihre kirchlichen Bedürfnisse die Gebäude des Augustiner-Klosters ein, und stellte im December 1550 a Lasco an ihre Spitze, um eine gewisse Ordnung in den Gemeinden zu Stande zu bringen. A Lasco blieb bei seinem Grundsatz, daß

*) A Lasco spricht über diesen Aufenthalt in Hamburg in seiner „Epistola nuncupatoria" an den König von Polen; Westphal in der „Altera defensio adversus mendacia signiferi Sacramentariae factionis."

**) Biblioth. Brem. Cl. IV. p. 144.

***) Biblioth. Brem. p. 150.

er bei der Leitung der Kirche ohne Ausnahme und ohne Rücksicht Alles nach dem Worte Gottes einrichtete.*)

Eine strenge Kirchenzucht schien ihm vor Allem nothwendig, damit nicht unter dem Scheine der christlichen Freiheit das Christenthum selbst verloren gehe. Nur die, welche in die Gemeinde aufgenommen waren, sollten das Recht haben, selbst Alles zu ordnen und zu bestimmen. Sein Wahlspruch war: Wir dürfen Nichts thun, ohne daß wir gewiß sind, daß es im Worte Gottes begründet ist. Die Gotteshäuser wurden deshalb so einfach wie möglich, ohne Bilder und Abzeichen eingerichtet; die Feiertage, außer den Sonntagen, abgeschafft; die Prediger durften keinen Ornat tragen. Aelteste und Diakonen wurden für jede einzelne Gemeinde gewählt.

Seine Kirchenordnung hatte viele Aehnlichkeit mit derjenigen, die Calvin in Genf einführte, da er schon lange Calvins Schriften eifrig studirt hatte; aber freilich dem Erzbischof Cranmer gab sie vielen Anstoß; denn dieser neigte sich gar sehr zu der lutherischen Ansicht, daß man an der hergebrachten Ordnung nur das ändern müsse, was gegen Gottes Wort sei. Doch a Lasco, offen und entschieden, wie er war, ließ sich durch Cranmers Bedenken nicht zurückhalten,**) seinen Ansichten in den Lehrbüchern und in der Liturgie der Gemeinden einen Ausdruck zu geben, ja er ließ die Schrift, in der Bullinger Zwinglis Lehre vom Abendmahl vertheidigt hatte, mit einer Vorrede, in der er sich völlig mit derselben einverstanden erklärte, in Druck ausgehen. — Ebenso offen, wie a Lasco, sprachen sich andere Theologen, die aus dem südlichen Deutschland und aus der Schweiz gekommen waren, aus. Peter Martyr Vermigli hatte, als Professor in Oxford, schon im Mai 1549 für eine Disputation den

*) Bibl. Brem. Cl. VI. p. 13 ff. Er wollte: „Non habita hominum ullorum ratione verbi se Divini obedientiae in gubernanda Ecclesia subjicere sine exceptione."

**) Si utraque pede sequi Dominum volunt, libenter illis serviam pro virili mea. Sin minus? alium sibi ministrum quaerant; hatte er früher in Emden gesagt (Bibl. Brem. VI. p. 137).

Satz aufgestellt, daß Christi Leib und Blut nicht fleischlich oder körperlich im Brote und Weine sei, auch nicht, wie Andere behaupten, unter der Gestalt von Brod und Wein. Bucer selbst, der auch damals in England sich aufhielt, war erschrocken gewesen, und hatte gefürchtet, daß die lutherischen Theologen argen Anstoß nehmen möchten. Jetzt, im Jahre 1552, ließ Martyr die Vorlesungen, die er über das Nachtmahl gehalten, sogar in Zürich wiederabdrucken,*) um, wie der Herausgeber Joh. Wolf in der Vorrede schreibt, den Irrthum, dessen Urheber und Beschützer Martin Luther gewesen sein soll, aufs fleißigste zu widerlegen.**)

Westphal, wie Aepin, beobachtete die Entwickelung der Kirche in England mit der innigsten Theilnahme; aber, er schrieb selbst später,***) „ich habe bei dem glücklichen Stande der Kirche in England von Herzen bedauert, daß er nicht auf festeren Grundlagen geruht hat, so daß er unbeweglich hätte bleiben können bei den heftigen Stürmen, die folgten, und daß die Kirche nicht andere Baumeister gehabt hat, als die Anhänger Berengars und Zwinglis, die nicht zuvor die Götzen aus den Herzen der Menge herausrissen, ehe sie die gemalten Bilder aus den Mauern rissen; ja, bei der Umformung so großer Dinge die zarten Pflanzen gar nicht schonten." Er bekam oft aus England hierüber Nachricht, vielleicht von Cranmer oft Klagen zu hören. Dies war die Veranlassung, daß Westphal im Jahre 1552 sein viel geschmähetes Buch: Farrago confusanearum et inter se dissidentium opinionum de Coena Domini, ex sacramentariorum libris congesta, zu Magdeburg herausgab.

Westphal geht in dieser Schrift von dem Gedanken aus, daß Gott schon dadurch die Anhänger von Zwinglis Irrthum als falsche Propheten offenbart, daß sie in ihren Ansichten auseinander gehen und gegenseitig die Einen die Lehren der Andern für falsch er-

*) Schmidt: Peter Martyr Vermigli S. 105.

**) Planck, Gesch. des protest. Lehrbegriffs Th. V. Abth. 2, S. 17.

***) Apologia S. 431.

klären, wie eifrig sie auch alle darin übereinstimmen, daß sie leugnen, daß wir im heiligen Mahle des Leibes und des Blutes des Herrn theilhaftig werden. Dabei, sagt er, rühmt sich ein Jeder seines Geistes, vertheidigt seine Ansichten, die ihm als neue von Gott eröffnet sind. Kaum ist Ein Staat, Eine Gegend mehr, fährt Westphal fort, wo nicht eigenthümliche Streitfragen aufkommen, so daß, wenn diesen Zänkereien nicht Schranken gesetzt werden, mehr Gefahr für den Untergang der Kirche von den inneren, als von den äußeren Feinden entsteht. Die Sacramentirer pflegen freilich gewöhnlich ihre Disputationen zu beginnen, daß sie mit ewiger Vergessenheit die Streitpunkte auslöschen wollen; niemals aber hören sie auf, ihre Sache zu treiben; nein, überall rühren sie dieselbe wieder auf. Wo die ersten Anfangsgründe der Religion gelehrt werden, in den Katechismen, die die Einfältigen wörtlich auswendig lernen sollen, da fangen sie am liebsten an, ihre Irrthümer auszustreuen, und hören nicht auf, in Predigten und gelehrten Abhandlungen dieselben zu besprechen. So war es wieder in diesen Jahren beim Anfang der Reformation in England.

Was Westphal mit dieser Schrift bezweckte, erhellt aus dem Folgenden: „So lange Luther noch den Kampf gegen die Pforten der Hölle führte, heißt es da, widerstand er selbst den Angriffen der Fanatiker; nachdem er aber vom Kampfplatz abgerufen ist, haben die Feinde in wenigen Jahren größere Fortschritte gemacht, als je. Darum ist es Denen, welchen der Herr Seine Heerde anvertraut hat, Pflicht, Widerstand zu leisten. Das ist die Ursache, weshalb ich die verschiedenen Erklärungen der Worte des heil. Abendmahls, welche die Sacramentirer vorgebracht haben, zusammengestellt habe. Ich thue das 1) damit ich selbst es an Nichts fehlen lasse, was mein Amt von mir fordert; 2) um auch Andere, die mit höheren Gaben ausgerüstet sind, als ich es bin, und die ich, als meine Lehrer, verehre und liebe, zu bitten, daß sie sich der armen Kirche erbarmen, die bei den vielen Stürmen hin und hergeworfen wird, und daß sie helfen, das Feuer dieses verderblichen Irrthums zu löschen; endlich, um Alle, denen ihr Seelenheil am Herzen liegt, zu warnen, daß sie sich vor der Menge dieser verworrenen Ansichten hüten.

Westphal führt nun die Auslegungen von Zwingli, Peter Martyr, Oecolampadius, Bucer, im zürcher Consensus, von Bullinger, Calvin und zuletzt von a Lasco nach einander mit ihren eigenen Worten an, indem er selbst nur am Rande kurze Anmerkungen gibt, in denen er die Ausdrücke der Schriftsteller durch andere aus ihren Schriften zu erklären sucht, z. B. setzt er bei einer Stelle, in der Calvin das Wort „Substantia" gebraucht, an den Rand: „infra dicit spiritualem substantiam". Zum Schluß macht Westphal eine Tabelle, in der man die verschiedenen Erklärungen jedes einzelnen Wortes, wie sie sich bei den verschiedenen Schriftstellern herausgestellt haben, nebeneinander sehen kann. Als Zugabe empfängt der Leser eine Mahnung „über den geistlichen Genuß des Leibes und Blutes unseres Erlösers." „Es liegt in der Natur der Sache, heißt es in dieser, daß in der Kirche oft von der geistlichen Gemeinschaft Christi gesprochen wird; denn diejenigen nehmen ja unwürdig in dem heiligen Mahle Seinen Leib und Sein Blut, die nicht zugleich geistig, durch den Glauben, Christum genießen. Die Sacramentirer aber täuschen Andere unvorsichtiger Weise (imprudenter) durch ihre schönen Redensarten von geistlicher Gemeinschaft, indem sie mit diesen nur dahin streben, daß sie die Gemeinschaft des wahren Leibes und Blutes des Herrn von der Eucharistie trennen, und den Geist, wie das Geistige, fälschlich dem heiligen Fleisch und Blute Christi entgegensetzen. Auf diese Art verhöhnen und verwerfen sie (sugillant et explodunt) die Lehre von der Gegenwart des Leibes und Blutes im Abendmahl als „fleischlich". Ueberall stoßen sie sich an dem „Fleisch"; sie wollen keine fleischliche Gegenwart, kein fleischliches Essen u. s. w. da doch diese und ähnliche Ausdrücke eine doppelte Deutung zulassen. „Fleisch" wird allerdings in der Schrift auch im bösen Sinn gebraucht, weil meistentheils nicht von dem heiligen Fleische Christi, sondern von unserm sündigen Fleische die Rede ist. In der Schrift wird „geistlich" genannt, was aus dem Geiste Gottes ist, und im Glauben, nach dem Worte Gottes, durch die Kraft des heiligen Geistes gelehrt, geglaubt, gethan wird. Von diesem Allen kann der fleischliche Mensch, die Vernunft und Weisheit des Fleisches, nichts fassen. Wer nur mit seiner Vernunft über das urtheilt, was Gott betrifft, der redet und schreibt „fleischlich", und wenn er tausendmal vom „geistlichen Essen" spricht."

Diese Schrift ist, wie selbst Planck*) gestehen muß, „ohne alle Heftigkeit geschrieben." Es kommt kein hartes, persönlich beleidigendes Wort in derselben vor. Das einzige, was die Gegner aus derselben anführen, ist die Bemerkung „quod blasphemiae Sacramentariorum dignae potius sint, ut sceptro Magistratus, quam calamo refutentur", ein Wort, das häufig aus dem Zusammenhange gerissen und verdreht, aber auch von Westphal selbst gerechtfertigt ist, der gleich, nachdem er zuerst den Vorwurf, den man ihm darüber gemacht, gehört, erklärt hat, daß er unter blasphemiae nicht die Irrlehren der Sacramentirer verstanden habe, sondern die Schimpfwörter, deren sie sich bedient hätten. Es war ihm nicht darum zu thun, die Gegner anzugreifen; er wollte die Gleichgesinnten zum Kampfe auffordern.

Es lag in den damaligen Verhältnissen, daß diese ruhig gehaltene Schrift anfangs ohne alle Wirkung blieb. Westphal war noch wenig bekannt; die Schrift selbst enthielt nicht gerade neue Ideen. Die lutherische Auffassung des heiligen Abendmahls war im nördlichen Deutschland im Allgemeinen noch die geltende, wenn auch unter den Gebildeten, ja, unter den Geistlichen, im Stillen die neuere Lehre der Schweizer Anklang gefunden hatte. Die Häupter der Orthodoxie waren in andere Kämpfe verwickelt und sahen die Gefahr nicht, auf die Westphal hinwies. Westphal aber, unermüdlich, arbeitete eine zweite Schrift aus, in der er die Einsetzungsworte des heiligen Mahles, einzeln, nach den Evangelien und dem ersten Briefe an die Corinther, erklärte, und die Richtigkeit der lutherischen Auslegung be-

*) a. a. O. S. 79.

wies.*) Auch diese Schrift ist ohne alle persönliche Angriffe; sie behandelt ihren Gegenstand ganz objectiv. Nur die Erklärungen der Gegner nennt er zuweilen „thöricht", ihre Beweisführung „schlaue Sophismen"; ein einziges Mal entfährt ihm der Ausdruck „Muthwille" (petulantia); doch am Ende spricht er freilich die Hoffnung aus, daß der Herr die Weisheit der Weisen zu Schanden machen und auch die Spötter seiner Zeit zurückweisen werde, wie Er früher gethan habe bei Cerinth, Arius, Zwingli und Oecolampius. Aepinus, der, als Superintendent, alle theologischen Schriften, die in Hamburg erschienen, billigen mußte, ehe sie gedruckt wurden, hatte ein solches Gefallen an dieser Erklärung, daß er sie mit einer Vorrede begleiten wollte; allein seine Krankheit und sein Tod verhinderte ihn. Westphal, der nun, als Senior, die Geschäfte des Superindenten übernahm, widmete sein Buch der hamburgischen Kirche, damit diese „der ihr anvertrauten Lehre eingedenk bleibe und sich rein erhalte bei den ansteckenden Krankheiten, die nicht nur hin und wieder Unvorsichtige ergreife, welche durch den Handel und ihre Geschäfte mit Auswärtigen in Berührung kommen, sondern heimlich, durch verschlagene Menschen, welche sich auf schlaue Weise einnisten und ihre Räude Andern mittheilen, auch hier verbreitet werden." Auf Christus, schreibt er, stützt sich das ganze Gebäude, die Stärke unserer Kirche; auf diesem Grunde ruht der rechte Glaube von der Gegenwart des Leibes und Blutes Christi im Abendmahl; darum will ich den wahren Glauben aus den Worten der heiligen Schrift darzustellen suchen und öffentlich ein Zeugnis ablegen, daß ich der gesunden und lautern Lehre der Kirche mich unterwerfe. Denn das ist das Ziel, das ich bei allen Artikeln meiner Lehre vor Augen habe, daß ich der übereinstimmenden Auffassung (consensui) dieser und der mit ihr im Glauben verbundenen Kirche folge."

Auch diese zweite Schrift Westphals wäre wohl wenig berücksichtigt worden, wenn nicht ein besonderes Zusammentreffen der Um-

*) **Recta fides de Coena Domini, ex verbis apostoli et evangelistarum demonstrata et communicata, Magdeburgi 1553.**

stände ihr ein größeres Interesse gegeben hätte. Der König Eduard VI. von England starb plötzlich, in der Blüthe seiner Jahre, und a Lasco floh mit einem Theile seiner Gemeinde, aus Furcht vor den Verfolgungen der blutigen Maria, aus London. Die ersten Flüchtlinge kamen, etwa 170 Seelen, Ende October 1553 in Kopenhagen an. A Lasco selbst eilte in Begleitung zweier Niederländer, von denen der eine, Micronius, ein Pastor, der andere, Johannes von Utenhove, der, aus einer vornehmen Genter Familie gebürtig, Presbyter der Gemeinde geworden war, nach Kolding, um den König Christian III. um Aufnahme der Gemeinde anzugehen. Allein gleich bei der ersten Audienz, die der König ihnen bewilligte, benahmen sie sich so, daß Christian, der im gleichen Rufe der Frömmigkeit, wie der von ihnen so tief betrauerte Eduard VI. stand, und der ihnen mit der größten Freundlichkeit entgegentrat und die innigste Theilnahme an ihrem Schicksal bewies, mit Furcht und Mißtrauen erfüllt ward. Er hatte sie eingeladen, am Sonntage, nach der Predigt, zu ihm zu kommen. Sein Kammerherr holte sie ab, führte sie in die Schloßkirche, und fragte sie nach dem Gottesdienst, wie ihnen die Predigt des Hofpredigers gefallen habe. Es war gerade der 23. Sonntag nach Trinitatis, und der Hofprediger, Noviomagus, der bei ihrer Ankunft, am Freitage vorher, ihnen mit warmer Herzlichkeit seine Dienstfertigkeit bewiesen hatte, predigte über die Epistel des Tages, Phil. 3, 17 ff. und sprach nach seiner Gewohnheit, bei den „Feinden Christi" von allen Sectirern, auch von den Sacramentirern. Die Glieder der Fremdengemeinde, die vom Perikopensystem gar nichts wußten, hatten dies gewaltig übelgenommen, in der Wahl des Textes, wie in der Hinführung in die Predigt Absicht gesehn, und beschwerten sich darüber gleich bei der Frage des Kammerherrn. Der König, der dies erfuhr, sandte den Noviomagus zu ihnen, die Sache aufzuklären. Aber bald stellte sich die Verschiedenheit der Ansichten heraus; die Fremden wollten nicht die Richtigkeit der Lehre der Lutheraner anerkennen, sich nicht in die Ordnung der dänischen Kirche fügen, sondern verlangten, der König solle eine öffentliche Disputation anstellen lassen, es werde sich dann ja finden, ob ihre Einrichtungen oder die in Dänemark herrschenden mehr mit der Bibel übereinstimmten; kurz der König sah sich, so schwer es ihm ward, um nicht Uneinigkeit in der Kirche und Unfriede im Lande entstehen zu lassen, genöthigt, die englischen Flüchtlinge so schnell, wie möglich, des Landes zu verweisen. Er gab indessen an a Lasco 100 ℛ Reisegeld, nachdem er die Kosten seines Aufenthaltes auch bestritten hatte. Unglücklicher Weise traten gerade schon die Herbststürme ein, als die Schiffe mit den übrigen Gliedern der Gemeinde die Hauptstadt verlassen mußten. Die Noth und die Gefahr, in welche die Unglücklichen geriethen, dienten noch mehr dazu, den König Christian als hart darzustellen. Eins der Schiffe landete in Travemünde, ein anderes in Rostock, ein drittes in Wismar. An allen drei Orten ging es den Exulanten gleich; sie fanden freundliche Aufnahme, da sie sich ausgewiesen, daß sie keine Anabaptisten seien; sie fiengen aber Streit mit den lutherischen Predigern an und wurden von der Obrigkeit ausgewiesen, weil sie verlangten, öffentlich vor der Gemeinde mit den Geistlichen zu disputiren. Wie wenig die lutherische Lehre, als solche, an ihrem Unglück Schuld war, zeigte sich besonders in Wismar. Hier lebte Menno Symons mit seinen Anhängern. Menno hatte freilich schon früher einmal mit a Lasco einen Streit gehabt;*) aber kaum hörten sie von dem Unglück der Exulanten, so fuhren sie ihnen entgegen, nahmen sie in ihre Häuser, erwiesen ihnen alle Liebe; und doch, schon nach 14 Tagen, gerieth Menno mit ihnen in die heftigsten Disputationen, so daß er fürchten mußte, selbst aus dem Thore vertrieben zu werden**) In Wismar war es auch, wo der Bürgermeister, als sie sich über Härte beschwerten, ihnen antwortete, warum sie mit den Pastoren ein Colloquium verlangt, und sich, als Fremdlinge, nicht fein ruhig und stille verhalten hätten. In Lübeck rühmten sie

*) S. B. C. Roosen: Menno Symons, Leipzig 1848, S. 40.

**) Bibl. theol. Brem. VI. p. 126.

sich laut, daß ihr Micronius die drei lutherischen Geistlichen, Petrus von Brimersheim, Friccius Nordanus und Dionysius Schünemann, die sich mit ihnen in eine Disputation eingelassen hätten, mit der Frage zum Schweigen gebracht, ob der Herr Christus zu gleicher Zeit in dem Hause des Hannas und des Kaiphas hätte sein können! In Hamburg hatten die Exulanten, welche im October directe aus England gekommen waren, gastliche Aufnahme gefunden; auch Micronius hatte ungestört mehrere Male bei seiner Durchreise die, welche zur französischen und niederländischen Gemeinde gehörten, besuchen können. Es scheint, daß Westphal selbst mit den Aufgenommenen Umgang gehabt. Wenigstens ist das gewiß, daß er, als er von der Disputation des Micronius in Lübeck gehört,*) diesem durch einen seiner Bekannten, Johannes du Four, hat sagen lassen, er möge ihn doch besuchen, wenn er durch Hamburg käme. Dem Micronius war dieses eine willkommene Botschaft; er nahm gleich den genannten du Four und Jacob Michaelis mit, ging zu dem Prätor, dem Rathsherrn Johann Wetken, und bat um ein Colloquium mit den hiesigen Predigern. Der Prätor bat ihn, keine Unruhe zu machen, und sandte ihn zum Senior. Er kam zu Westphal am Sonnabend vor Lätare und verlangte ohne Verzug ein Colloquium, da er Eile habe und in zwei bis drei Tagen abreisen müsse. Westphal setzte eine Zusammenkunft fest auf den nächstfolgenden Tag, Montag, den 5. März, und lud dazu fünf Geistliche und den Rector der gelehrten Schule, Delius, ein. Micronius erschien mit David Simpson und den beiden Genannten, du Four und Michaelis. Als alle Platz genommen, setzte der Senior den Zweck der Zusammenkunft auseinander, wie sie einige Punkte in Hinsicht der Religion besprechen wollten, nicht etwa, weil er und seine Genossen an der Richtigkeit ihrer Lehre irgend einen Zweifel hätten; ihre Lehre sei die, welche auf den sächsischen Academien

*) Timann's Farrago S. 193. Ausführlicher habe ich die Geschichte der Vertreibung der Exulanten erzählt in der Zeitschrift für hamburgische Geschichte Bd. II. S. 186.

und in der Kirche gelte, auch durch die niedersächsische Synode 1535 festgesetzt sei; sie wollten aber die Lehre derer, die hieher gekommen wären, prüfen, ob sie schriftgemäß sei. Und nun begann Westphal mit dem Satze: „Das Fleisch ist kein nütze" und erläuterte diesen. Als er geendet, zog Micronius eine Schrift aus der Tasche, las sie vor und bat zuletzt, daß es ihm gestattet werden möge, die londoner Kirche von den Anschuldigungen, die gegen sie erhoben seien, zu rechtfertigen und zwar vor dem ganzen Ministerium, im Beisein von Bürgern und Mitgliedern des Senates. Westphal sagte, daß diesem Wunsche zu genügen, gar nicht in seiner Macht stehe, und wollte in der Disputation fortfahren. Aber Micronius bestand auf seiner Forderung drei Stunden lang. Endlich gingen sie auseinander, ohne daß sie sich einander verstanden hatten; beide legen einander in ihren Berichten Aeußerungen in den Mund, die von Mißverständnissen zeugen. Die Folge von dieser Disputation war aber, daß die Fremden auch Hamburg verlassen mußten; der Senat ließ ihnen sagen, sie möchten, wenn sie disputiren wollten, nach der Academie gehen. Wenige Tage darauf ward das Mandat wider die Schwärmer, vom Jahre 1535 widerholt, und den Flüchtlingen, die nun noch von England kamen, ward — der Eingang in die Stadt versperrt.

Westphal hatte es bei der Disputation nahegelegen, von dem Worte des Herrn Joh. 6, 63 auszugehen; denn gerade war er beschäftigt, Luthers bekannte Schrift „Das Fleisch ist kein nütze" ins Lateinische zu übersetzen. Er hielt nämlich das für den Grund, weshalb die Gegner außerhalb Deutschlands in der Lehre vom Abendmahl so oft den Sieg davontrugen, daß „die drei großen Schriften, in denen Luther den Schwärmern all ihre Irrwege verlegt hatte, in deutscher Sprache geschrieben seien". — „Das Wort aus dem 6. Capitel des Johannes, sagt er, gebrauchen die Sacramentirer, um die Gegenwart des Leibes Christi im Abendmahl zu leugnen. Und doch fallen sie dabei in einen Widerspruch, denn sie beziehen in diesem Ausspruch das Fleisch auf die Gottheit Christi, und wollen denselben dennoch aufs Abendmahl beziehen. Denn wenn das Fleisch die göttliche Natur in Christo bezeichnet, so kann der Spruch ja gar nicht gehen auf das Abendmahl, in welchem der Leib und das Blut Christi ausgetheilt wird. Die Alten erklären das Wort auch vom Abendmahl, aber um zu bekräftigen, daß der Leib Christi im Abendmahl gegessen wird. Luther dagegen führt aus, wie das Fleisch hier zu verstehen ist von dem menschlichen Fleische, das durch die Sünde befleckt ist und dem heiligen Geiste entgegensteht; er weiset jene gewaltsame und gottlose Verdrehung der Worte durch die Gegner so gründlich zurück, daß es dadurch schon klar wird, mit welcher Achtung und Pietät die heilige Schrift von den Sacramentirern behandelt wird, und wie schaal und falsch die übrigen Beweise wohl sein müssen, die sie in großer Menge zusammenhäufen, da sie bei dem Einen, den sie selbst als die festeste Burg und die Schutzwehr ihres Dogmas rühmen, als gewaltig schlaue und gottlose Verdreher erfunden werden." Westphal gibt aber als ferneren Antrieb zur Uebersetzung dieser Schrift die köstliche Auseinandersetzung des Satzes an, daß das Fleisch Christi lebendigmachend ist, und das Leben gebe denen, die es im Glauben genießen. In dieser treibe Luther die gottlose Alloeosis des Zwingli zurück, in der dieser freilich dem Worte nach die persönliche, individuelle Verbindung der göttlichen und menschlichen Natur in Christo bekennt, in Wirklichkeit aber den Gott und den Menschen in seinem Amte und in seiner Thätigkeit trennt, der einen Natur etwas abzieht und der andern zulegt. Deswegen soll Joh. 6 von der göttlichen Natur Christi zu verstehen sein, weil, wie Zwingli schreibt, das Fleisch, wenn Christus sagt: „Mein Fleisch ist die rechte Speise" „propria humanae in illo naturae" ist, demnach an dieser Stelle per commutationem für die göttliche Natur gesetzt wird; denn, sofern es der Sohn Gottes ist, ist es die Speise für die Seele. Doch wegen dieser verderblichen Fälschungen thue es noth, meint Westphal, Luthers großes Bekenntniß vom Abendmahl auch lateinisch zu lesen, in dem der Streit über die Alloeosis und die Communicatio idiomatum ausführlicher behandelt wird.

Denn die neuen Meister strengen seit wenigen Jahren allen Scharfsinn ihres Verstandes an, um zu sehen, was die menschliche Vernunft über das Geheimnis des Glaubens nur ergrübeln kann, während ihre Schüler das Lob der Meister wieder ertönen lassen, indem sie selbst immer schlechtere Werke hervorbringen. Dazu kommt, daß diese Vertheidiger der falschen Lehre die bürgerliche, wie die kirchliche, Verwaltung der Gemeinden führen, und nicht leicht Jemanden erlauben öffentlich die Wahrheit auszusprechen.

A Lasco hatte Westphals erste Schrift mit Verachtung behandelt. „Ich habe, schrieb er an Hardenberg*) am 1. Januar 1554, Westphals Farrago erhalten; sie ist voller Lug und Trug, und leicht ist es, Westphals Absicht zu erkennen. Wenn wir uns die Mühe geben wollten, es würde nicht schwer sein, eine ähnliche Farrago von Meinungen derer, die auf ihrer Seite stehen, zusammenzubringen." Ebenso äußerte er sich im März noch gegen Bullinger**) und setzt hinzu, „da aber nichts in dem Buche steht, das nicht von Andern schon besser gesagt ist, wolle er erst später antworten, freilich nicht um seinetwillen, aber um Anderer willen, die verführt werden könnten." Als a Lasco aber erfahren hatte, wie seine Gefährten aus Hamburg vertrieben waren, da braust er auf, und schrieb am 26. März an Hardenberg***), er wolle nichts zu thun haben mit solchem streitsüchtigen, aufrührerischen Menschen. „Ich sehe, daß er in Lug und Trug geübt ist, nur seine eigene, nicht Gottes Ehre sucht. Er will das Schwert der Obrigkeit gegen mich erheben; gewiß leichter wird es ihm, auf diese Art zu disputiren! Noch viel leichter würde es ihm werden, dem Papste nachzuahmen und zu schreien: Die Sache muß mit Feuer und Schwert ausgemacht werden! Und solche Menschen, mein Albert, meinst Du noch beschwichtigen zu können?"

*) Gerdesii Miscellanea Groningensia p. 698. Bibl. Brem. Cl. VI. p. 158.

**) Ebendaselbst p. 483.

***) Ebendaselbst p. 700. Bibl. Brem. p. 164.

A Lasco wandte sich nach der Schweiz. Calvin hatte zuerst durch Beza von Westphals Schrift gehört; er fragte Bullinger, ob er es für nützlich halte, wenn geantwortet würde; gerne werde er dann drei Tage daran wenden. Bullinger war anfangs nicht der Meinung. Er hatte seine Schrift „über die allein durch den Glauben an Christum uns rechtfertigende Gnade" herausgegeben, in der Hoffnung, dadurch für die Ruhe in der Kirche etwas beitragen zu können, und darum auch, auf den Rath trefflicher Männer, das Buch dem Könige von Dänemark zu widmen gewagt. Als er nun aber von den Ereignissen in Dänemark hörte, schrieb er unter Anderm an Utenhofen, nach Emden, im Mai 1554: „Vielleicht werden die Lutheraner jetzt bewirken, daß der König das Buch von „dem Schwärmer", denn mit diesem ehrenvollen, eigentlich unsinnigen, Titel beehren sie uns, nicht in die Hände bekommt." *) Und so forderte er nun auch Calvin auf, „jene schmutzigen Verleumdungen durch ein kurzes Schriftchen zu widerlegen." Auch von a Lasco erhielt Calvin eine ähnliche Aufforderung. Er antwortete ihm: „Die Grausamkeit der Dänen thut mir sehr leid. Großer Gott! welch eine Barbarei unter einem christlichen Volk; sie übersteigt selbst die Wuth des Meeres! — Je mehr die Freundlichkeit und der Eifer des Königs von mir früher gepriesen worden ist, desto schwerer ertrage ich es, daß dies sanfte Gemuth durch nichtsnutzige Aufblaser zu solcher Wuth entflammt ist. Aber ich sehe, daß eine teuflische Wuth das ganze Land am Meere ergriffen hat. Auch das Sachsenland wüthet gegen uns ohne Scham und Maß, ein heiteres und erfreuliches Schauspiel für die Papisten! — Ob ich gleich nicht zweifle, daß den gelehrten und gemäßigten Männern ein solches Wüthen verhaßt ist, kann ich doch nicht länger schweigen. Gewiß, an mir hat es nicht gelegen, daß wir nicht gleich am ersten Tage uns entschlossen, Widerstand zu leisten, doch unser guter Vater Bullinger dachte anders;

*) Pestalozzi's Bullinger S. 388.

er setzte den Sieg in das Schweigen und Dulden. Allein nun hat er selbst seinen Sinn geändert." *)

Calvin setzte sich nun sogleich hin und schrieb in der aufgeregtesten Stimmung, mit blinder Leidenschaftlichkeit eine Schmähschrift, wie selten, Gott sei Dank, eine ähnliche ans Licht gekommen ist! Henry theilt uns eine Probe mit aus dem ersten, französisch geschriebenen, Entwurf:**) „Dieser närrische, ehrwürdige Doctor, heißt es da von Westphal, der ein schlechtes Werk gegen die Sacramentirer herausgegeben, obgleich wir selbst es besser, als er, verstehen, die Sacramente zu vertheidigen, spricht gegen unsern Consensus, als ob wir in demselbigen nicht das Sacrament, sondern leere Zeichen annähmen. Dieses Kalb citirt nachher unsere eigenen Worte, in denen wir offen bekennen, daß der Leib Christi wahrhaftig den Gläubigen mitgetheilt wird. Dann sagt er, wir sprächen doch nur von einer geistlichen Speisung! Wie? Möchte er vielleicht, daß das Fleisch Jesu Christi gegessen würde, wie die Ochsen in seinem Vaterlande? — Ist er nicht, wie ein toller Hund, heißt es weiterhin, der um sich beißt in jeden Stein? Dieser Confusionsrath klagt uns der List an, daß wir die Einfältigen betrügen, indem wir von geistlicher Speisung sprechen." „Nachher zeigt dieser schöne Advocat des Glaubens, daß wir alle in unsern Ansichten uneins sind." „Ihr seht, welche Gründe dieser hirnlose Mensch hat, in seiner Stube Blitze zu fabriciren, die, wo möglich, ganz Europa in Flammen setzen sollen." — Aber, schließt Calvin, es ist dem Satan eigen, Verleumdungen vorzubringen, das Licht zu verdunkeln und, als Vater der Feindschaft, den Frieden zu stören, zuletzt die Einigkeit im Glauben zu zerreissen. Da dies Alles sich bei diesem Windbeutel zeigt, so bleibt mir nichts anders übrig, als ihn für den Sohn des Teufels zu erklären!"

Das war aber doch auch dem Bullinger zu stark. Die Schrift sollte, nach Calvins Meinung, ausgehen im Namen der schweizer Kirche; das konnte Bullinger nicht zugeben. Er dankte

*) Henry a. a. O. S. 305.

**) S. 309 a. a. O.

im Namen der züricher Geistlichen dem Calvin, sprach seine Bewunderung aus über die Kürze des Ausdrucks in der Schrift, meinte aber, er verfahre doch etwas zu derbe mit dem Gegner. *) „Drei bis viermal, schrieb er, nennst du sie Schurken (nebulones), machst ihnen die Ochsen ihres Vaterlandes und die Nähe des Eismeeres zum Vorwurf; den Westphal nennst du „Bestie!“ Nun, wir geben es freilich zu, sie haben es verdient, etwas hart mitgenommen zu werden, aber weder von Dir, noch von uns darf das geschehen! Uns will es weit besser ziemen, milde zu sein. Gerade solche heftige Schimpfreden waren Schuld, daß Luthers Schriften viele ehrenwerthe Männer mit Unwillen erfüllten, darum sollte diese deine Schrift durchgängig so gemäßigt sein, daß man überall spürt, es sei dem Verfasser nur um die Erhaltung und Vertheidigung des freien, einfachen Bekenntnisses zu thun. Denn dem wortreichen und streitsüchtigen Westphal wünschen wir, so viel an uns liegt, jeden Anlaß zum Hader abzuschneiden. Es gibt in Sachsen und weiter nordwärts, an der Ostsee, viele tausend Wohlgesinnte, deren Freundschaft man, wie du richtig bemerkst, zu erhalten suchen muß; aber gerade diese werden vielleicht durch deine Ausfälle verletzt, da du ganz allgemein von kalten, eisigen Menschen, von Bestien und Taugenichtsen sprichst. Besser ist es also, daß du diese Stelle streichst, und den Erneuerer des Sacramentstreites, Westphal, mit Namen nennst, damit Jedermann sehe, wir treten gegen diesen auf.“ Auch macht Bullinger gegen das, was Calvin von Luther geschrieben hat, daß dieser der schweizerischen Lehre, wie sie jetzt von ihm erklärt sei, seinen Beifall schenken würde, den wichtigen Einwand: „Gerade hier würden die Lutheraner zeigen, Du seist der, von dem Luther vorhergesagt habe, daß einer kommen werde, der mit Luthers Worten suchen werde die Schwärmerei zu bekräftigen. Vielleicht ist dir selbst nicht einmal bekannt geworden, wie kraß und roh Luther von dem geistlichen Mahle dachte und schrieb; Du warst ja nicht im

*) Pestalozzis Bullinger S. 389.

Stande, seine Schriften alle zu lesen, da er das Meiste hierüber deutsch geschrieben hat. Lieber Calvin, nachdem du auf diese Art das Abendmahl erklärt hast, würde Luther dir nicht einmal die Hand reichen, als einem Bruder! Alles, was du vorbringst, hat ihm schon im J. 1529 Zwingli und Oecolampad zugegeben; sie haben dasselbe bekannt, aber vom Handgeben wollte er gar nichts wissen!" — Calvin dankte den Zürchern am 13. November*) für ihre Freimüthigkeit. „Ich habe in der Epistel verbessert, schrieb er, was ich, wie es scheint, zu hart (asperius) gegen Westphal gesagt habe. Obgleich ich das Wort „nebulo" in einem andern Sinn genommen habe, als ihr meint. Denn ich habe damit nicht einen Schurken oder Galgendieb (sceleratum vel furciferum) verstanden, sondern, wie die Alten das Wort gebrauchen, einen Nichtswürdigen, der das Licht scheuet (nihili hominem vel tenebrionem). Auch habe ich das Wort „Bestie" getilgt." Er begreift nicht, warum sie wollen, daß Westphals Name genannt werde, das Werk habe alsdann mehr Würde, wenn das nicht geschehe. Von Luther habe er nur ein Wort sagen wollen, um den Frieden zu erhalten. Im Uebrigen rechtfertigt er sich, daß er nicht auf alle ihre Bemerkungen Rücksicht genommen. — Allein den Zürchern genügte dies doch nicht; der Senat beschloß, wenn ihm auch die Abhandlung selbst gefiel, die Einleitung den Censoren zu überweisen. Calvin entbrannte darüber so vor Zorn, daß er dem Syndicus erklärte, daß er in Zukunft Nichts in ihrer Stadt herausgeben werde, und wenn er tausend Jahre am Leben bleibe. Er gab, vielleicht deshalb, die Schrift im November 1554 französisch heraus, als eine kurze Erklärung über den Abendmahlsstreit, um die Vereinigung, die früher zwischen den Kirchen von Zürich und Genf zu Stande gekommen war, zu bezeugen und „um zu zeigen, daß die, welche übel davon reden, hirnlose Menschen (gens escervelez) wären, die die gute, gesunde Lehre nur zu verdunkeln und umzustürzen suchen." — Doch nicht nur die Zürcher

*) Henry a. a. O. S. 307.

wollten keinen Theil an dieser Schrift haben; die Berner entschuldigten sich auch, daß es ihnen nicht erlaubt sei, sich bei der Herausgabe zu betheiligen; von den Baselern konnte Calvin von vorn herein keinen Beistand erwarten; so mußte Calvin sich denn entschließen, die Schrift in seinem eigenen Namen herauszugeben. Er konnte es aber nicht lassen, eine Zuschrift an die treuen Diener der schweizerischen Kirchen voranzustellen. Denn, was ihn so in Wuth setzte, daß er trotz aller Abmahnungen der Freunde diese Schrift herausgab, von der selbst Planck sagt, daß sie die Erbitterung aufs maximum treiben mußte, das war ja nicht, daß er sich persönlich angegriffen sah, sondern die Furcht, daß durch Westphals Schrift die Einigkeit der Kirche, die er eben mit Mühe hergestellt hatte, wieder gestört werde. Calvin hatte nach der Herausgabe des züricher Consensus, 1551, an Bullinger geschrieben, er hoffe, diese Herausgabe werde auch der sächsischen Kirche von großem Nutzen sein. *) Und nun sah er sich aus diesem süßen Traume aufgeschreckt, gerade von Sachsen eine Aufforderung zum Kampfe ausgehen, und ihren behaupteten Consensus, wie er in der That war, als Nichts, als eine Täuschung darstellen. Er gab deshalb nun in lateinischer Sprache in Druck: Defensio sanae et orthodoxae doctrinae de Sacramentis eorumque materie, vi, fine, usu et fructu, quam Pastores et Ministri Tigurinae ecclesiae et Genevensis ante aliquot annos brevi consensionis formula complexi fuerunt.**) Die Zuschrift an die Schweizer, die vom 17. Nov. 1554 datirt ist, beginnt: „Es sind schon vier Jahre vergangen, daß die Stimme unseres Bekenntnisses aus Licht trat, und wir glaubten nun die unglückseligen Streitigkeiten erloschen. Indessen, es sind einige ungelehrte und unruhige Menschen so frei gewesen, ein solches Geschrei zu erheben, daß durch ihr ungethümes Betragen ein neuer Brand zu fürchten ist, wenn ihm nicht begegnet wird. Weil sie aber nur Wenige, der Zahl nach, sind, und ohne einen Vorzug, der ihnen

*) Pestalozzi's Bullinger S. 386.
**) Henry's Calvin III. S. 217.

Glauben und Ansehn gewährt, ja, weil ihre confuse und närrische Geschwätzigkeit sie nicht weniger lächerlich, als verächtlich macht, könnten sie mit Recht verachtet werden, wenn sie nicht unter dem Vorgeben, eine öffentliche Sache zu führen, viele Ungebildete und Unerfahrene täuschten. Ich selbst bin zwar ungern und mit betrübtem Herzen daran gegangen, ihre Thorheit öffentlich zu widerlegen; aber es schien mir grausam, die Guten und Einfältigen nicht durch das Aufdecken ihrer Täuschereien vom Irrthum zu befreien. Die gelehrten und gewichtigen Männer aber, deren Namen diese frivolen Menschen vorschützen, will ich an ihre Pflicht erinnern, daß sie diese Frechheit sich nicht weiter ausbreiten lassen. Diese ungelehrten, trunkenen Leute rühmen sich frech auf den ersten Seiten ihrer Schrift, für das ganze Sachsenland und die umliegenden Gegenden auf den Kampfplatz zu treten. Da Viele dies glauben, so täuscht Einige die Ehrfurcht, die sie vor der sächsischen Kirche haben, Andere spotten dieser Kirche, daß sie so widerliche und ungelehrte Patrone habe, noch Andere staunen über die allzu große Toleranz der gesunden Mehrheit. Ich will nur Einen zum Beispiel anführen und dabei seinen Namen verschweigen. Dieser, der, wie ein Thraso, sich rühmt, daß er mehr, als ein muthiger Vertheidiger des orthodoxen Glaubens ist', ruft die großen und ausgezeichneten Männer zu Hülfe, die ich liebe und verehre, und er als seine Lehrer anerkennt. Sieh, wie er die ersten Lehrer der Kirche als Führer in den Kampf mit uns zu stellen sucht, daß sie des schlechten Schülers Unbesonnenheit, gleichsam wie eine Reserve, hinter der Schlachtreihe folgen müssen! Und welcher Art sind die Feinde, die er ihnen als Gegner bezeichnet? Er nennt sie mit dem Namen Sacramentirer, definirt aber die Sache so, daß es diejenigen sind, welche beim Abendmahl, außer leeren Zeichen, Nichts übrig lassen. Wenn es so ist, da kann der Lärmmacher nur stille sein. Bekannt genug sind die schweizer Kirchen; aus ihnen werden schon beherzte Führer hervortreten und unendliche Massen mit sich ziehen! Aber er zählt nicht nur Einzelne auf, die weit entfernt sind auch nur von dem Scheine solches Verbrechens, sondern stellt auch die Formel unseres Consensus hin, in der dieser Irrthum so deutlich zurückgewiesen wird!" Calvin wirft ihm nun vor, daß er die Sätze auseinanderreiße; dann, daß er suche, ihnen wegen der Verschiedenheit ihrer Ansichten Haß zu bereiten; es sei ja den Haeretikern eigen, nicht mit einander übereinzustimmen. Er führe die einzelnen Ausdrücke, mit denen sie die Sache bezeichnen, an. „Wer sollte nicht glauben, er taumele hin und her? Nicht könne ihr Consensus ja besser gepriesen werden, als durch diese verschiedenen Formeln, die so gut übereinstimmen! — Aber was sagt er selbst nun und von seinen Genossen? Bald behauptet er, die Worte Christi seien an sich klar und bedürfen keiner Erklärung, bald leugnet er nicht, daß sie tropisch zu nehmen sind. Gewiß, ein jeder Tropus weicht vom Buchstaben ab! So folgt, daß er selbst einer von den Haeretikern ist. Es ist doch wahrlich eine Schande, daß eine Hitze, die bei einem Jüngling nicht zu ertragen wäre, nicht so durchs Alter gemäßigt ist, daß ein Greis sich dem Gelächter der Kinder Preis gibt! (Calvin hielt den Senior Westphal für einen Greis, er war aber erst 44 Jahre alt!) Es ist die Eigenthümlichkeit des Teufels, zu verleumden; seine Eigenthümlichkeit, das Licht zu verdunkeln; seine Eigenthümlichkeit endlich, als Vater der Uneinigkeit, den Frieden zu stören und die Einheit des Glaubens zu zerreißen. Da wir dies Alles bei unserm Censor sehen, so ist es nicht nöthig zu sagen, da es Niemandem verborgen sein kann, wohin er zu stellen ist. Doch da es sich ziemt, daß man zur Vertheidigung der Wahrheit nicht geringeren Fleiß anwende, als der Satan anwendet, sie zu untergraben, so schien es mir am besten, die Kürze unserer früheren Schrift etwas weitläufiger zu erklären."

In der „Consensionis capitum expositio" geht nun Calvin davon aus, daß eigentlich kein Grund sei, weshalb einige verdrießliche Menschen (importuni) zu den Waffen gerufen hätten, denn nichts sei von ihnen (den Schweizern) dunkel oder verworren gesagt, nichts schlau verborgen, nichts in der Hauptsache übergangen, endlich sei nichts weniger von ihnen beabsichtigt, als die Erforschung der Wahrheit abzubrechen. — Wenn vom Sacrament gehandelt wird, muß zuerst die Einsetzung und die Absicht des Herrn betrachtet werden. Wozu die Sacramente eingesetzt sind, wird von uns gewiß recht gelehrt, nämlich, daß sie uns in die Gemeinschaft mit Christo führen. Was gibt es ähnlich Großartiges, um die Würde der Sacramente zu erheben, als daß sie Mittel und Hülfen genannt werden, durch welche wir entweder in den Körper Christi eingepflanzt werden, oder, wenn wir eingepflanzt sind, mehr und mehr mit ihm zusammenwachsen, bis Er uns im himmlischen Leben ganz mit Sich vereint? Wenn sie uns zu unserm Heil durch die Sacramente zu verhelfen wünschen, was kann passender erdacht werden, als daß wir zur Lebensquelle selbst geführt, das Leben schöpfen aus dem Sohne Gottes? — Beim Gebrauch der Sacramente hat man sich vor zwei Fehlern zu hüten. Wenn die Würde des Sacramentes zu hoch erhoben wird, entsteht unvermerkt Aberglaube; wenn aber über die Kraft und den Nutzen desselben kalt geurtheilt wird, bricht bald eine profane Verachtung hervor: wenn von uns die Mitte beobachtet ist, wer sollte nicht diejenigen für hartnäckige Feinde der Wahrheit erklären, welche unsern heiligen Consensus lieber benagen, als freundlich ergreifen oder wenigstens in der Stille billigen? Luther, als dessen Nachfolger sie zu erscheinen wünschen, konnte es nicht leiden, daß die Sacramente einzig und allein für äußere Merkmale (notas) unseres Bekenntnisses gehalten würden, nicht also auch für Unterpfänder und Symbole der göttlichen Gnade gegen uns; dann hielt er es für unwürdig, daß sie nur in leeren und hohlen Figuren dargereicht würden, da Gott in ihnen in Wahrheit bezeugt, was er abbildet und zugleich durch eine heimliche Kraft (arcana virtute) darbietet. Dasselbe klingt immer wieder in ihrem Liede, während wir von der andern Seite bekennen hören, daß die Sacramente weder leere Figuren sind, noch äußere Zeichen der Frömmigkeit, sondern Siegel der göttlichen Verheißung, Zeugnisse der Gnade des heiligen Geistes, unsern Glauben zu erwärmen und zu stärken; ja, daß sie Werkzeuge sind, durch die Gott in Seinen Auserwählten wirksam sich erweist (efficaciter agit) und daß die Zeichen von den bezeichneten Sachen unterschieden sind, nicht aber getrennt und abgelöst werden; sie sind gegeben, daß sie, was Gott in Seinem Worte versprochen hat, bekräftigen und bestätigen und besonders die geheime Gemeinschaft, in der wir mit Christo stehen, versiegeln. Da bleibt doch kein Grund, uns zu den Feinden zu zählen? In unserem Consensus finden die Leser Alles, was die augsburgische Confession, die in Regensburg herausgekommen ist, enthält; die Worte: in sacra coena cum pane et vino vere dari Christi corpus et sanguinem.

Es fragt sich nun, was die Wirkung des Sacramentes ist. Unsere Schrift antwortet, da das ganze Heil der Gläubigen von der geistigen Gemeinschaft mit dem Sohne Gottes abhängt, so ist sowohl das Evangelium, wie das Sacrament verordnet, diese Gemeinschaft zu bezeugen. Wir haben immer mit Augustinus bekannt: Sacramentum esse visibile verbum. Wenn nun gefragt wird, von welcher Art diese Gemeinschaft ist, so ist diese so dargestellt, daß sie für eine erdichtete und schemenartige nicht gehalten werden kann; wir sollen nämlich in Christi Körper (in Christi corpus) zusammenwachsen (was ja das eigenthümliche und beständige Geschäft des Glaubens ist), damit die Wirkung Seiner Gnade sich in uns vollziehe, weil sich Sein Leben nicht anders in uns ergießt, als wenn Er unser Haupt ist, und wir als Glieder mit Ihm zusammenhängen. Die Sacramente sind also nicht leere Schauspiele, die unsern Augen vorgeführt werden, sondern sie stellen die geistigen Gnadenerweisungen vor, deren Wirkungen die gläubigen Seelen erfahren. So werden wir Christi theilhaftig, als der Quelle aller Güter, so daß wir durch Seinen Tod mit Gott versöhnt werden, und durch Seinen Geist zur Heiligkeit erneuet, Gerechtigkeit und Heil erlangen. So trennen wir wol die Zeichen von den bezeichneten Sachen, aber doch nicht von den Zeichen die Wahrheit, die wir bekennen, daß Jeder, der im Glauben die dort dargebotenen Verheißungen ergreift, Christum geistlicher Weise mit allen seinen Gaben erhält. Wie es nichts Absurderes gibt, als die Sacramente über Gottes Wort zu erheben, dessen Anhängsel und

Siegel sie sind, so wird man doch nichts im Worte finden, was wir nicht auch dem Sacramente zugestehen.

Nun aber hat man sich auf der andern Seite vor Aberglauben zu hüten. Denn wie unser Sinn sich zu dem Irdischen hinneigt, so reißen uns die äußeren Elemente unversehens zu sehr dahin. So wird auf sie fälschlich das Vertrauen zur Seligkeit gestützt, und was allein Gott eigenthümlich gehört, wird unwürdiger Weise auf sie übertragen. Thöricht machen es die, welche auf die Zeichen allein sehen, und nicht zugleich auf die Verheißungen, die ihnen angehängt sind, weshalb schon Augustinus sagt, daß dann erst aus den Elementen Sacramente entstehen, wenn das Wort hinzukommt, nicht das gesprochene, sondern das geglaubte. Mit Recht schließen wir, daß wir nicht durch die Materie des Wassers, des Brotes und Weins Christi theilhaftig werden, sondern daß wir durch seine Verheißung zu Ihm geführt werden, daß Er Sich zu dem unsern macht (ut se nostrum faciat) und, im Glauben in uns wohnend, in uns Alles erfüllt, was Er uns durch die Zeichen verspricht und anbietet. — Als der Herr die Sacramente einsetzte, so hat er uns keineswegs Hindernisse in den Weg gestellt, die uns an die Welt fesseln, sondern vielmehr eine Leiter errichtet, durch die wir hinauf, in den Himmel, steigen können, weil nirgends sonst Christus zu suchen, nirgends sonst auch, wie in Ihm, Ruhe zu finden ist.

Weiter; wenn durch die Sacramente uns etwas dargereicht wird, so geschieht dies nicht durch die Kraft dieser Sacramente, sondern weil es Gott gefällt, die Kraft Seines Geistes in ihnen zu zeigen. Aber der menschliche Geist kann es nicht lassen, daß er nicht Gottes Kraft entweder den Zeichen beilegt, oder gar die Zeichen selbst an Gottes Stelle setzt. So wird Gott des Ruhmes beraubt, indem die Menschen sagen, daß sie von den todten Geschöpfen empfangen haben, was Gottes ist. Das ist die Hauptsache bei unserer Lehre, daß Gott allein Alles aus den Sacramenten macht, durch Seine geheime und, wie wir sagen, innerliche (intrinseca) Kraft. Wenn wir aus dem Augustin hinzufügen, daß es Christus allein ist, der tauft, der uns Seiner im heiligen Mahle theilhaftig macht; so schließen wir daraus, daß es nicht etwa menschliche Handlungen nur sind, deren Urheber Gottes Sohn ist, denen Er präsidirt, durch welche Er, gleichsam mit aus dem Himmel gestreckter Hand, Seine Kraft mittheilt. Nichts ist nützlicher, als daß wir von Menschen und von den irdischen Elementen unsern Sinn abziehen, daß unser Geist gleichsam Christum gegenwärtig sieht. Und die Stimme des heiligen Geistes sagt selbst durch den Täufer von Christo: Dieser ist es, der da tauft mit dem Geiste! Was nützen die sichtbaren Sacramente ohne die Heiligung der unsichtbaren Gnade? So stimmen auch die Ausdrücke zusammen, daß der heilige Geist das Siegel unsers Erbes ist, und daß die Sacramente die Siegel sind.

Daß wir sagen, nicht Allen ohne Unterschied, sondern nur den Auserwählten Gottes, bei denen die innere und wirksame Arbeit des heiligen Geistes geschieht, nützen die Zeichen, bedarf keiner langen Auslegung. Denn so wie die Stimme des Menschen nicht hinreicht ins Herz zu dringen, sondern die allein zu Christus kommen, die im Innern gezogen werden vom Vater, so hängt es vom freien, gnädigen Willen Gottes ab, zu geben, wem Er will, daß der Gebrauch der Zeichen nütze. Es ist gewiß wahr, daß derjenige nur die Früchte aus den Zeichen davonträgt, welcher sie mit dem Gefäße des Glaubens annimmt. So wie es nicht für uns hinreicht, daß die Sonne ihre Strahlen aus dem Himmel sendet, wenn uns nicht früher Augen gegeben sind, die sich des Lichtes freuen, so würde Gott uns vergebens durch die äußeren Zeichen Licht bringen, wenn er nicht unseres Geistes Auge geöffnet hat. Ja, wie die Wärme der Sonne den Wein und die beseelten Körper belebt, in Leichnamen aber Fäulniß erregt, so lassen die Sacramente mehr den Geruch des Todes, als den des Lebens wehen, wo nicht der Geist des Glaubens ist. Damit aber Niemand meine, daß dadurch der Kraft der Sacramente etwas entzogen werde, oder Gottes Wahrheit durch den Unglauben und die Bosheit der Menschen leide, sagen wir, daß den Unwürdigen auch die Gnade Gottes angeboten werde, und daß die Kraft der Verheißung dadurch nicht geschwächt wird, daß die Ungläubigen nicht nehmen, was ihnen angeboten wird. Von der Würdigkeit des Administranten hängt Gottes Stiftung auch nicht ab. Aber wenngleich Gott immer bereit ist, darzureichen, was Er abbildet, sagen wir doch, daß nur durch den Glauben das Dargebotene empfangen werden kann. Darum schreien Viele in ihrer Unwissenheit, daß die Figur des heiligen Mahles leer und nichtig werde, wenn nicht die Gottlosen ebensoviel empfangen, wie die Gläubigen. Auch Augustin läßt die Profanen und Unreinen nur das sichtbare Zeichen nehmen.

Ferner behaupten wir, daß den Gläubigen die Wirkung der geistigen Güter, welche die Sacramente abbilden, auch außer dem Gebrauch erhalten werde, wie die Märtyrer, die, eingeschlossen ins Gefängniß, die äußeren Zeichen nicht empfangen konnten, Christum nicht entbehrten, der so glorreich in ihnen triumphirte. Aber Augustin schreibt mit Recht: Obgleich Gott heiligt, welche Er will, ohne sichtbare Zeichen, so berauben doch die sich der unsichtbaren Heiligung, welche das Zeichen verachten. Damit hängt zusammen, daß wir den Nutzen, den wir aus dem Sacramente empfangen, nicht auf die Zeit des äußeren Empfanges beschränken müssen. Obgleich sogleich die sichtbare Figur verschwindet, so bleibt doch die Gnade, welche durch diese bezeugt wird, wie wir bei der Taufe sehen.

Von welcher Art ist nun die Mittheilung des Leibes und Blutes Christi? Mit dem Ausdruck „durch den Glauben", ist sie nicht zu einer imaginairen gemacht, als ob die Gläubigen das Versprochene nur in ihren Gedanken, durch ihre Erinnerungskraft (cogitatione, memoria) empfangen. Nein, aus dem verborgenen Quell der Gottheit ist das Leben in Christi Fleisch auf wunderbare Weise geflossen, damit es von dort zu uns fließe. Wenn wir aber sagen, daß wir Christi Leibes theilhaftig werden, so entsteht dadurch nicht eine Vermischung oder Ueberfließung (commistio vel transfusio) der Substanz, weil wir aus dem Fleisch, das einmal zum Opfer für uns gegeben ist, das Leben schöpfen. Wenn sie (die Gegner) die Substanz von Christi Fleisch mit der Seele des Menschen mischen wollen, in wie viele Absurditäten verwickeln sie sich! Ich wundere mich, daß sie wagen, offen die Gemeinschaft eine carnalis zu nennen. Wenn wir von einer geistlichen sprechen, murren sie, als ob wir damit die reale aufheben. Wenn wir sie aber die reale nennen, für die wahre nehmen und der scheinbaren und eingebildeten entgegenstellen, wollen wir lieber einen barbarischen Ausdruck gebrauchen, als Stoff zum Zanke geben. So ist, nach unserer Ansicht, die Art der Mittheilung eine geistliche, daß wir in Wahrheit Christum genießen; Christi Fleisch ist lebenbringend, weil Christus aus demselben das geistliche Leben in unsere Seelen träufelt; das wird auch von uns genossen, da wir in Einen Leib durch den Glauben mit Christo zusammenwachsen.

Ich wundere mich, daß unsere Censoren sich nicht schämen, über die leibliche Gegenwart Streit zu erheben. Aber da sie leugnen, daß Christi Körper örtlich durch Gränzen beschränkt wird, wollen sie, daß er unermeßlich sei. Wir wollen, daß er im Himmel gesucht werde. Dahin nimmt ihn die Schrift, bis er zum Gericht erscheint. Christus ist also abwesend von uns dem Körper nach, nach dem Geiste wohnt Er aber in uns und zieht uns so zu Sich in den Himmel, daß Er die lebengebende Kraft Seines Fleisches in uns übergießt, wie wir der belebenden Kraft der Sonne durch die Strahlen uns erfreuen. — Die, welche Christi Körper zu einem unermeßlichen machen, rauben ihm die Natur des Körpers. Die Unermeßlichkeit ist ein unnatürliches Gespenst, womit sie die Hoffnung unserer Auferstehung vernichten, da wir Seinem Körper ähnlich werden sollen; denn was ist es nöthig erst zu sagen, wie absurde es ist, mit dem Körper jedes einzelnen Gläubigen die ganze Welt zu erfüllen?

Aber sie halten es für unerträglich, daß wir leugnen, daß Christus unter dem Brote sich befinde oder mit dem Brote sich verbinde (sub pane locandum vel cum pane copulandum esse). Wie also? Ziehen sie Ihn herab von seinem Throne, daß Er in einem Stückchen Brod verschlossen liege? Wenn Einer sagen würde, daß Christi Leib uns unter dem Brote, wie unter einem Pfande (sub arrha), angeboten würde, würden wir keinen Streit anfangen.

Es bleibt noch die Auslegung der Worte des Herrn übrig. Weil Christus das Brod Seinen Leib nennt, pressen sie das Wort und lassen sie keine bildliche Rede zu. Aber wenn das Brod im eigentlichen Sinne der Leib Christi ist, so ist Christus selbst nicht weniger Brod, wie Mensch, und so sagen sie selbst ganz verkehrt, daß der Leib Christi in, mit und unter dem Brote ist. Wenn das Brod für den Leib erklärt werden muß, weil es so genannt wird, so ist das Brod nach Pauli Zeugniß nicht weniger die Gemeinschaft des Leibes. Wenn ich sage, daß Paulus an dieser Stelle klarer auseinandersetzt, was dunkler von Christo gesagt war, wer will widerstreiten? Wenn sie darin mit uns übereinstimmen, ist der Streit entschieden, weil wir auch bezeugen, daß im Brodbrechen der Leib Christi den Gläubigen mitgetheilt wird. Ihnen gefällt es, das Wort festzuhalten. Nun, da Christus bei Paulus und Lucas den Kelch das Testament in Seinem Blute nennt, so sage ich mit gutem Rechte, so oft sie das Brod Seinen Leib und den Wein Sein Blut nennen, seien es die Testamente in Seinem Leibe und Blute. — Darum, wenn sie sagen, daß das Brod sei der Leib Christi, werden sie zugleich gezwungen zu bekennen, daß es ein Zeichen (signum) des Leibes sei. Woher haben sie das? Aus den klaren Worten Christi. Also das Wort „Zeichen", über das sie so gehäßig mit uns streiten, holen sie heimlich aus der Stelle heraus, die sie wörtlich nehmen wollen. Wir aber, die wir offen zugeben, daß es eine bildliche Redeweise ist, fliehen weder zu Allegorien, noch zu Parabeln; sondern nehmen es als ein Axiom an, das unter allen Frommen ohne Widerspruch gebilligt ist, daß so oft vom Sacrament gehandelt wird, der Name der bezeichneten Sache metonymice auf das Zeichen übergetragen zu werden pflegt. Also wie das Mannah einst eine geistliche Speise war, wie das Wasser

Christus war, wie der heilige Geist die Taube, wie die Taufe das Bad der Wiedergeburt, so ist auch das Brod der Leib und der Wein das Blut Christi. Wenn sie dies lieber für eine Synecdoche, als für eine Metonymie erklären, so ist dieser Streit an die Grammatiker zu verweisen. Wer übrigens vor einem Wortstreite nicht ein Grauen hat, der kann sich niemals für Christi Jünger ausgeben. Da wir also in der Sache ganz und gar übereinstimmen, was wäre verkehrter, als die Kirchen zu zerstücken und entsetzlichen Lärm zu erregen, weil Einige die Worte erklären: „In, mit und unter dem Brote empfangen wir den Leib Christi;" Andere aber meinen, daß sie mit dem Munde das Zeichen, durch den Glauben die Verheißung empfangen? Keiner der nicht vom Streite berührt ist, wird, glaube ich, so unbillig sein, daß er nicht zugibt, daß wir recht lehren, die Reinheit der Lehre ehren und den Frieden suchen.

Westphal ließ nicht lange auf eine Erwiderung warten; schon am 6. Juli 1555 unterschrieb er die Vorrede seiner: „Justa defensio adversus cujusdam sacramentarii falsam criminationem, in qua et eucharistiae causa agitur," die in Frankfurt gedruckt ward. Trotz der schneidenden Verachtung, mit der Calvin ihn rücksichtslos gegeißelt, bewies Westphal ihm eine gewisse Hochachtung und Anerkennung. Gegen den Schluß seiner Schrift entschuldigt er sich sogar wegen seines Angriffs; er habe doch Nichts gethan, als Feuer gerufen, da er gesehen, daß die Kirche in Gefahr stehe. Er gesteht, eine gewisse Scheu zu haben, die falschen Vorwürfe und Schmähungen, die ihm gemacht sind, zu berühren, aber die Maßlosigkeit des Gegners zwinge ihn doch dazu. Calvin mache in seinem ohne Zweifel demüthigen Sinn, bei der ihm eigenthümlichen Bescheidenheit, in der er sich gar nicht bewußt ist, daß er unter den Gelehrten erster Classe obenanstehe, Allen, die es wagen, die Sacramentirer nur anzurühren, den Vorwurf, daß sie ungelehrte und unerträgliche Sachwalter sind. Nun trete ich, schreibt Westphal, gerne und ohne Sträuben gegen

Jeden zurück, wenn es das Lob von Geistreichigkeit und Gelehrsamkeit gilt; ich weiß, daß ich von Haus aus beschränkt bin, und daß Andere mich mit ihren Gaben weit überragen. Aber wenn es den Besitz der Wahrheit und ihre Vertheidigung gilt, da weiche ich auch Denen, die als Säulen der Kirche dazustehen scheinen, nicht; würde auch einem Engel vom Himmel nicht weichen. Mögen sie ihre Vorzüge und ihren Ruhm behalten, mir sollen sie die mir von Gott verliehene Macht, die Reinheit der Lehre frei, nach dem geringen Maß meiner Kräfte zu vertheidigen, und als treuer Knecht das mir anvertraute Scherflein (denn Pfunde sind mir nicht gegeben) zum Nutzen meines Herrn anzuwenden, nicht nehmen. Wenn ich mir auch mehr Gelehrsamkeit wünsche, so habe ich mir doch von Jugend auf Mühe gegeben, eine gewisse und feste Erkenntniß der Wahrheit zu erlangen. Aber ich habe doch auch schon vor 22 Jahren ein öffentliches Zeugniß meines Fleißes in den schönen Künsten (den Magistertitel) erhalten, und als ich mich zur Theologie wandte, 10 Jahre auf Universitäten, am längsten in Wittenberg, zugebracht. Wenn mein Gegner freilich Alle für ungelehrt hält, die nicht in Zwinglis Schule gebildet sind, so lasse ich die gerne mich verachten, die Luther weniger gelehrt, als Zwingli halten. Calvin wirft mir vor, daß ich prahle, wie ein Thraso, aber ich thue nichts, was meinem Berufe fremd ist, da ich nur das thue, was ich schon durch die Taufe gelobt habe, und was mein Amt von mir fordert. Es ist nicht meine Sache, die ich führe, sondern die Sache der Kirche. Wenn ich aber sage, daß ich nicht für die Kirche in Sachsen kämpfe, sondern auch für die andern, weit entfernten, und deshalb in lateinischer Sprache schriebe, so ist das keine Prahlerei. Wie habe ich denn bescheidener auftreten können, als daß ich diejenigen, die ich als meine Lehrer preise, mit aller gebührenden Ehrfurcht bitte, doch sich zu bemühen das Feuer zu löschen, das die Sacramentirer angezündet? Ich leugne nicht, daß ich zuweilen zu heftig in die Feinde eingedrungen bin; aber es mögen alle meine Bücher mit dem Briefe meines Gegners verglichen werden, man wird Nichts finden, was ähnlich wäre jenen heftigen Ausbrüchen des mit Unrecht aufbrausender Menschen!

Westphal beginnt seine Schrift: In diesem Jahr hat ein Sacramentirer eine Schmähschrift herausgegeben voll falscher Anklagen und bitterer Sarcasmen, in denen er auf besondere Art ein Specimen der Liebe, Bescheidenheit und Demuth ablegt, deren sich die Sacramentirer so gerne rühmen. Er will bei mir ein strenges Exempel statuiren, damit nicht später noch Einer ihn und seinesgleichen anzurühren wage; er tobt so gegen mich, daß er Alles auf mich häuft, was blinde Leidenschaftlichkeit und gehässige Tadelsucht nur zusammenbringen kann, ja, er mäßigt sich so wenig, daß er mir den Vorwurf der Trunksucht (temulentiae) macht. Doch es wird nicht schwer, um Deßwillen Beleidigungen zu ertragen, der um meinetwillen Schmach gelitten. — Calvin sagt, es seien nur Wenige, verächtliche, gering zu schätzende Männer, die durch ihr Geschrei ihm beschwerlich geworden wären. Doch die Zahl ist nicht so klein, wie sie von ihm gehalten wird. Die Seufzer und Gebete der Frommen, die in Deutschland, Frankreich und Italien ertönen, sind nicht unbekannt. Es schweigen Viele, aber billigen darum nicht den Irrthum. Mir aber liegt die Pflicht ob, zu antworten, auf daß er nicht Viele, die zur augsburgischen Confession gehören, in die Gemeinschaft des haeretischen Consensus zieht, indem er, wie Haeretiker gerne thun, ausgezeichnete Männer verdächtig macht. Drei Punkte besonders fordern eine Rechtfertigung, 1) der Vorwurf, daß ich die Sacramentirer fälschlich beschuldige, daß sie untereinander uneins sind, 2) auch, daß sie nichts als leere Zeichen im Abendmahl übrig lassen, 3) daß ich Streit und Unruhe erregt habe. Gegen den ersten Vorwurf konnte Westphal sich leicht schützen. Die Verschiedenheit der Auslegungen, schreibt er, hat Luther schon den Schweizern vorgeworfen. Calvin selbst nennt Carlstadts Erklärung ungereimt und erdichtet; er selbst sucht eine Entschuldigung in der Dunkelheit der Stelle dafür, daß sich im Anfange verschiedene Ansichten gezeigt. Und wozu wären die vielen Vergleiche und Vereinbarungen nöthig gewesen, wenn bei ihnen eine solche Uebereinstimmung geherrscht hätte?

Der zweite Vorwurf, daß die Schweizer nichts als leere Zeichen im Abendmahl übrig ließen, war der wichtigste. Dazu haben die Sacramentirer, schreibt Westphal, die Tropen ersonnen, um zu begründen, daß Leib und Blut Christi nicht in Brod und Wein gegenwärtig sei, sondern abwesend. Dazu haben sie so viele Stellen verdreht, besonders die, welche von der Himmelfahrt reden. Wenn aber Calvin mich anklagt, daß ich auch einen Tropus annehme, so übersieht er, daß ich wahre Tropen von erdichteten unterscheide, so, daß ich nur solche für wahre Tropen halte, die nur Einen Sinn zulassen, dagegen für falsche solche halte, die verschiedene Bedeutungn haben. Warum hat auch Calvin selbst vor 20 Jahren zu den falschen Ansichten gezählt, daß Einige nur von der Figur und dem Symbol reden; warum das in einem andern Buch wieder vor 15 Jahren getadelt, daß Zwinglis Anhänger das thäten, und nicht bedacht, daß, wenn sie von Zeichen redeten, sie damit die Wahrheit verstehen könnten? — Aber scheint mein Gegner nicht mit klaren Worten zu lehren, daß in dem mystischen Mahle der Leib und das Blut Christi empfangen werde, und — der augsburgischen Confession beizustimmen? Die Worte stellen das freilich so dar, aber ich fürchte, daß hinter den Worten eine List versteckt ist. Schon Luther hat eine List gespürt; drum schrieb er vor zwanzig Jahren nach Frankfurt, als er das Gerücht vernahm, daß dort zwinglisch gelehrt werde unter dem Schein, als ob Zwingli mit der wittenberger Kirche übereinstimme. Elf Jahre später, in seinem „Kurzem Bekenntnis vom Sacrament“ erwähnt er wieder, daß die Sacramentirer sich gerühmt, mit ihm übereinzustimmen. Was sollen die täuschenden Vereinigungen der sich widersprechenden Formeln Luthers und Zwinglis? — Calvin sagt nicht, daß die Substanz des Leibes oder der wahre und natürliche Leib Christi gegeben werde, sondern die Wohlthaten, die aus Seinem Leibe entstehen; es wird die lebendigmachende Kraft des Leibes uns mitgetheilt; Christus steigt, selbst, im Himmel bleibend, durch Seine Kraft (virtute) zu uns herab; aber, was Calvin vigor, virtus, merita, beneficia des Leibes Christi nennt, ist nicht der corpus Christi selbst. — Ferner das Essen des Leibes Christi ist für Calvin Nichts, als glauben an Christi Leib, wie die Gegenwart, der Genuß des Leibes Christi in der geistigen Mittheilung und im Genuß des Glaubens für ihn besteht. Denn die wahre Gegenwart des Leibes leugnet er selbst klar und bringet diejenigen in schlechten Ruf, welche bekennen, daß der wahre Leib ausgetheilt werde; sagt, daß sie unter dem Leib ein Phantasma sich denken, das nicht sinnlich ist, nicht auf mathematische Weise nach seiner Größe erkannt werden kann. Aber er vergißt, daß das Abendmahl nicht etwa eingesetzt ist, die Wahrheit Seines Leibes, Seiner Auferstehung zu beweisen; daß Christus uns Seinen Leib nicht gibt, um Ihn mit Augen zu schauen! — Die Philosophie fordert, daß ein Körper eine begränzte Ausdehnung hat, nicht die Theologie; denn wenn gleich der Schöpfer der Natur die Eigenthümlichkeit des physischen Körpers recht gut kennt, sagt Er doch, daß Er Seinen Leib uns gibt, obgleich wir ihn nicht sehen. Soll man mehr der Vernunft, als dem Sohne Gottes glauben? Was ist es, daß jene guten Philosophen mit ihrer Physik, aus der sie ihren babylonischen Thurm hervorzubringen trachten, kämpfen? Schreibt Paulus nicht, Ephes. 4, 10, daß Christus aufgefahren ist über alle Himmel? Hebr. 7, 26: daß Er höher ist, denn der Himmel? Da sie aber sagen, daß, philosophisch geredet, es keinen Ort über den Himmeln gibt; so werden sie auch leugnen, daß Christus über die Himmel aufgefahren sei, da dort kein Ort ist, und ein Körper nach den Naturgesetzen nicht ohne einen Raum sein könne. Denn es ist ebenso gegen das Gesetz eines physischen Körpers, daß er nicht in einem Raum ist, als es dem Gesetz der Natur widerstreitet, daß er zugleich an mehreren Orten ist. — Unser Gegner legt seine Träume uns unter, wenn er von einer Uebergießung des Körpers oder einer räumlichen Verbindung (transfusionem et localem connexionem) träumt. Solche Redensarten werden in unseren Schriften nicht gefunden. Wir bekennen einfach die Gegenwart des wahren Leibes, der für uns gegeben, des Blutes, das für uns vergossen ist; nicht bestimmen wir die Art der Gegenwart, die uns unbegreiflich ist, wir sprechen nicht von einer connexio oder transfusio oder Aehnlichem, was ausdrückt oder bezeichnet etwas Locales oder sonst etwas, das zu wenig mit dem rechten Glauben übereinstimmt. Aber diese Stelle, in der er darauf hinweist, daß er den Glauben an die Substanz der leiblichen Gegenwart im Abendmahl für einen Traum hält, deutet nicht unklar an, daß er die Substanz und Wahrheit, die er mit den Sacramenten verbindet, in demselben Sinne versteht von der Kraft und dem Gebrauch des Leibes Christi, nicht von der Substanz selbst. Darum stellen die Sacramentirer den Schatten auch der Wahrheit gleich, wenn sie das Mannah im A. T. dem Brod im Abendmahl vergleichen. Daß sie das Abendmahl sich ohne den Leib und das Blut Christi denken, ist auch daraus offenbar, daß sie Christum in den Himmel einschließen, bis Er zum Gerichte wiederkehrt, wie schon Zwingli schrieb. Wenn die Sacramentirer dem von Gott, dem Vater, gesandten Sohne Glauben schenkten, daß Er uns die göttlichen Geheimnisse offenbare, so würden sie sich der gottlosen Fragen menschlicher Neugier enthalten; da würde nicht jener neugierige Momus, der dem Carlstadt, dem zweiten Vater der Sacramentirer nach Berengar, nachahmt, der die Lutheraner als Giganten, die den Herrn vom Himmel herabholen und mit ihren Zaubersprüchen ins Brod einschließen, verleumdet, nicht, sage ich, würde er fragen, ob Christus von seinem Thron herabgezogen werde, damit er in einen Brocken Brod eingeschlossen liege. Es liege nur daran, daß sie ihren Gedanken nachgehen, wenn sie es für absurd hielten, zu sagen, das Brod ist der Leib Christi. Mein Gegner schreibt: „Nicht so weit ist die Bescheidenheit zu treiben, daß man die ganze Religion mit erschrecklichen Wunderbarkeiten ausfülle!“ Aber die Wunderbarkeiten ersinnen sich die Sacramentirer nur mit ihren philosophischen Vorstellungen. — Daß sie in dem Sacrament nicht die Gegenwart des Leibes Christi annehmen, geht daraus hervor, daß mein Gegner sagt, daß die Ungläubigen, wenn sie zur Communion kommen, leer und ledig weggehen. Kommt ein Unwürdiger, so ist also die Kraft (virtus) nicht im Zeichen. Aber das Sacrament ist doch dasselbige der Substanz nach, wenn auch nicht, was die Wirkung betrifft. Augustin sagt doch mit Recht, daß auch Judas den Leib Christi empfangen habe. Hieraus ist zu erkennen, wie schön mein Gegner mit der augsburgischen Confession übereinstimmt. Schlau versetzt er den Streitpunkt, wenn er ihn so darstellt, als ob Luther vorzüglich gegen diejenigen gekämpft, welche die Sacramente zu äußerlichen Zeichen des Bekenntnisses gemacht, darum nur leere Zeichen darreichen. Luther bekämpfte auch diesen Irrthum, aber die Hauptsache war ihm doch, daß die Urheber des Sacramentstreites behaupteten, das Brod und der Wein bedeute den Leib und das Blut Christi, und seien Symbole abwesender Dinge. In Luthers kurzem Bekenntnisse kommt schon vor, daß die Zwinglianer in Marburg zugegeben hätten, daß die Zeichen im Sacramente nicht leere Zeichen seien, sondern, daß der Leib Christi geistlich gegessen werde. Aber trotzdem, daß Luther hörte, daß sie eine geistliche Gegenwart und Speisung annahmen, meinte er doch, daß sie die Eucharistie entleerten. Zwingli selbst leugnet gar nicht, daß nach seiner Ansicht, außer den Symbolen uns gar nichts gereicht werde im Abendmahle.

Westphal geht dann zur Zurückweisung des Vorwurfs über, daß er den Frieden gestört und den Streit wieder angeregt habe. Wann, wo und wie, fragt Westphal, ist denn die Uebereinstimmung hervorgebracht und ein wahrer Friede gestiftet? Versucht ist beides in Marburg. Dann ist in Wittenberg über den Frieden verhandelt, und Einige haben die Eintrachtsformel angenommen, Andere aber hörten nicht auf, den Irrthum auszustreuen. Als aber nach Zwinglis Tode sein Buch „an die christlichen Fürsten“ erschien, und Luther verursachte, sein Bekenntniß zu schreiben; da entbrannten die Zürcher, ihren Meister zu rächen, und griffen Luther mit aller Satire an, indem sie der Verdienste des müden Greises nicht gedachten. Und als sie nun den Krieg begonnen hatten, waren sie nicht träge, Hülfstruppen zu suchen und ihre Siegesfahnen aufzupflanzen, wo Niemand Widerstand leistete. In England hielten sie viele Disputationen über das Sacrament und gaben sie viele Schriften heraus; heißt das das Feuer auslöschen? — Aber unter sich machten sie viele Consense? — Ja, aber ich beschwöre dich, konnten diese andere Streitigkeiten schlichten, als solche, die unter den Sacramentirern selbst stattfanden? — Und das sollte den Streit begraben, daß die Genossen des Irrthums unter sich sich vertrugen? — Nein, sie fahren fort, ihre Schriften voll Irrthümer zu verbreiten, stören die friedlichen Kirchen, wo sie nur Erlaubnis bekommen, öffentlich zu lehren; streifen umher, predigen heimlich in Winkeln, erregen das Volk durch öffentliche Disputationen, fordern, daß selbst diejenigen Lehren in Frage gestellt werden, die öffentlich vorgetragen werden und mit großer Uebereinstimmung angenommen sind. In ihren Versammlungen machen sie Alles anders; schaffen die Ritus, die nicht unnütz sind, ab. Hier und dort lassen sie die Kinder ohne Taufe sterben, weil sie behaupten, daß die Kinder der Gläubigen auch ohne Taufe selig werden können, und das Volk überreden wollen, daß Niemand durch die Taufe wiedergeboren und erlöst werde, sondern daß man durch die Taufe nur versiegelt werde, so daß die, welche schon früher heilig und des Heils theilhaftig waren, nur durch ein äußeres Bekenntnis auch als solche bezeichnet werden. Das Abendmahl geben sie nicht zu Hause, selbst den Kranken nicht. Die Privat-Absolution ertheilen sie nicht. Im Dekalog theilen sie, um Carlstadts Bilderstürmerei zu vertheidigen, das erste Gebot in zwei. Sie heben den Unterschied der heiligen Zeiten, wie die christlichen Feste, auf; an die Perikopen binden sie sich nicht. Wer will sagen, daß sie nicht die Kirche in Verwirrung bringen? (Westphal hatte wohl gehört, welchen Streit Calvin und Farel schon im Jahre 1537 in Bern wegen der Wochenfeste, Brautkränze u. s. w. erregt hatten. War doch auch dort ihnen vorgeworfen, daß sie durch ihre unberufenen Neuerungen alle deutschen Kirchen verwirrt hätten. *). Darum laufe ich bei der allgemeinen

*) S. Hundeshagen: Die Conflicte in der Bernischen Landeskirche. S. 129. 137. u. a.

Gefahr hinzu, bitte, treibe, daß man hinzueile, das Feuer zu löschen oder zu unterdrücken. Aber sie fangen sich, da sie das wehren wollen, in ihrem eignen Strick und geben kund, wes Söhne sie sind, sie, die durch ihr Thun das Feuer anzünden! Am Schluß tritt Westphal noch gegen Calvins Irrlehre von der Taufe auf.

Einen solchen Angriff konnte Calvin natürlich nicht ertragen; er setzte sich sogleich hin und schrieb seine: Secunda defensio piae et orthodoxae de sacramentis fidei, contra J. Westphali calumnias. Im Januar 1556 kam sie schon heraus. Bei dieser Schrift zähmte sich Calvin noch viel weniger, als bei der ersten. Er meint freilich zuerst, daß er nicht nöthig habe zu bezeugen, wie er wider Willen in einen Kampf gezogen sei, den er von Anfang an geflohen habe; aber er thut dies doch mit großer Ausführlichkeit. Er selbst, sagt er, habe die Gemüther immer zu beruhigen gesucht. Doch als er den Consensus zu Stande gebracht, damit wenigstens in der Schweiz auch nicht ein Schein von Zwietracht in der Kirche sich zeige, sei ein gewisser Westphal aufgetreten und habe sich nicht etwa der Eintrachts-Formel, die sie alle angenommen, nein, dem Consensus selbst widersetzt. Ihm, einem Prediger des Evangeliums, sei das Wort „Friede" so verhaßt, daß er es nicht ertragen könne, wenn man ein Mittel suche, dem Streite ein Ende zu machen. Das mußte ihn, Calvin, natürlich auffordern, den Consensus zu vertheidigen. Er habe jetzt seine Sache gegen eine „falsa criminatio" zu führen. Hat meine Schrift denn wirklich etwas anders bezweckt, als Westphals Verleumdungen ans Licht zu ziehen? Er klagt freilich gewaltig über meine bösen Reden, aber jeder billige Leser wird bei seiner Zügellosigkeit das Urtheil fällen, daß ich ihn auf eine zarte Weise geschont habe! Ich habe freilich nicht umhin gekonnt, meinem Buche aliquid salis beizumengen, allein es ärgerte mich zu sehr, daß er, der sich rühmt, ein Prediger des Evangeliums zu sein, ein so abgeschmackter Mensch ist (insipidus). Er klagt, daß ich muthwilliger Weise in lauter Schimpfreden gerathen sei, man bedenke, was er verdient hat, und wie viel härter ich ihn hätte behandeln können! Er macht es mir zum Verbrechen, daß ich ihn einen Trunkenbold genannt; doch er soll wissen, daß ich nicht seinen Bechern den Krieg erklärt, sondern von einer andern Trunkenheit gesprochen habe, von der, von welcher der Prophet Jesaias sagt, daß sie nicht vom Wein kommt. — Wie gerne Westphal sich in Gemeinplätze verliert, nach Art der Redner bei den Gastmählern (mustacei rhetores) erhellt schon daraus, daß ich mich rühmen soll, aus allen Winkeln Hülfstruppen herbeiführen zu können. Auf die Zahl kommt es mir nicht an; ich weise, da er sich der Menge rühmt, die ihm beipflichten, auf die Märtyrer hin, die für unser Bekenntnis ihr Leben gelassen. Er sucht mich, weil ich ein Gallier bin, dadurch verhaßt zu machen, daß er einen meiner Landsleute nennt, und behauptet, daß ich des Berengars Haeresie wieder aufrege. Wenn er Berengar für einen Haeretiker hält, warum geht Westphal nicht lieber ins römische Lager über? — Er meint, er hätte schreiben müssen, um sein Amt nicht in Verachtung zu bringen; nun dann hätte er gerade schweigen sollen, denn wie sollte nicht jeder billige Mensch erbittert sein über die Verkleinerung solcher Männer, wie er sie angreift, und von denen ich jeden einzelnen ihm vorziehe.

Zuerst widerlegt Calvin nun den Vorwurf, als ob er mit Unrecht gesagt, daß sie nicht Widersprechendes gelehrt, indem er es dem Gegner zum Vorwurf macht, daß er sie mit Carlstadt und andern Sectirern zusammengestellt; mit a Lasco, Oecolampad u. A. aber trotz anderer Ausdrücke zusammenzustimmen, behauptet. Ich bekenne, schreibt Calvin, daß die Hauptstreitfrage ist über den Sinn der Einsetzungsworte; ich widerspreche dem nicht, daß diese eine gewisse Umschreibung erfordern. Denn die strengen Buchstäbler müssen, wenn sie sagen, das Brod ist der Leib Christi, auch behaupten, der Kelch, aus welchem Stoff er auch gemacht ist, sei das Blut des Herrn. Aber wenn Westphal sich freut über die uniformitas bei Paulus und den Evangelisten, da der eine dasjenige Blut nennt, was der andere das Testament, so muß er auch nicht übel werden über die Differenz von Signum und Symbolum. Westphal weist den Vorwurf zurück, daß er auch einen Tropus annehme; aber er sagt, daß er nur falsche Tropen nicht wolle. Gewiß, wenn der Leib Christi in dem und durch das Brod gegeben und unter dem Brote genommen wird, so ist klar, daß das Brod nur figurate der Leib Christi genannt werden kann, weil es den Leib in sich enthält, aber nicht proprie und naturaliter ist, was gesagt wird. Nur die Papisten befreiet ihre Transsubstantiatio von der Nothwendigkeit, einen Tropus anzunehmen. Aber wie kann Westphal von einem Widerspruche sprechen, wenn Einige von einer Synecdoche, Andere von einer Metapher, noch Andere von einer Metonymie reden?

Auf den zweiten Vorwurf, daß sie nur leere Zeichen im Sacramente übrig lassen, erwidert Calvin erst im Allgemeinen, wer das sage, müsse Christus und seine Kraft und geistigen Schätze für nichts halten. Calvin geht dann auf die 9 Punkte ein, die Westphal zu tadeln findet. „Zunächst beschuldigt er uns, den Glauben der Kirche zu untergraben, wenn wir sagen, daß Christus, in uns wohnend, uns so zu Sich ziehe, daß Er die lebende Kraft Seines Leibes in uns übergieße, ähnlich, wie wir durch die belebenden Strahlen der Sonne belebt werden. Aber ich will dadurch nur die Art des Gebens erklären. Westphal hält es freilich für das höchste Unrecht, über die Art, wie der Leib Christi empfangen wird, zu grübeln. Aber ich bekenne, ein Grausen zu empfinden, wenn ich von einer localen Gegenwart höre. Ich kann Christum nicht anders gegenwärtig denken, als daß die Herzen (mentes) der Gläubigen durch den Glauben über die Welt erhoben werden, und daß Christus durch die Kraft Seines Geistes das Hindernis der örtlichen Entfernung aufhebt. Nichts widerstrebt mir mehr, als die ersonnene Ubiquität oder die Unermeßlichkeit des Leibes Christi. Zweitens meint Westphal, daß ich das Essen und Trinken des Leibes und Blutes für Nichts achte, als das Glauben an den Leib und das Blut; aber ich erkläre das Essen und Trinken doch als die Frucht des Glaubens. Westphal aber hält freilich die nicht für Brüder, die nicht Mund und Leib hinzubringen, um Christum zu verschlingen (ad vorandum Christum). Drittens führt Westphal an, daß ich Christum, dem Leibe nach, für abwesend halte. Das thue ich freilich ebenso, wie Petrus es thut, aber nichtsdestoweniger glaube ich, daß Seine göttliche Kraft allenthalben verbreitet und stark genug ist, uns Sein Fleisch lebenskräftig zu machen. Daß Christus dem Leibe nach abwesend ist, geht daraus hervor, daß die Schrift, wie von Seiner Himmelfahrt, auch von Seiner Wiederkunft redet. Was wäre Seine Auffahrt und Seine Wiederkunft, als eine täuschende, nichtige Erscheinung, wenn Er jetzt dem Leibe nach die ganze Welt einnehme? Und wenn Er uns dem Fleische nach nahe wäre, wäre es nicht verkehrt gewesen, daß sich der Himmel öffnete, damit Stephanus Ihn zur Rechten des Vaters könnte stehen sehen? — Ich weiß wol, daß sie höhnend zu erwidern pflegen, daß unter dem Himmel nur Seine unendliche Herrlichkeit zu verstehen sei. Allein, wenn Er der Erde entnommen ist, und die Wolken dazwischen gestellt sind, kann doch nur fälschlich von einer unsichtbaren Wohnung geredet werden. Augustin erklärt sich mit uns dafür, daß Christus nach der Gegenwart der Majestät beständig den Gläubigen nahe ist, aber in Bezug auf die leibliche Gegenwart den Jüngern gesagt habe: „Mich habt ihr nicht immer bei euch!" Westphal spricht es aber 4. aus, daß er nur eine leibliche Gegenwart anerkennen könne. Wir sind also im Streit nicht über die Gegenwart selbst, sondern über die Art der Gegenwart des Leibes Christi. Nach ihm ist Christi Fleisch nicht anders lebenbringend, als wenn es durch den Mund in den Leib geht. Er wirft uns vor, daß wir nach der Weise, wie wir lehren, das Geheimnis des Mahles auf mathematische Weise ermessen wollen. Wir nehmen aber keineswegs Euclides zu unserm Anwalt, sondern Christus selbst. Auch lehrt uns nicht die Philosophie, daß Sein menschliches Fleisch mit geistigen Kräften begabt ist, daß Er die Seelen lebendig macht, oder daß Er uns dies Leben vom Himmel herab einhaucht, oder daß Er das auf wirksame Weise unter dem äußern Symbol des Brotes thut. Ich würde lieber sterben, als

Ein Wörtlein Christi mit der ganzen Philosophie auf die Wagschale legen. Was wir aber von der Himmelfahrt und der Wiederkunft Christi anführen, verlacht Westphal, als ob Christi Leib in sichtbarer Gestalt nur um Seiner Auferstehung willen gen Himmel gefahren sei, dann aber Form und Ausdehnung ablege. Er sagt, daß Pauli Ausspruch: Er sei über alle Himmel erhoben, mit unserer Physik streite. Wie? Denken wir denn Christus uns inmitten der Sphären? oder errichten wir Ihm eine Hütte unter den Planeten? Der Himmel ist uns der erhabene Palast Gottes, der höher ist als die ganze Welt! Westphal stampft vor Wuth auf die Erde, daß Christus also nach unserer Lehre außerhalb des Raumes wohne. Doch diesem Hohne sind wir schon begegnet, da wir nicht leugnen, daß Christus unter dem Brod verborgen ist, weil Er an Einen Orte eingeschlossen ist, sondern, weil Er über alle erhaben ist. Wendet Westphal ein, daß es nicht mehr mit der Physik streite, daß ein Körper an vielen Orten ist, als daß er an keinem sei, so sage ich wieder, daß von Physik hier nicht die Rede ist, sondern, daß uns die Wirklichkeit des Leibes Christi, wie sie die Schrift lehrt, unangefochten bleiben muß. Ein Körper aber, wenn er auch über die Himmel erhaben, von der gewöhnlichen Ordnung der Natur frei ist, hört doch nicht auf, ein wahrer Körper zu sein, und behält, auch der irdischen Qualitäten entledigt, doch was der Substanz eigenthümlich ist (substantiae proprium). Der fünfte Einwurf Westphals betrifft die transfusio substantiae. Ich behaupte, daß der Leib Christi gegeben werde, daß dies aber nicht die Gegenwart des Leibes erforderlich macht. Wo ich von der Substanz der Taufe und des Abendmahls spreche, da meine ich Christum, oder, um deutlicher zu sein, Christum und die Gaben, die uns aus Ihm zukommen. Wie also das heilige Mahl besteht aus den irdischen Symbolen des Brotes und Weines, so ist Christus nur gleichsam die geistige Materie, die den Symbolen entspricht. Wenn wir in die heilige Gemeinschaft mit Christo treten, fließt aus dieser die Frucht und der Nutzen der geistigen Gaben, daß uns Sein Blut rein macht von den Sünden, das Opfer Seines

Todes Gott versöhnt, Sein Gehorsam die Gerechtigkeit bereitet. Da ich dies im Consensus deutlich auseinandersetze, so spottet Westphal wenig ehrerbietig, daß ich den Namen der Substanz auf den Gebrauch und die Kraft des Leibes Christi übertrage, und die Substanz selbst zurückschiebe (remota substantia). Freilich täusche ich mich nicht, daß meine Lehre von seiner Erfindung der gegenwärtigen Substanz des Leibes weit abweicht. Westphal tadelt mich 6, daß ich das Brod und den Wein im Abendmahl ebenso zu Christi Leib und Blut mache, wie das Mannah den Vätern eine geistliche Speise und der Fels ihnen Christus war. Aber das muß er auch dem Paulus vorwerfen, denn aus seinen Worten habe ich das genommen. Er kann das nicht leugnen, daß der Apostel dort beide Sacramente mit einander vergleicht. Aber aus meinem Commentar hätte er schon sehen können, daß ich sage, daß die Art, wie die Väter die Speise genossen, von der unsern verschieden ist, weil heute eine substantialis manducatio stattfindet, die damals nicht geschehen konnte, weil Christus Sich noch nicht für uns geopfert hatte. Darum war jene Speisung nur ein Schatten der zukünftigen; aber eine geistige Speise war doch in beiden Zeichen gegeben; und ein leeres Zeichen war keines. So wie gesagt wird, das Mannah war Christus, oder wie an einer andern Stelle die Taube der heilige Geist genannt wird, so sagt Christus auch: das Brod ist Mein Leib. Nun wirft mir Westphal 7, vor, daß ich Christum in den Himmel einschließe, wie Zwingli wolle, daß Er im Himmel gesucht werde, und lehre, daß Er den Himmel einnehme, bis Er zum Gericht erscheinen wird. Der Censor bemerkt nicht, daß es des Apostel Petrus Worte sind, die er tadelt. Aber wenn er behauptet, daß Christus nach Seiner Verheißung alle Tage bei uns, wo zwei oder drei zusammen sind in Seinem Namen, mitten unter ihnen ist; ja, wenn er den Kothurn besteigt und ausruft: „Wir stehen nicht an, zu sagen, in den Sacramenten ist der Himmel, die Wohnung Gottes; dort ist Gott zu finden; wie die Väter ihn suchen sollten, wo Er unter den Cherubim thronte, in der heiligen Lade", so lassen wir ja auch nicht die frommen

Gemüther in den Himmel steigen und sich von der Taufe und dem heiligen Mahle abwenden; nein, wir mahnen fleißig, um nicht in vagen Speculationen sich zu verlieren, auf den Stufen sich zu erheben, welche Christus verordnet hat, vom Wort und Sacrament auszugehen, um Christum im Himmel zu finden. Oefters will Westphal aus meinen absurden Gegenbemerkungen klar erhellen lassen, daß ich nichts weniger glaube, als eine wahre Austheilung des Fleisches Christi im heiligen Mahle. Aber Westphals wortreiche Prahlerei hat nicht weniger den Schein der Wahrheit, als wenn ein Anthropomorphite behauptet, daß Gott einen Körper hat, weil von Seinem Auge, Munde u. s. w. gesprochen wird. Wirft er uns eine ungebührliche Neugierde vor, welche zu Blasphemien führt, so wissen wir, daß es die Ehrfurcht gegen Gottes Wort ist, die uns zu forschen nöthigt, damit wir nicht in dummer Bewunderung das Himmlische mit dem Irdischen vermischen. Sagt er, daß die Arianer auch in solche erschreckliche Blasphemie gerathen, weil sie die unaussprechliche Zeugung des Sohnes Gottes aus der Philosophie zu begreifen suchten, so antworte ich: Nein, sondern weil sie einzig und allein das Wort: „Der Vater ist größer, denn Ich" festhielten. Wenn Westphal nun auch nicht, so sehen doch die Leser, wessen Bild sie in diesem Spiegel erblicken. Endlich behauptet Westphal 9, daß ich die Zeichen leer lasse, weil ich die Ungläubigen von denselben leer und umsonst weggehen lasse. Aber nirgend sage ich, daß wenn ein Ungläubiger hinzutritt, so sei schon die Gabe Christi (virtus) nicht mehr mit den Zeichen verbunden; nein, im Gegentheil habe ich behauptet, der Menschen Unglaube hebe Gottes Glaubwürdigkeit nicht auf; aber daß nicht die Sacramente immer dieselbe Kraft behalten sollten; ein jeder Mensch empfange sie nur nach dem Maße seines Glaubens. Aber Westphal will, daß das Sacrament bei den Gläubigen, wie bei den Ungläubigen dasselbe bleibe der Substanz nach, wenn auch nicht nach der Wirkung. Er sagt, durchs Wort, nicht durch den Glauben entstehe das Sacrament. Wenn ich das auch zugebe, so folgt doch nicht, daß Christus, daß das Brod, den Hunden und Schweinen vorgeworfen werden könnte, und sie dann Christi Fleisch äßen? Gott läßt den Regen vom Himmel fallen, wenn auch Stein und Fels die Flüssigkeit nicht aufnimmt. Wenn auch die Ungläubigen sich um die Frucht betrügen, bleibt, sagt Westphal, doch das Sacrament unversehrt. Also besteht nach ihm die Unversehrtheit (integritas) des Sacramentes in Christo, wenn es auch ohne Seele (exanimis) ist. Augustin läßt durch das Wort die Wirkung geschehen, Westphal ohne Wort durch die Handlung (operatione). Westphal behauptet, dieselbe Taufe erhalten auch die Ungläubigen. Aber in dieser Beziehung ist keine Aehnlichkeit mit der Taufe. (Nulla hac in parte baptismi similitudo est.) Westphal will, die Ungläubigen sollen das wahre Fleisch Christi essen, obgleich sie kein Bischen (micam) von seinem Geiste genießen. Heißt das nicht, Christum Seines Geistes berauben? Luther kämpfte heftig für die Sacramente, damit sie nicht in ihrer Wirkung kalte und nackte Figuren wären, und behauptete deshalb, daß die Wirksamkeit des Geistes mit den äußeren Organen verbunden seien. Ich habe offen bezeugt, daß die Sacramente nicht leere Figuren sind, sondern die Unterpfänder geistlicher Gnadengaben und lebendige Organe des heiligen Geistes. Westphal sammelt viele Zeugnisse aus Zwinglis Schriften und macht ihn zu meinem Genossen, gegen den ich vor 15 Jahren habe auftreten müssen. So sucht er zu beweisen, daß wir unter einander uneins.

Ferner ist er bemüht, das Verbrechen von sich abzuwälzen, daß er der Urheber des Streites sei. Als ob ich gesagt, daß jetzt erst Unruhen entstanden sind, und es nicht vielmehr beklagt habe, daß er sie wieder angeregt hat. Ich hatte gesucht die Gemüther zu beruhigen durch den züricher Consensus, wie Veit Diederich das auch gehofft hat. Caspar Cruziger hat vom Herzen mir beigestimmt, noch jetzt Lebende zu übergehen, um nicht Westphals Zorn gegen sie zu reizen. Es war nicht eine Verschwörung, um Irrthümer fest zu stellen, wie er fabelt, sondern das offne Bekenntnis unserer Ansicht. Die Vorrede ist ein Zeugnis, daß wir Niemand unsern Worten beizustimmen treiben wollten. Westphal hätte offen sagen können, was ihm nicht gefiel. Aber nun erklärt er das für einen verfluchten Frieden, der durch den Verlust der Wahrheit erkauft ist! Auf eine grausame und barbarische Weise beleidigt er den treuen Diener der Kirche Peter Martyr. Nicht einmal das Blut so vieler Märtyrer in England erregt sein Mitleid! — Er beruft sich auf das Urtheil der Kirche; das thut der Papst auch; wir berufen uns allein auf die Wahrheit des göttlichen Wortes, und sind Jedem zur Verantwortung bereit, unseres Sieges gewiß. — Er geht weiter und macht es unsern Kirchen zum Vorwurf, daß sie Alles neu machen, das heilige Mahl begehren ohne theatralische Anzüge*) ohne Lichter am hellen Tage anzuzünden, ohne Glocken anzuziehen. Welche Anmaßung, zu wollen, daß seine Gewohnheit überall als Gesetz gelte! Bedenke, daß Niemand härter, als Luther selbst, gegen diese Narrenspossen sprach nnd nur um der Schwachheit seiner Zeit willen sie beibehalten wollte. Aber Wittenberg und Hamburg sollen mehr gelten, als Jerusalem in der ersten Zeit des Christenthums! — Ferner tadelt er, daß wir hier und da Kinder ohne Taufe sterben lassen, weil wir den Weibern nicht gestatten das Amt der Prediger zu verwalten. Er führt hernach an, was ihm Anstoß giebt, daß nämlich wir dadurch die Hoffnung erwecken, daß die Kinder ohne Taufe können selig werden, daß sie durch die Taufe nicht wiedergeboren, sondern nur in dem Heile das ihnen schon früher zu Theil ward, versiegelt werden. Ich habe gegen diese grobe Irrthümer schon früher ausführlicher geschrieben, und frage Westphal nur, welches Gewicht für ihn die Verheißung Gottes hat: Ich bin euer Gott und der Gott eures Samens? — Westphal wirft uns vor, daß wir nicht den Kranken das Abendmahl im Hause reichen. Das ist gekommen, weil die Frommen vor der Privat-Communion durch den theatralische Pomp, mit dem das Brod früher durch die Straßen ge-

*) Auch die Ornate der Prediger gaben ja den Reformirten an allen Orten Veranlassung zu Streitigkeiten. S. z. B. C. Schmidt, Peter M. Vermigli S. 122.

tragen ward, abgeschreckt wurden. Uebrigens bleiben die Kranken deshalb nicht ohne Trost, sondern sie werden erinnert, daß ja das Unterpfand des ewigen Lebens bei ihnen schon früher niedergelegt sei. Er beklagt sich über die Unterlassung der Privat-Absolution. Ich leugne den Nutzen der Privat-Absolution nicht, aber ich will ihren Gebrauch frei und von Aberglauben ledig haben. Der vierte Vorwurf betrifft die Theilung des ersten Gebotes in zwei. Aber, daß er doch bedenken möchte, wie er und seine Anhänger das letzte Gebot in zwei theilen, und nicht übersehen, welch ein Bilderdienst mit aus der Uebergehung des zweiten Gebotes entstanden ist. Bei der fünften Anklage wegen Abschaffung der Festtage mag der gute Antiquarius uns sagen, wann die Marien und heiligen Feste entstanden sind, er wird sagen müssen, zu verschiedenen Zeiten, an verschiedenen Orten; darum war also keine Nothwendigkeit, dem hamburgischen Kalender zu folgen, sondern mehr darauf zu sehen, daß die reine Sitte des Alterthums hergestellt werde. Die Perikopen sind schlecht ausgewählt. Möge Westphal Luthers Weise, mit der papistischen, ehren, und die Evangelien und Episteln aus dem Meßbuch singen, wenn er uns nur die freie Predigt des Evangeliums läßt. Aber mit Recht ruft Horaz über solche Affen aus, die an so verkehrter Nacheiferung ihre Freude haben: „O ihr Nachahmer, sclavisches Vieh!" — „O Luther, wie wenige Nachahmer deiner Vortrefflichkeit, wie viele Affen deiner heiligen Ruhmredigkeit hast du hinterlassen!" Calvin setzt dann auf vier Folioseiten auseinander, welch ein Recht er gehabt habe, Westphal einen indoctum hominem und thrasonem zu nennen. Certe, schließt er charakteristisch, nunquam adeo facundus erit rhetor, ut me declamatorem esse persuadeat, cujus restricta in scribendo brevitas et firma in tractandis argumentis statio omnibus nota est! Zuletzt kommt er noch einmal, weil Westphal sich auf das Urtheil der Kirche beruft, auf die Taufe zu sprechen. Es fragt sich, schreibt er, warum ich die Kinder der Gläubigen für Heilige und Glieder der Kirche schon vor der Taufe erkläre. Wenn ich recht lehre, daß die Sacramente dazu dienen, daß die, welche schon der Kirche eingepflanzt sind, mehr noch mit Christi Körper zusammenwachsen, was verbietet uns, das auch von der Taufe zu sagen? Doch dabei bleibe ich nicht stehen. Ich bekenne, daß der Taufe eigenthümlicher Zweck ist, uns in die Kirche einzupflanzen; nicht weil die, welche getauft werden, ihr völlig fremd waren, sondern weil darin Gott bezeugt, daß Er sie aufnimmt. Bekannt ist das Wort des Augustin: Es gibt viele Schafe Christi außerhalb der Kirche, während viele Wölfe innerhalb derselben wohnen; nämlich weil die, welche Gott noch nicht im Glauben erkennen, die Er durch Seinen Geist eingeladen, schon von Ihm erkannt waren, da Er sie mit Seinem Geiste zu dem Glauben, der für sie der erste Eintritt in das ewige Leben gewesen, erleuchtet. Wenn Westphal das leugnet, möge er mir sagen, was er von den 4000 denkt, die Petrus durch seine erste Predigt erleuchtet hat, ferner von Cornelius u. A. Wenn er leugnet, daß sie vor der Taufe Glieder der Kirche waren, so hätte nach ihm die Predigt keine Wirkung in Bezug auf Buße und Glauben. Gehören zur Kirche nicht, die Gott durch Sein Wort wiedergeboren hat, die Er nach Seinem Ebenbilde gestaltet? Also gibt es Solche, die vor der Taufe zur Kirche gehören. Dies auf die Kinder anzuwenden, hindert nichts. Denn entweder ist der Bund nichtig, durch den Er sie zu Kindern annimmt, und Seine Verheißungen sind gefallen, oder sie sind nicht völlig Fremde. Seine Kinder nennt Gott die, welchen er in der Person ihrer Aeltern das Erbe des Heils verheißt. Mit welchem Recht wird Er ihr Vater, wenn sie nicht auf irgend eine Weise zur Kirche gehören? Es hindert also nichts, daß Er diese Gnade versiegelt, und so bestätigt, was Er früher gegeben hat. Obgleich ich aber bekenne, daß wir durch die Taufe Glieder der Kirche werden, leugne ich doch nicht, daß mit Recht nur diejenigen getauft werden, welche zur Kirche gehören. Es ist nicht unsere Sache, jedem, wie wir wollen, die Sacramente zu reichen, sondern die Darreichung muß sich nach dem Befehle Gottes richten. Wer gibt dir die Erlaubnis, das Unterpfand des ewigen Lebens einem verfluchten und profanen Menschen zu geben? Wenn aber

Gottes Verheißung unter dem Gesetze schon aus heiligem Samen heilige Schößlinge hervorgehen ließ, beschränkst du Gottes Gnade oder verringerst du ihre Kraft unter dem Evangelium, wodurch Gott die Kinder besiegelt? Das Gesetz befiehlt, die Kinder am achten Tage zu beschneiden, ist denn die Aufnahme in die Kirche ungesetzlich? Hier ist aber nicht von der heimlichen Wahl die Rede, sondern von der offenbaren Adoption durchs Wort, die die ungebornen Kinder heiligt. Aber, weil die Taufe die feierliche Anerkennung ist, durch die Gott seine Kinder in den Besitz des Lebens einführt, so ist sie die wirkliche und wirksame Versiegelung der Verheißung, das Unterpfand der heiligen Gemeinschaft mit Christo, die mit Recht die Aufnahme in die Kirche heißt. Und weil die Gnadenmittel des heiligen Geistes nicht todt sind, so reicht Gott in Wahrheit durch die Taufe dar, was er bildlich darstellt. Es ist eine frivole Verhöhnung, wenn man sagt, daß ich mit Zweideutigkeiten spiele, als ob die Aufnahme durch die Taufe nichts anders sei, als die öffentliche Erklärung vor Menschen, da ich offen bekenne, daß in der Taufe wir es mit Gott zu thun haben, der nicht nur uns unsern Glauben versiegelt, indem er uns seine väterliche Liebe zeigt, daß wir unsers Heils gewiß werden, sondern der auch durch die Hand seines Dieners abbildet, was er im Innern durch seine Kraft (virtute) heiligt. So auch fällt die andere Verleumdung, als ob dies ein Paradoxon sei, das mit den Worten Christi stritte: Wer da glaubet und getauft wird, wird selig sein; oder „Es sei denn, daß Jemand geboren werde aus dem Wasser und Geiste u. s. w." Denn Niemanden fällt es ein, die Heiligung durch die Gnade zu trennen von der Taufe, als ob der Bund schon geschlossen wäre, den Gott durch sein Wort geschlossen hat. Westphal wendet auf die Kindertaufe an das Wort, welches sich auf die Erwachsenen bezieht, da es von der Predigt des Evangeliums redet. Ich leugne keineswegs, daß die Menschen durch die Taufe von neuem geboren werden. Aber wir wissen, wie krasse Irrthümer im Papstthum umhergingen, wie die Gemüther an die Elemente gefesselt wurden. Die Taufe nutzt, wie der Same, der in die Erde gelegt wird, der freilich nicht in demselben Augenblick Wurzel schlägt oder hervorsproßt, aber doch nicht unnütz ist. Westphal schreit dawider, die Wirkung der Taufe müsse nicht auf lange Jahre verschoben werden, als ob Gott die Kinder nicht sogleich wiedergeboren sein lasse! Aber die Kraft der Taufe, wie des Abendmahls, ist doch nicht auf den Augenblick des Genusses beschränkt? Augustin sagt mit Recht, die Vollkommenheit sei nicht gleich beim Beginn der Wiedergeburt zu suchen, weil die Erneuerung, die im heiligen Bade beginnt, im Fortgange erst vollendet wird, bei Einigen schneller, bei Andern langsamer. Westphal verleumdet mich ferner, daß ich die Wirkung der Taufe in Zweifel ziehe, da ich sie von der Prädestination abhängig mache. Aber wo denn lehre ich, daß man um Gewißheit seiner Erlösung zu erlangen, mit der Prädestination den Anfang machen müsse. Wenn ich aber sage, daß die Verheißungen Allen gemeinschaftlich gelten, und gemeinschaftlich Allen das Heil anbieten, daß sie aber durch eine besondere Geistesgabe erfüllt werden, welche den Auserwählten die angebotene Gnade versiegelt; predigt nicht auch Westphal dasselbige, wenn er sagt, daß der Glaube nur aus der Predigt kommt, aber daß die nur folgen, welchen Gott Seinen Arm offenbaret? Nicht weniger schmutzig ist der letzte Einwurf. Ich habe gesagt, es geschehe ein verruchter Ehebruch, wenn man das leere Zeichen von der Verheißung getrennt haben will. Dennoch läßt Westphal sich hören, man müsse sich hüten von den Zeichen die Verheißung zu trennen, wie wenn ein Baumeister eifrig alle Ritzen bei einer Cisterne verstopft und schreit, man müsse sich hüten, daß das Wasser nicht wegfließe. Aber Westphal hat geglaubt, daß er nicht genug als unsern heftigen Feind sich zeigen könne! —

Calvin hatte durch Peter Martyr erfahren, daß viele sächsische Pastoren derselben Ansicht, wie die Schweizer seien, und es sehr bedauerten, daß von andern an jedem Sonntage gegen die Sacramentirer von der Kanzel gewüthet werde; er benutzte diese

Nachricht bei der Herausgabe der secunda defensio, widmete diese Schrift „den Dienern Christi in den Kirchen von Sachsen, und Niederdeutschland, welche die reine Lehre des Evangeliums lehren und bewahren", und forderte diese in der Vorrede auf, Zeugnis gegen Westphal abzulegen, der die Sacramentirer durch sein Anathema in die Hölle verdamme. Allein es ging dem Calvin mit dieser Aufforderung, wie es dem a Lasco gegangen war mit seinem Wunsche, daß im Gegensatz gegen Westphals Farrago eine Farrago im entgegengesetzten Sinne erscheinen möchte.

Bald nach der Herausgabe seiner zweiten Schrift hatte Westphal nämlich gehört, daß sein Freund, der Pastor zu St. Martini in Bremen, Johannes Timann für sich eine „Farrago sententiarum consentientium in vera et catholica doctrina de Coena Domini" gesammelt habe. Westphal bat ihn dringend, diese Sammlung in Druck zu geben. „In andern Gegenden, schrieb er ihm,*) ist die Gefahr und das Unglück, das die Sacramentirer anrichten, nicht so ersichtlich. Wir, die wir es in unserer Nachbarschaft sehen, wie diese die Menge verwirren, wir haben die Verpflichtung, der Pest Einhalt zu thun. Daß jener Pole etwas wider mein Buch ans Licht bringen wird, glaube ich gerne; ich weiß ja, wie groß die Gefahr für jene streitsüchtigen, in ihrer Meinung aufgeblasenen Menschen ist, zu platzen, wenn sie ihre Blasphemien gegen mich nicht herausbrechen können. Haben sie doch unsere trefflichen Lehrer Luther und Melanchthon nicht verschont. Darum ist für mich auch das nichts Unerhörtes, was der unverschämte Micronius von mir Schlechtes verbreitet, hat er doch von allen sächsischen Kirchen die schlimmsten Dinge erzählt!" — Timann konnte sich nicht entschließen, seine Arbeit drucken zu lassen; er wandte sich nach Wittenberg, um Rath zu bekommen. Bugenhagen rieth ihm sehr zu, hervorzutreten. „Jener Herumstreicher, schrieb er ihm am 1. Septbr. 1554, a Lasco, hat auch hier einen Platz gesucht, um hier mit den Seinen

*) Timanni farrago p. 193.

eine besondere Kirche zu gründen, die doch niemals die Kirche Christi sein kann! Ich wollte, daß sie sich besser rathen ließen, diese orientalischen Friesen!“ — Melanchthon mahnte, ganz seinem Charakter gemäß, sehr von der Herausgabe der Schrift ab. „Ich habe seit Jahren Thränen vergossen, daß so ganz ohne Ursache über das Mahl des Herrn Streit geführt wird, schrieb er. Beim Gebrauch ist Christus substantialiter gegenwärtig und zu unserm wahren Troste thätig; warum streitet man, ob er, wenn das Mahl nicht genommen wird, in demselben ist (de inclusione extra usum)? Ich lehre noch jetzt dasselbe, was in meinen früheren Schriften steht, und bin noch derselben Ansicht, welche in der Eintrachtsformel, die vor 18 Jahren zwischen Luther und denen, die aus der Kirche von Oberdeutschland hiehergekommen waren, zu Stande kam, ausgedrückt ist. Ich bitte Gott, daß Er uns alle lenken möge!“ Auch an Hardenberg schrieb Melanchthon sogleich:*) „Ich bitte Dich, gib Dir, so viel Du kannst, Mühe, daß in eurer Stadt keine Unruhen entstehen, daß das Volk fleißig über den Gebrauch des heiligen Mahles belehrt werde. Ohne den Gebrauch ist ja kein Schein von Sacrament da (extra usum nihil habet rationem sacramenti); aber beim rechten Gebrauch ist der Sohn Gottes ebenso gewiß gegenwärtig, wie Er zu unserem Troste wirksam ist, der da spricht: „Ich in ihnen und Du in Mir!“ Doch Timann hatte von allen andern Seiten Aufforderung erhalten, die Schrift drucken zu lassen, und da er selbst seit Hardenbergs Ankunft in Bremen viel Streit und Ungelegenheit wegen der Lehre vom Abendmahl gehabt, so benutzte er die Gelegenheit und gab seine Sammlung mit einer Reihe von Briefen von Theologen in Druck. Seine eigne Abhandlung ist sehr schwach; sie fängt damit an, daß schon Adam den Abel, und Noah den Sem ordinirt habe, und will durch eine Menge Citate beweisen, daß es darum den weniger bedeutenden Dienern der Kirche (inferioris ordinis symmystae) gezieme, auch in der Lehre vom Abendmahl dem „sanctus pater

*) Corp. Ref. VIII. p. 336.

Doctor Martinus Lutherus" zu folgen. Unter den Briefen, die er veröffentlichte, war aber der, den Luther zuletzt an Jacob Probst geschrieben hatte; ein Brief an Martin Görlitz, in dem Melanchthon von Zwinglis Anhängern sagt, daß sie nullam Christianam doctrinam haben; einer von dem dänischen Hofprediger Buscoducensis, in dem er erzählt, daß Micronius ihm auf die Frage, warum er nicht glaube, daß der Leib Christi im Abendmahl gegenwärtig sei, geantwortet habe, die Himmelfahrt des Herrn hindere ihn daran; da habe aber a Lasco dazwischen gerufen: Nein, du hast Unrecht, Micronius, nicht der Artikel von der Himmelfahrt, sondern der von der Incarnatio, daß Christus physicus et naturalis Mensch geworden, bewegt uns dazu.

Wie Timann so gerade mit entgegengesetzter Gesinnung den Gedanken Laskis ausführte, so fieng Westphal an, wie Calvin die Sachsen aufgefordert hatte, die Bekenntnisse der hauptsächlichsten sächsischen Theologen zu sammeln, aber um Calvin zu widerlegen. Doch ehe er diese Arbeit zu Stande bringen konnte, hatte er noch andere Schriften herauszugeben.

Die erste war eine Schrift über die Taufe: Loci praecipui de vi, usu et dignitate salutiferi Baptismi ex Evangelistis et Apostolis collecti. Sie erschien im December 1555, scheint aber schon früher geschrieben zu sein, da sie auf den Streit gar keine Rücksicht nimmt. Vielleicht hatte Westphal sie bei einer andern Veranlassung ausgearbeitet. Im Jahre 1549 war Calvin den Deutschen mit einer Schrift „Interim Adultero-Germanum" zu Hülfe gekommen. Diese Schrift war in Magdeburg wieder abgedruckt, jedoch mit Auslassung eines Passus über die Taufe, weil, wie es im Nachworte hieß, „die darin enthaltenen Irrthümer gegen den Willen des Verfassers von einen fanatischen Geiste eingemengt seien." Calvin war über diese Dreistigkeit in Zorn gerathen. „Wie ein Trunkener, schrieb er, kommt mir der vor, der so hat reden können; jedenfalls ist er ein unklarer, stürmischer und unredlicher Geist!" „Pelagius fand die Taufe überflüssig, weil er die Kinder für unschuldig hielt, wo thue ich Aehnliches? Habe ich die Kinder von der Schuld der Sünde ausgenommen? Setze ich ihr Heil in ihre angeborene Heiligkeit? Leugne ich, daß sie durch Gottes freie Barmherzigkeit in die Kirche aufgenommen werden? Ich gebe nur nicht zu, daß die Taufe, als solche, das äußere Zeichen für die innere Gabe, solches ausrichtet; und daß die Errettung mehr an sie, als allein an die Erwählung geknüpft ist; darum kann ich denn allerdings nicht gelten lassen, daß ein Kind, das vor der Taufe stirbt, deshalb vom Himmelreich ausgeschlossen ist." Es wurde damals Flacius Illyricus für den Herausgeber in Magdeburg gehalten. *) Möglich, daß Westphal damals schon den Herausgeber durch die vorliegende Schrift hatte retten wollen; jetzt schien ihm diese passend, um Calvins Angriff abzuwehren. Auf seine ruhige, sinnige Weise geht Westphal in dieser Schrift alle Stellen des göttlichen Wortes über die Taufe durch, erklärt sie und widerlegt die entgegengesetzten Erklärungen, ohne die Urheber zu nennen. Er spricht offen seine Ueberzeugung aus, daß die Sacramentirer, wenn sie gleich die Kindertaufe beibehalten und die Getauften nicht wiedertaufen, doch den Anabaptisten gleich sind, indem sie der Taufe ihre Kraft nehmen und sogar behaupten, daß Kinder christlicher Aeltern heilig sind, erlöst ohne Taufe, ohne Buße, ohne Glauben; wie ja die Anabaptisten wiederum ihnen darin gleich sind, daß sie leugnen, daß der Leib und das Blut Christi im Abendmahl genommen werden. Durch die Taufe werden wir von Gott wiedergeboren, geheiligt, von den Sünden abgewaschen, des Verdienstes Christi theilhaftig, Glieder der Kirche und erhalten zugleich durch sie ein sicheres Unterpfand und Zeichen des Heils. Die Verheißung, die Abraham und seinem Samen gegeben ist, dürfen wir nicht trennen von der Verpflichtung der Beschneidung oder der Taufe; Petrus fordert ja Apost. Gesch. 2, 39. gerade die Israeliten durch die Erinnerung an diese Verheißung auf, sich taufen zu lassen zur Vergebung der Sünden. Damit rechtfertigt Westphal

*) Stähelins Calvin II. S. 189.

den Exorcismus bei den Kindern von christlichen Aeltern, und fragt, ob etwa selbst die Heiden, welche ja auch durch Abrahams Samen gesegnet werden sollen, um dieser Verheißung willen, ohne Taufe in den Bund Gottes aufgenommen werden sollten. Zwingli und seine Anhänger leugnen, daß die Kleinen Glauben haben, und doch sollten sie heilig sein durch die Kraft und das Vorrecht der Verheißung? Bleiben sie denn heilig? Sehen wir es an ihnen nicht, daß sie vom Fleisch geboren sind? — Doch erklärt Westphal ausdrücklich, daß die Gabe des heiligen Geistes nicht einzig und allein an die Taufe geknüpft ist. Einige empfangen sie vor, Andere nach der Taufe. Die Taufe sei deshalb nicht nur ein leeres Zeichen; sehen die leiblichen Augen auch nur die äußere Abwaschung durch Wasser; der Geist selbst sieht die innere Reinigung von den Sünden, welche die Seele befleckt haben. Doch sei es ein Irrthum der Scholastiker, dem Taufwasser selbst eine geistige Kraft beizulegen, so daß das Wasser durch seine Kraft rechtfertige und heilige; die Kraft liege nicht in den Elementen, in dem opus operatum, sondern ist dem Worte der Verheißung zuzuschreiben.

Westphal hatte in dieser Schrift schon viele Fragen beantwortet, die Calvin in seiner Secunda defensio an ihn richtete, ja, viele Lästerungen, die Calvin vorbrachte, ins rechte Licht gestellt. Wenn z. B. Calvin dem Westphal vorwarf, daß er ihn nur deshalb mit Berengar zusammenstelle, um den Haß der Deutschen auf ihn, als einen Franzosen, zu richten, so konnte er aus dieser Schrift sehen, daß dies nicht der Grund der Zusammenstellung war; denn Westphal bezeichnete nicht ihn allein, sondern alle Sacramentirer als Schüler Berengars.

Doch diese Schrift war viel zu wenig angreifend und herausfordernd, um viel Beachtung zu finden. Viel mehr Lärm machte ein Brief, den Westphal im März 1556 an den Rath in Frankfurt schrieb, da er dazu durch einen frankfurter Prediger Hartmann Beyer veranlaßt wurde.

Auch in diese Stadt war nach der Thronbesteigung der blutigen Maria, um Ostern 1554, ein Theil der Flüchtlinge aus England gekommen. Da die Ersten, die um Aufnahme baten, nicht Deutsche, sondern Wallonen waren, so nahm der Rath keinen Anstand, ihnen die Weißfrauen-Kirche zum Gottesdienst zu öffnen. Aber gar bald verbreitete sich das Gerücht, daß die Fremdlinge ganz absonderliche Gebräuche beim Gottesdienst hätten. Die Geistlichen, erzählte man, trügen keinen Ornat, beim Abendmahl nähme man Brod statt Oblaten, Gläser statt der Kelche, man zünde keine Lichter an, ja, was besonders Anstoß gab, man verhänge die Bilder in der ihnen geliehenen Kirche." Die lutherischen Pastoren Frankfurts wurden schon darüber bedenklich, insbesondere als die Zahl der Fremden wuchs, und sie hörten, daß Diese beim Rath mit der Bitte um eine zweite Kirche eingekommen waren. Der Rath hatte aber selbst schon Bedenken, ob er die Fremdlinge länger dulden könnte. Denn unter den Fremdlingen waren gar verschiedene Secten. Zu den Wallonen, die zuerst die Erlaubnis zum Gottesdienst erhalten hatten, waren im Juni desselben Jahres Engländer gekommen, die unter ihrem Prediger Whittingham sich der wallonischen Kirchenordnung unterwarfen. Später aber kamen andere, welche von der englischen Liturgie, um deretwillen sie das Vaterland verlassen hatten, nicht weichen wollten; insbesondere als im März 1555 der gelehrte Kanzler von Oxford, Dr. Richard Coxe, der frühere Erzieher des Königs Eduard, nach Frankfurt kam, wurde der Streit so heftig, daß man sich an den Rath wandte. Ja, auch als der Rath sie an die Bedingung erinnerte, daß sie sich der wallonischen Gottesdienstordnung fügen müßten, stiegen die Streitigkeiten in dem Maße, daß sie den spätern Reformator von Schottland, der damals bei der Gemeinde Prediger war, John Knox des Hochverraths gegen den Kaiser anklagten und aus der Stadt trieben.*) Der Rath gab deshalb den lutherischen Pastoren den Auftrag, ihm die Abweichungen der Fremden von dem augsburgischen Bekenntnis nachzuweisen, und Beyer wandte sich, um sicherer zu gehen, an

*) Thomas M'Crie: Life of John Knox, vol. 1., p. 151.

Westphal, mit dem er schon früher, bei Gelegenheit der Interims-Streitigkeiten, in Verbindung gekommen war. Beyer selbst war gar kein fanatisirter Lutheraner; er war, selbst nachdem er in Wittenberg gewesen, als eifriger Verfechter der einfacheren Gottesdienstordnung in Süddeutschland aufgetreten; ja, hatte noch nach den Interims-Streitigkeiten dem Rathe erklärt, daß er lieber sein Amt niederlegen wollte, als seine Einwilligung zur Feier der Festtage in der Woche geben. Dessenungeachtet sandte er an Westphal das Bekenntnis der frankfurter Geistlichen und bat ihn, in dem Kampfe gegen die Lästerungen des dreiköpfigen Cerberus nicht inne zu halten. Westphal wandte sich sogleich mit einem Schreiben an den Rath zu Frankfurt, erinnerte ihn, wie Dr. M. Luther schon vor mehr als 20 Jahren den Rath und die Bürger gerade ihrer Stadt in einer besonderen Druckschrift ermahnt habe, sich nicht mit denen, die in Verdacht ständen, Zwinglis Dogmen anzuhängen, in Gemeinschaft einzulassen. Jetzt sei es an der Zeit, dies Schreiben wieder in die Hand zu nehmen, da jetzt nicht mehr heimlich die Gefahr von den Sacramentinern ihnen drohe, sondern, da die zwingli'schen Irrthümer öffentlich in ihrer Stadt verbreitet würden, und das unter dem Vorwande, als ob diese mit unserer Lehre in Uebereinstimmung wären. Das werde innerhalb der Mauern ihrer Stadt gepredigt, in Druckschriften verbreitet und auf diese Weise, wie eine Pest, in ganz Deutschland und Frankreich hineingetragen. Wenn Einer Dank verdient, heißt es gegen den Schluß dieses Schreibens, der dem Magistrat die Anzeige macht, daß in der Stadt Leute sind, welche Feuer anlegen, Brunnen vergiften, oder daß vor dem Thore Straßenräuber lauern; so glaube er nicht weniger Dank zu verdienen, wenn er solche Leute angäbe, welche einen viel verderblicheren Brand anstiften, die Quellen der reinen Lehre vergiften, die Seelen zu tödten suchen, und deshalb von dem Herrn Christo selbst für Diebe und Räuber erklärt sind. Deshalb dedicire er sein Buch dem Rathe, um sein Zeugnis mit dem der bewährtesten Diener Christi zu verbinden.

Die Schrift, die Westphal mit diesem Briefe nach Frankfurt sandte, bezeichnete er in einem Briefe an Peter Brubach, als Altera Apologia opposita Poloni mendaciis insignibus (am 3. März 1556, Greve S. 272, vergl. S. 263). Unter den Fremden, die nach Frankfurt gekommen waren, befand sich nämlich auch a Lasco. Er hatte nirgends Ruhe finden können, zuletzt auch Wesel verlassen müssen. Nun hoffte er in sein Vaterland zurückkehren und die Kirche in Polen nach der Art gestalten zu können, wie er sie für die allein biblische hielt. Darum schrieb er eine Schrift: „Forma et ratio ecclasiastici ministerii in peregrinorum-ecclesia instituta“ und übersandte sie am 6. September 1555 an den König Siegmund August von Polen mit einer epistola nuncupatoria. In diesem Briefe klagt er zuerst, daß nirgends mehr die Form der Kirche bestehe, welche in der apostolischen Zeit mit der größten Uebereinstimmung überall sich gefunden. Dennoch sei es des allmächtigen Gottes ewiger und unwandelbarer Wille, daß wir Ihm nicht etwa unsere Ehrfurcht beweisen nach dem etwaigen Gutdünken unserer Vernunft oder menschlicher Ueberlieferung oder dem Beispiele der alten Zeit, sondern im Gehorsam, unter Beobachtung des göttlichen Wortes und Bundes. Denn Gott hat gewußt, daß die Hauptaufgabe des Satans bleiben würde, uns von der Unterordnung unter das göttliche Wort abzubringen. Darum sucht dieser den Kirchen durch glänzende Titel, außerordentliche Vorrechte, die Ehrfurcht des Alterthums, den erdichteten Vorwand der Autorität oder durch neue Offenbarungen mehr Ansehn zu verleihen. Bei zweifelhaften, unklaren, ja, ungereimten Untersuchungen wird das Ansehn der Väter hervorgehoben, so daß es fast keinen bedeutenden Lehrer der alten Kirche gibt, dessen Name nicht zum Deckmantel für irgend eine mönchische Thorheit dienen muß. Aus diesem Grunde thut es noth, immer auf das Wort Dessen, zurückzugehen, der vor allen Menschen war, und keinen Ritus in der Kirche zu behalten, der ohne Gottes Wort (extra verbum Dei) eingeführt ist; ebenso, ehe wir etwas Neues einführen, der Kirche darzuthun, daß dies seine Quelle in dem Worte Christi habe, welches uns durch die Apostel und Propheten übergeben ist. Auf diese Weise habe ich die apostolische Gemeinde in England zur apostolischen Reinheit zurückzuführen gesucht. Zuerst haben wir ein Verzeichnis der Mitglieder gemacht; dann Presbyter und Diakonen, nach der Schrift erwählt. Die Verhandlungen über die Einrichtung des Gottesdienstes haben wir aufgeschoben, bis die Gemeindeglieder unterrichtet waren. So ist man über eine bestimmte Form übereingekommen, und wenn auch in einzelnen Punkten eine Verschiedenheit in den einzelnen Gemeinden herrscht, so ist das nur ein Zeichen der Freiheit, die in der Kirche besteht. A Lasco wollte die Form der deutschen Kirche (Germanicae ecclesiae) beschreiben, weil seine Lehre, sein Amt, sein Name durch die gröbsten und ungerechtesten Vorwürfe der Verachtung preisgegeben sei. Besonders hätten ihn zwei Cato's angeklagt und verdammt, die durch ihren Mischmasch (farrago) mit Recht Wurstmacher (fartores) heißen könnten. Der eine von diesen verföchte besonders „das kirchliche Amt", der andere „ein reales Verstecktsein (delitescentia) des Leibes und Blutes Christi nach ihrer natürlichen Substanz im heiligen Abendmahl mit dem Brote und Wein." Beide stellen uns als die Urheber neuer Dogmen dar. Nun freilich, an ein Verstecktsein des Leibes Christi hat keiner von den Alten gedacht! Unter sich können sie aber leicht einen solchen Syncretismus feststellen, da sie Niemanden, der anderer Ansicht ist, zu ihren Besprechungen hinzulassen. Wenigstens ist kein unparteiisches Colloquium über diesen Streitpunkt gehalten, außer in Marburg 1529, wo man weit entfernt war, unsere Lehre zu verdammen. Selbst aus der augsburgischen Confession können sie nichts gegen unsere Ansicht vorbringen. Da sie aber ihre Ansicht gar nicht zu vertheidigen wissen, nehmen sie zum Vorwand, daß unter uns selbst ein, ich weiß nicht welcher, Zwiespalt sei; daß bei unserer Lehre die Glaubwürdigkeit der Worte Christi, „der feierlichen Worte der Consecration", wie sie sagen, in Gefahr komme. Wir haben in aller christlichen Liebe in einem Briefe sie gebeten, die Worte des Herrn einmal klar und einfach, ohne zu einem Tropus die Zuflucht zu nehmen, zu erklären;

aber es trieb Westphal nicht einmal sein Gewissen, unsern Brief anzusehen, da er gewöhnlich bei seinen Bechern bis zur Trunkenheit verweilt und um so leichter seine „farrago“ vollzumachen, hineinspeiet, was ihm Bacchus nur eingibt.“ Dann sucht a Lasco sich zu vertheidigen wegen der Vorwürfe, die ihm wegen seiner Reise nach Hamburg und Bremen, wie wegen seiner Lehre vom Abendmahl gemacht sind. In Beziehung auf letztere führt er aus, wie Christus, da Er einmal mit Seinem Körper in Seine Herrlichkeit eingegangen ist, und so auch bei Seiner Zukunft in Herrlichkeit wiederkommen wird, unmöglich körperlich im Brote und Weine sein könne. Die Speise nenne Er selbst Sein Fleisch, oder Seinen Leib und Sein Blut, oder Sich selbst. Die Art der Speisung erkläre Er für metaphorisch, da Er nicht sage, daß die Speise zu essen sei mit dem Munde, sondern vielmehr beföhle: „Solches thut!“ und also erkläre, daß das Essen das Werk des Glaubens sei. A Lasco fragt dann, ob sein Cato der Ansicht sei, daß der Leib des Herrn, wenn er auf die geheime Art genommen werde, in uns bleibe oder nicht. Beides sei gleich absurd anzunehmen. Jedes leibliche Essen, durch den Mund, führe zum Capernaismus. Zuletzt wendet a Lasco sich noch gegen Bugenhagen, weil dieser ihn einen Herumstreicher, erro, genannt, der eine Kirche habe, die nicht Christi Kirche sei.

In Folge dieses Briefes schrieb Westphal nun seine „Altera apologia“ oder, wie er sie später nannte: Justa defensio adversus insignia mendacia Joannis a Lasco, quae in epistola ad Poloniae Regem etc. contra Saxonicas ecclesias sparsit (Argentorati 1557). In dieser Schrift geht Westphal nun freilich stark gegen a Lasco an. Er stellt es als einen falschen Vorwurf dar, daß sie das Predigtamt zu hoch erhöben, wie, daß sie von einer delitiscentia des Leibes und Blutes Christi geredet. Die Sacramentirer lieben es, sagt er, ein neues Wort den Gegnern unterzuschieben, um die Sache lächerlich zu machen und den Streit als indifferent darzustellen. Er und seine Freunde stellten sich aber nicht freundlich, sondern erklärten offen die Sacramentirer für falsche Lehrer und hartnäckige Haeretiker.

Das Lügenmaul (Pseudologus) beschwere sich über das Unrecht, das ihm geschehen, daß er seine Lehre in Dänemark und den Seestädten nicht habe vertheidigen dürfen. Allein, wenn seine Lehre darum nicht als haeretisch zu verwerfen sei, weil sie nicht auf einem Concil verdammt sei, so wäre auch den Wiedertäufern Unrecht geschehen. Doch wo sollte es da mit den Concilien ein Ende haben? Ohne Grund beruft er sich auf Marburg; Zwingli schreibt so gut, wie Luther, daß sie sich in der Lehre vom Nachtmahl da nicht vereinigt hätten. Ohne Grund sagt er, daß die Schmalkaldener Artikel der Sacramentirer nicht gedächten; in denselbigen steht, daß der Leib und das Blut Christi nicht nur den Würdigen, sondern auch den Bösen gereicht und von diesen genommen würden. Und nun gar die augsburgische Confession, die der unverschämte Lügner uns raubt und, schändlich stuprirt, in sein Lager führt! — Er behauptet, sie sei unser heiliger Anker und werde von uns der apostolischen Lehre gleich gestellt, ja vorgezogen! Wir aber gehen stets auf Gottes Wort zurück und betrachten die augsburgische Confession nur als die Summe der christlichen Lehre, die in Gottes Wort ihren Grund hat. Weiß der Spötter (Momus), daß sie irgendwie von Gottes Wort abweicht, warum zeigt er nicht, wo? — Er behauptet auch, daß es unter uns Leute gibt, die lieber an des Apostel Paulus Wort, als an Luthers Wort zweifeln; ich aber weiß von Keinem, der so unbewandert ist in der heiligen Schrift, daß er nicht wisse, welcher Unterschied zwischen göttlichen und menschlichen Schriften ist. Er widerspricht der Lehre der Anhänger der augsburgischen Confession und will doch uns überreden, daß der Artikel vom Abendmahl für Zwingli spricht. Welcher Tausendkünstler wagt so die Sinne zu täuschen! Die Obrigkeiten, wie die Theologen, haben erklärt, daß das Dogma der Sacramentirer mit dieser Confession nicht stimmt; auf den Reichstagen haben die Anhänger der augsburgischen Confession sich immer von den Sacramentirern getrennt; die Haeresie der Sacramentirer ist nicht nur in Predigten, sondern auch durch obrigkeitliche Verordnungen unterdrückt, was braucht es des Beweises mehr? Aber der Lügner sagt, wie die Haeretiker gewöhnlich, er nehme, wenn auch nicht die Worte, den Sinn an. Ja, wenn zur Eintracht nichts gehörte, als der Zusammenklang der Worte, da würden sich Arianer und Katholiken leicht vereinigen! Aber die Erfahrung lehrt, was dabei herauskommt. Die Sacramentirer haben im Geheimen über Zwinglis Dogmen unterhandelt; nun fordern sie herrisch, daß Alle ihren Consens annehmen und unterschreiben; an unserm Consensus, unserer Eintrachtsformel halten, heißt ihnen Verschwörung. Da tritt ihm meine und Timanns Farrago in den Weg, und der Lästerer vergißt vor Wuth sich selbst, stoßt Wörter aus, die mehr eines Bäckerjungen (cupedinario) als des ersten Theologen würdig sind, erfindet dabei neue Etymologien, indem er farrago nicht von far (Getreide), sondern von farcire (stopfen) ableitet, und verdient sich selbst den Namen eines allantopaeus, Wurstmachers, wenigstens bei den Knaben der Elementarclassen; ja, weil Timann Pastor zu St. Martini ist in Bremen, spricht er spöttisch von Martinisten, von der martianischen Kirche im Gegensatze der evangelischen. — Westphal weist dann den Vorwurf, den a Lasco ihnen gemacht, daß sie Bilderdienst trieben, eine papistische Tirannei übten, zurück; widerlegt die Einwürfe, die gegen seine Collectaneen aus Augustin und seine Schrift „Recta fides" gemacht waren. Hier hält er ihm wieder eine Blasphemie vor, „die mehr durch das Schwert der Obrigkeit, als durch die Feder zurückgewiesen zu werden verdient," daß a Lasco gesagt: Wenn die Gottlosen auch den Leib Christi körperlich empfiengen, so müßte ja der Leib Christi an dem Empfangenden hängen bleiben und also mit diesem in die Hölle kommen!" — Am Schluß meint Westphal, klar gezeigt zu haben, daß sein Gegner durch sein λασκάζειν seinem Namen genug gethan habe, und gibt ihm den Vorwurf zurück, daß sie, da sie nur die zur wahren Gemeinde rechnen wollten, die ihrer Lehre anhiengen, eine neue Kirche zu gründen suchten, natürlich die Kirche des Satans, da die Kirche Christi schon lange bestanden habe.

A Lasco gerieth über diese Schrift Westphals in die furchtbarste Aufregung. Er schrieb ihm, daß kein frommer und gelehrter

Mann anders denken könne, als daß sein Schreiben an den Rath zu Frankfurt nicht auf Antrieb Christi, sondern durch die Eingebung der alten Schlange verfaßt sei. Denn a Lasco hatte selbst eine Vertheidigungsschrift gegen die Vorwürfe der frankfurter Geistlichen an den Rath geschickt, *) die er im October 1556 drucken ließ. **) In dieser hatte er auseinandergesetzt, wie er wohl mit der augsburgischen Confession einverstanden sei, wenn man diese recht verstehe und aus sich selbst erkläre. „Wir glauben und bekennen, sagt er, mit ihr, daß mit dem Brod und mit dem Weine der Leib und das Blut des Herrn denen, die dasselbige genießen, wahrhaft dargereicht werden, wie Art. 10 sagt, d. h. aber nach Art. 13, denen, die im Glauben die von den sacramentlichen Zeichen dargestellte unsichtbare Gabe und den heiligen Geist annehmen." Es kam nämlich dem a Lasco gerade in dieser Zeit sehr darauf an, sich zu den Bekennern der augsburgischen Confession zu zählen, da nicht nur der passauer Vertrag, der eben geschlossen war, diese allein umfaßte, sondern auch der König von Polen davon die Erlaubnis seiner Heimkehr abhängig machte. Das Schreiben Westphals an den frankfurter Rath kam ihm deshalb höchst ungelegen. Er wandte sich sogleich auch an die benachbarten deutschen Fürsten, forderte sie auf, den kirchlichen Streit aufzuheben, und erlangte auch bei dem Herzog Christoph von Würtemberg, der schon mehr sein Mitleiden mit den armen Vertriebenen bewiesen, daß dieser ein Religionsgespräch veranstaltete, damit a Lasco seine Uebereinstimmung mit der augsburgischen Confession darthun könne. Allein Johann Brenz, der erste Theolog in des Herzogs Lande, war nur schwer zu dem Gespräche zu bewegen. Er hatte von Anfang an den Streit über das Abendmahl mitgeführt; war schon 1525 der Verfasser des

---

*) S. Greve S. 265.

**) Purgatio Ministrorum in ecclesiis peregrin. Francofurti adversus eorum calumnias, qui ipsorum doctrinam de coena Domini dissensionis accusant ab Augustana Confessione. Nach Greve p. 155 in den Frankfurtischen Religionshandlungen P. II. Add. p. 173. Ich habe die Schrift selbst nicht gesehen.

schwäbischen Syngramma gegen Zwingli und Oecolampad gewesen; hatte 1529 dem Gespräch in Marburg beigewohnt; 1530 mit die zu Augsburg übergebene Confession berathen. Hatte seine Lehre anfangs etwas der calvinischen Verwandtes gehabt;*) er war tiefer in das Geheimnis der beiden Naturen in Christo eingedrungen und hatte eingesehen, daß die wahre Vereinigung der Gottheit und Menschheit in Christo unmöglich zulasse, sich den Leib des Herrn allein im Himmel zu denken. Als er nun genöthigt ward, sich am 22. Mai 1556 mit a Lasco in ein Colloquium einzulassen, begann er sogleich mit dem Sitzen des Herrn zur Rechten des Vaters. A Lasco blieb bei seiner Vorstellung, daß ein Leib nur an Einem Orte sein könne und räumlich sein müsse, behauptete aber, daß es hierauf jetzt nicht ankomme, sondern nur darauf, ob er und seine Freunde mit der augsburgischen Confession im Widerspruch stünden. Das konnte Brenz nicht in Abrede stellen, obgleich a Lasco die variata anführte; er mußte sich wider ihn erklären wegen des Wortlautes der ursprünglichen Confession; und der Herzog war genöthigt, die Fremden aus seinem Lande zu entlassen.

A Lasco hatte vergebens Brenz nach dem Colloquium noch in Briefen zu überreden gesucht, daß er mit der augsburgischen Confession übereinstimme; Brenz wollte sich mit ihm nicht weiter einlassen. Aber um das Volk über den Gegenstand des Streites aufzuklären, setzte Brenz die Lehre von der leiblichen Gegenwart Christi im heiligen Abendmahl in Predigten auseinander und gab drei dieser Predigten über 1. Cor. 11. in Druck. Auch veranlaßte er den später durch seine Arbeit an der Concordienformel so bekannt gewordenen Jacob Andreä eine Schrift herauszugeben „Einfältige Anweisung vom heiligen Abendmahl, wie die Einfältigen sich bei dem langwierigen Streite vom Abendmahl zu verhalten haben."

Die Ausweisung aus Würtemberg hatte auch für die Exulanten in Frankfurt böse Folgen. Die Streitigkeiten, die dort unter den

*) Dorner, Lehre von der Person Christi S. 194.

Congregationalisten, Episcopalisten und den Anhängern von a Lasco losgebrochen waren, wurden immer heftiger. Calvin selbst war nach Frankfurt gekommen; er hatte früher, 1554, John Knox zum Prediger empfohlen,*) jetzt kam er, als Moderator des Presbyteriums, diesem und seiner Partei zu Hülfe. Er disputirte zwei Tage lang mit einem gewissen Justus Welsius über den freien Willen; kämpfte mit Valerandus Pollanus, dem Prediger, der zuerst mit die Gemeinde gegründet hatte, und jetzt sie bereden wollte, daß sie die augsburgische Confession zu unterschreiben sich, unter der Bedingung, daß das Wort „substantialiter" ausgelassen werde, bereit erkläre. Auch den frankfurter Pastoren schrieb Calvin (im März 1556) einen Brief, in dem er seine Verwunderung aussprach, daß sie es geduldet hätten, daß das „ebenso abgeschmackte, wie giftige Buch, in dem Westphal seiner Sacramentslehre entgegentrete," in ihrer Stadt gedruckt sei, da er von ihrer Uebereinstimmung mit seiner Lehre überzeugt gewesen. Aber die frankfurter Geistlichen hatten ihm offen erwidert, daß Westphals Lehre von ihnen nicht gemißbilligt werde, da sie mit der augsburgischen Confession und der wittenberger Concordie übereinstimme; sie wollten es aber nicht rechtfertigen, wenn in Westphals Buch etwas Giftiges wäre, indessen hätten sie weder diese Schrift veranlaßt, noch über die Buchdruckereien in der Stadt zu gebieten. Und auch der melanchthonsfreundliche**) Senat faßte, trotzdem, daß Calvin an dem Bürgermeister Glauburg einen mächtigen Fürsprecher hatte, und der Landgraf von Hessen sich für die Fremdlinge verwandte, am 21. October 1556 den Beschluß, daß die Gemeinde die Stadt verlassen solle. Allein Calvin hatte bei der drohenden Gefahr sich schon nach Hülfe umgesehen. Am 17. September hatte er an Justus Jonas nach Wittenberg geschrieben und geklagt, daß die Gegner sich durch Sanftmuth nicht mehr gewinnen ließen, es bleibe nichts übrig, als ihre Bosheit aufzudecken; er möge also auch darnach streben, daß die frommen und friedliebenden Theologen

*) M'Cric Pag. 142.

**) J. Classen: Die Beziehungen Melanchthons zu Frankfurt. 1860.

zu einem freundschaftlichen Colloquium zusammentreten.*) Ja, selbst an Melanchthon wandte er sich mit derselben Bitte, obgleich er wußte, daß diesem seine Briefe gar nicht lieb waren. Es kam ja auch das Religionsgespräch zu Stande, und Melanchthon erlangte durch seine Fürsprache beim Senat, daß die Ausführung des Beschlusses hinausgeschoben wurde.

Wie in Frankfurt am Main, waren auch in Bremen in dieser Zeit die kirchlichen Unruhen heftiger geworden. Timann, der die Farrago geschrieben hatte, hielt es für nothwendig, damit die Kirche gegen die Verdrehungen der Sacramentirer geschützt sei, daß sich alle Geistlichen in der Stadt zu der Unterschrift eines Bekenntnisses, das er gemacht, vereinigten. Hardenberg, dem a Lasco schon bei seinem Hingange nach Bremen vielen Verdruß von den Lutheranern prophezeit hatte, und der diese Weissagung vielfach hatte in Erfüllung gehen sehen,**) weigerte sich, die Unterschrift zu leisten. Da erklärte Timann ihn öffentlich für einen Ketzer, der die Ubiquität des Leibes Christi leugne. Der Bürgermeister Daniel von Büren, der Hardenbergs Freund war, bat Timann in einem Briefe, privatim, er möge ihm doch diejenigen Stellen der heiligen Schrift nennen, in welchem die Allenthalbigkeit des Leibes Christi so deutlich ausgedrückt sei, daß man nicht umhin könne, dieselbe anzunehmen. Timann sprach ihm in seiner Erwiderung seine Verwunderung aus, daß es hier noch Menschen gebe, die nicht glaubten, daß das Wort Fleisch geworden sei, und daß die Kirche mit Recht singe: Quod semel assumsit, nunquam dimisit. Er sandte ihm aber, um ihn zu überzeugen, sein Buch, so wie einige Auszüge aus den Schriften von Brenz. Von Büren, der mit Melanchthon im vertrauten Briefwechsel stand und sich bei ihm Rath erholte, berief sich in seinem Antwortschreiben auf das chalcedonische Concil, das ja bestimmt habe, daß jede der beiden Naturen in Christo nach ihrer Vereinigung

*) Henrys Calvin Th. III. 1, S. 415. 2, S. 106.

**) S. die Briefe von a Lasco in der Biblioth. theol. Brem. Cl. VI. S. 148.

ihre wesentlichen Eigenschaften behalte, wie auch das athanasianische das ausspreche, Christus sei Eine Person, nicht durch Veränderung und Vermengung der Naturen, sondern so, wie Leib und Seele nur Einen Menschen ausmachen. Die Stellen, wie Joh. 3, 13, gingen auf die Person des Erlösers, nicht auf jede seiner Naturen. Der Briefwechsel brach bald ab, da sich der Senat durch andere Auftritte genöthigt sah, Hardenberg vor eine Commission zu rufen und die Beschwörung der augsburgischen Confession von ihm zu verlangen. Dies lehnte Hardenberg ab; erbot sich aber zu einem öffentlichen Bekenntnis über die Abendmahlslehre, und erklärte: Brod und Wein sind der Leib und das Blut Christi, aber sacramentlich; denn ob zwar die Sinne nichts als Brod und Wein wahrnehmen, so empfängt doch der Glaube den wahren Leib 2c. Doch dies Bekenntnis ward nicht genügend gefunden. Als der Senat von neuem ein schriftliches Bekenntnis forderte, zog Hardenberg Timanns Farrago hervor und las daraus diejenigen Zeugnisse von Luther, Brenz, Musculus u. A. vor, die er alle zu unterschreiben sich bereit erklären konnte, so, daß der Rath erstaunt ihn von dem zwinglischen Irrthum rein erklärte. Indeß eine unvorsichtige Aeußerung seines Freundes, des Bürgermeisters von Buren, erweckte den Streit von neuem, und der Rath verlangte nun von sämmtlichen bremer Predigern eine klare Auseinandersetzung der reinen Lehre vom Abendmahl. Da Timann den Aufsatz machte, der dem Rath am 21. October 1556 übergeben wurde, so sträubte sich Hardenberg natürlich, denselbigen zu unterschreiben, und als er nun ein neues Bekenntnis übergeben, wurde ein Responsum von dem Ministerium der andern Städte und aus Wittenberg gefordert. Allein auch diese Responsa brachten den Streit nicht zu Ende; nein, eine neue Verlegenheit kam hinzu, als Hardenberg die augsburgische Confession zu unterschreiben darum sich weigerte, weil man ihm die variata vorlegte, und er, wie er sagte, nicht wisse, ob Jemand die Freiheit gehabt habe, diese Schrift umzuändern. Er nehme übrigens den 10. Artikel an, wie ihn Melanchthon, der Verfasser desselben, und die Schule zu Wittenberg erkläre. Ebenso wollte er nicht die wittenberger Concordie von 1536 unterschreiben, sondern nur Luthers Erklärung beistimmen, daß zwischen ihm und den straßburger Theologen kein Streit sei. Während der bremer Senat sich Mühe gab, den Streit zu Ende zu bringen, suchten die Obrigkeiten von Lübeck, Hamburg und Lüneburg die Fürsten des niedersächsischen Kreises zu bewegen, sich der Bremer anzunehmen, weil auch für andere Länder und Reiche Gefahr drohe, wenn das in Bremen ausgebrochene Feuer noch weiter um sich greife, zumal da das Domcapitel in Bremen seinen Pastor in Schutz nehme. Es gelang ihnen auch, die Sache auf den Kreistag zu bringen. Doch das geschah in einer spätern Zeit.

Die Obrigkeiten in den drei Städten fühlten sich zu einem solchen Dazwischentreten in Bremen um so mehr getrieben, da die Spaltungen unter den Geistlichen in ihren eigenen Städten immer größer wurden. Ihre Superintendenten selbst sehnten sich, daß die von Flacius angestifteten Streitigkeiten über die Mitteldinge erst ein Ende gewinnen möchten, damit die Magdeburger und Wittenberger sich mit ihnen für den Kampf gegen die Schwenckfeldianer, Anabaptisten und Sacramentirer vereinen könnten. *) Darum verabredeten sie sich auf einem Convente zu Möln, gemeinschaftliche Schritte zu thun, die Versöhnung der Magdeburger und Wittenberger zu Stande zu bringen. Paulus von Eitzen, der im August 1555 Superintendent in Hamburg geworden war, der Superintendent Curtius von Lübeck und Hennings von Lüneburg gingen mit andern Pastoren nach Magdeburg; Westphal gehörte auch zu diesen letzteren.. In Magdeburg beredeten sie Wigand und Flacius **), mit ihnen nach Coswig, in der Nähe von Wittenberg, zu kommen, dort wollten sie mit Morlin, der von Braunschweig dahin reisen wollte, sich näher besprechen, welche Grundlage sie ihrem Versöhnungswerke geben wollten. Als sie dieses gethan, fuhren die Geistlichen der Seestädte

*) Greves Memoria von Eitzen, p. 23.

**) Greves Memoria von Eitzen, Addit. p. 27.

nach Wittenberg. Melanchthon nahm sie sehr freundlich auf und lud sie ein, am andern Tage, es war der 22. Januar 1556, bei ihm zu frühstücken und die Sache zu verhandeln. Unglücklicher Weise hatte Flacius aber darauf bestanden, daß sein Buch „De unitate“ die einzig mögliche Grundlage einer dauernden Vereinigung sein könne. Diese Schrift konnte Melanchthon nicht annehmen; er hätte dadurch sein eigenes früheres Verhalten verdammt, und eine Formel zur Beseitigung des Streites über die guten Werke unterschrieben, welche er durchaus nicht billigte. Die Versöhnung kam deshalb nicht zu Stande.

Für Hamburg hatte dieser Sühnversuch die traurige Folge, daß die Spannung zwischen von Eitzen und Westphal größer wurde. Von Eitzen nahm immer mehr Melanchthons Partei gegen Flacius, wie er überhaupt jederzeit zum Frieden rieth. Doch — und dies ist für unsere Untersuchung von Wichtigkeit, — das hinderte ihn nicht, im Kampfe gegen die Sacramentirer mit Westphal zusammenzustehen. Er stellte nicht nur im Namen der hamburgischen Kirche dem Westphal ein Zeugnis aus gegen die Lästerungen Calvins, „der unverschämter Weise ihm Verbrechen Schuld gegeben, welche selbst bei einem Plebejer nicht würden ungerügt bleiben können;“ er setzte auch im Namen des Ministeriums ein Bekenntnis auf, das Westphal in seiner Sammlung der Bekenntnisse der sächsischen Kirche gegen Calvin abdrucken lassen konnte; er ließ „Der Prediger zu Hamburg schlichtes und rechtes Bekenntnis von dem hochwürdigen Sacrament des Leibes und Blutes unsers lieben Herrn Jesu Christi mit einer treuen Ermahnung und Warnung an die Christliche Gemeinde“, im Druck ausgehen; ja, von Eitzen veröffentlichte noch in demselben Jahr seine lateinische Schrift: Defensio verae doctrinae de Coena Domini nostri Jesu Christi, in der er dieses Bekenntnis vertheidigte. Es ist schwer, zu denken, daß von Eitzen, wie Moller in der Cimbria litterata meint, zu diesem allen nur durch Westphals Einfluß gezwungen sei, zumal da von Eitzen in dem nämlichen Jahre vom Herzog Adolf von Holstein zur Visitation der

Kirchen seines Landes aufgefordert war, und dort den Predigern im Eyderstedschen ein Bekenntnis vorlegte, in dem bei der Taufe der Irrthum derer, welche sagen, daß der Gläubigen Kinder vor ihrer Geburt heilig sind vor Gott; beim heiligen Abendmahl „aber alle Irrthümer der Sacramentirer, die zuvor gelehrt haben und noch lehren, wie Calvin, a Lasco, Ochinus, Bullinger, Micronius, Martyr mit ihrem ganzen Anhang verworfen werden." *)

Calvin hatte wohl Ursache, in dieser Zeit dem Bullinger zu klagen: Ich sehe, daß die Lutheraner sich verschworen haben, durch die Masse ihrer Bücher uns zu erdrücken **). Nicht nur an den Orten, an welchen die Anhänger der Sacramentirer offen auftraten, auch anderswo erhoben sich die Lutheraner gegen sie. „Denn von neuem, schrieb der alte Jenaer Professor Erhard Schnepff, wird auf die Fremden Jagd gemacht, die der deutschen Sprache unkundig sind. Man spiegelt ihnen vor, als ob der Irrthum der Sacramentirer in ganz Deutschland Verbreitung und selbst bei solchen Fürsten Anklang fände, welche in Wahrheit denselben aufs beharrlichste verwerfen." Darum dedicirte er den sächsischen Herzögen seine „Confessio de Eucharistia (Jenae 1556). Mit einer ähnlichen Schrift trat in Mecklenburg Erasmus Alberus hervor.

Auch die den züricher Consensus angenommen hatten, waren ja nicht stille geblieben. Bullinger hatte schon in dem Nachworte, das er Calvins Secunda defensio angefügt hatte, als diese im März 1555 in Zürich wiedergedruckt wurde, sich mit seiner Kirche bereit erklärt, wenn es nöthig wäre, sich dem Calvin in der Bekämpfung der Widersacher anzuschließen ***); im Februar 1556 gab er seine „Apologetica exposito" heraus. Der ehrwürdige Antistes der züricher Kirche hielt sich strenge auf seinem Standpunkt; mit seinem nüchternen Verstande fand er nur in Zwinglis und Oecolampads Auffassung des Abendmahls Klarheit, doch glaubte er diese

*) Greve Mem. von Eitzen, in Addit. S. 31.
**) Henry III. S. 315.
***) Pestalozzi S. 391.

Auffassung bei Calvin wiederzufinden. Er war durchdrungen von der Ueberzeugung, daß im züricher Consens die Einheit aller Reformirten dargelegt sei; konnte auch nicht daran zweifeln, daß die Gegner sich in diesem zusammenfinden müßten, wenn sie nur der Schrift folgten. „Wir sagen einfach, schreibt er, daß der Sohn Gottes selbst den wahren, menschlichen Leib angenommen, und ihn für unsere Erlösung dahingegeben hat. Wir sagen: Dieser wahre Leib des Herrn und Sein wahres Blut sei die lebengebende Speise, und gerade diese, für uns gegebene, nicht irgend etwas anders, nicht der Geist, nicht ein geistlicher Körper, sei zu essen und zu trinken fürs ewige Leben. Wir fügen zu größerer Klarheit hinzu: Christus, wahrer Gott und Mensch, ist, obgleich Er von uns in den Himmel genommen ist und zur Rechten des Vaters sitzt und körperlich nicht mehr auf Erden ist, dennoch nichts destoweniger bei Seiner Kirche, wie das lebendige Haupt bei dem lebendigen Körper, als das in demselbigen Leben und Gesundheit wirkende. Denn Er theilt Seinen Gläubigen das Leben mit oder flößt es ihnen durch Seinen göttlichen Geist ein, das Leben nämlich, das in Seinem lebengebenden Fleisch ist, das Er, damit wir leben, für uns im Tode darangewendet hat, so daß Christus in Wahrheit schon in den Gläubigen ist und lebt, und die Gläubigen Ihn im wahren Glauben aufnehmen und so Ihn selbst, den Sohn Gottes und des Menschen Sohn, geistig essen und trinken. Dies, sagen wir ausdrücklich, geschieht spiritualiter, durch den Glauben, auch außer der Communion des Mahles; ebenso aber auch beim heiligen und mystischen Mahle selbst, wo jene besondere Einsetzung Christi und feierliche Handlung, die wir eine sacramentliche nennen, noch hinzukommt. Und wir bemerken ausdrücklich, daß, wenn wir spiritualiter sagen, wir nicht meinen, daß Christi Fleisch in den Geist verwandelt werde; denn wir glauben, daß das Fleisch sein Wesen und seine Natur behalte, und nicht auf eine fleischliche Weise (carnaliter), wie der Wein corpuraliter ins Glas gegossen wird, sondern auf eine geistige Art und Weise (spiritualiter) so mitgetheilt werde, daß das eigentliche Fleisch selbst, caro, in der Herrlichkeit zur Rechten des Vaters im Himmel bleibt, während das ganze durch die Hingabe des Fleisches erzeugte Leben (vitam totam carne tradita partam) durch seinen lebendigmachenden Geist in die Herzen der Gläubigen sich ergießt, wenn sie gesetzmäßig das Mahl feiern.“ — Ueber das Sitzen zur Rechten des Vaters, spricht Bullinger sich später so aus: „Wir sagen nicht, daß der Leib Christi im Himmel gefesselt sei, sondern, daß er, in Wahrheit der Erde entnommen, nun verherrlicht, sich frei im Himmel befindet, und darum weder beständig sitzet, noch beständig stehet, sondern daß er sich bewegt, gerade wie es Sein Wille ist, und die Rücksicht auf das ewige Heil und die Seligkeit der Menschen es verlangt! Wir fügen aber auch hinzu, daß der Leib Christi, der in den Himmel aufgenommen ist, weil er ein wirklicher Leib ist, unmöglich sich überall hin ergießen (per omnia diffundi) kann, sondern, daß er im Himmel bleibt, von dannen wir Christum in Seinem wahren Leibe, am Ende der Tage, als Richter erwarten. Unsere Gegner reden so von der Himmelfahrt des Leibes Christi, als ob sie nichts sei, als eine Absonderung (disparitio), durch die Er nur Sich uns unsichtbar macht, als ob Er durch alle Himmel hindurchgedrungen und, ich weiß nicht, in welche Gegend gegangen ist, die überall und doch in keinem Raum ist (ubiqualem et illocabilem), in dem die sich dort befinden, an keinem Orte und doch überall sind. Das ist wahrlich eine wunderbare Theologie! Ein wunderbarer Himmel, den uns jener schöne Canon zeigt, der zur Erklärung der Stellen in der heiligen Schrift, in denen vom Himmel die Rede ist, aufgestellt ist, daß es außerhalb des Himmels keinen Raum gebe! — Ich, nach meiner Einfalt, halte dafür, daß der verherrlichte Leib Christi Sich über alle Himmel und so in den Himmel selbst, den Aufenthalt der seligen Geister, erhoben habe. Denn Er selbst hat gesagt: Wo Ich bin, soll Mein Diener auch sein! Dennoch behaupten wir auch, daß Christus mit Seiner Gegenwart Alles erfüllt, aber nach der Natur die überall ist, nicht nach der, die nicht überall ist (secundum eam naturam, quae ubique est, non secundum eam, quae non ubique est).“ Und nun führt Bullinger aus, wie, nach seiner Ansicht, die beiden Naturen in Christo unvermischt, aber doch vereinigt sind in der Einen ungetheilten Person, so doch, daß in der Einheit der Person die Eigenthümlichkeiten der Naturen unverletzt bleiben, nicht aufgehoben, nicht vermischt werden.

Bullingers Schrift ist in einem ruhigen Ton gehalten; sie verletzte Westphal nicht, und trieb Calvin zum Dank, daß er ihn dieses Beweises seiner Liebe gewürdigt *); aber eben deshalb, und weil sie nicht gerade neue Ideen aufbrachte, ward sie auch weniger beachtet. Schon ehe sie herausgekommen war, war aber ein anderer Mann hervorgetreten mit einer „Syncerae doctrinae defensio,“ dessen Genossenschaft Calvin nicht so angenehm sein konnte.

Es war jener merkwürdige Italiener, Bernardino Ochino, der erst als Bußprediger ganz Italien in Bewegung setzte, selbst des Papstes Paul III. Beichtvater und, ob schon 1541 in Neapel ketzerischer Ansichten angeklagt, doch Ordensgeneral der Capuziner geworden war; hernach aber von der neu errichteten römischen Inquisition verfolgt, sein Vaterland hatte verlassen müssen und in der Schweiz zu den Evangelischen übergetreten war. Er war Prediger der Italiener in Augsburg geworden, war aber auch von hier, als der Kaiser Karl V. dort den Reichstag hielt, vertrieben und dann nach England gegangen, um dort mit Peter Vermigli eine italienische Gemeinde zu sammeln. Doch auch hier traf ihn ein ähnliches Schicksal, wie a Lasco. Er floh nach Genf, verließ aber sogleich wieder die Stadt, da er gerade am Tage nach Servets Hinrichtung ankam, und im Abscheu gegen Calvins Auftreten zurückschauderte. Bullinger verschaffte ihm endlich im Juni 1555 eine feste Stelle. Es hatte sich in Locarno, inmitten der katholischen Bevölkerung Graubündens, eine evangelische Gemeinde gebildet; sie ward freilich durch die Tagsatzung zu Baden 1554 aufgehoben, aber die Glieder derselben, welche dem Evangelium treu blieben, erhielten

*) Henry III. p. 317.

Erlaubnis, auszuwandern. Die Zürcher besonders hatten für sie gesprochen; sie nahmen die Vertriebenen auf, und versprachen, ihnen auf öffentliche Kosten einen Prediger zu halten. Diese Gemeinde wählte nun Ochino zum Geistlichen. Freilich sollte Ochino auch hier nicht bis an sein Ende bleiben! In seiner feurigen Lebendigkeit ergriff er jede neue Idee; so fand er sich später schnell auch mit seinem Landsmann Laelius Socinus eins und fieng an die gefährlichsten subjectiven Ansichten, z. B. über die Polygamie, als Gottes Wort zu verbreiten. Er ward deshalb im December 1563 vom Rath verurtheilt, sogleich den Canton zu verlassen, konnte nicht einmal Erlaubnis bekommen, den Winter über in seinem Hause zu bleiben, obgleich er nicht wußte, wohin er mit seinem Weibe und seinen vier Kindern, von denen das jüngste erst eben geboren war, ziehen sollte. Bullinger selbst, der ihn 7 Jahre früher als venerandum senem et carissimum fratrem gepriesen *), wagte nicht ihm ein Empfehlungsschreiben mitzugeben. In Chur verweigerte man ihm selbst das Durchpassiren durch die Stadt **). Das thaten die Schweizer, die so hart über das Benehmen der Dänen und der norddeutschen Seestädte gegen die Glieder derselben Gemeinde, die aus England zu ihnen geflohen, geurtheilt hatten!

Als er noch Prediger in Zürich war, schrieb Ochino im Januar 1556 seine Vertheidigung des reinen Glaubens gegen Westphal, eine Schrift, die von Mangel an wissenschaftlicher Bildung, aber von practischem Rednertalent zeugt. Er bedaure, schreibt er, die Gegner für solche halten zu müssen, die Christi Licht entbehren und deren crasse Unwissenheit er anerkennen müsse. Denn obwol die Lutheraner darin mit ihnen übereinstimmten, daß nur Gott allein anzubeten sei, so geben sie doch nicht Gott allein die Ehre. Das könne man daraus sehen, daß ihre Ansicht vom Abendmahl die papistische, nicht die biblische sei. Denn da Christus das Abendmahl eingesetzt hat, damit wir Sein Leiden und Sterben be-

*) In seiner Apologetica expositio S. 115.

**) Trechsel: die protestantischen Antitrinitarier Th. II. S. 190 ff.

trachten, und dadurch unser geistiges Leben stärken, Gerechtigkeit und Heil erlangen, ruft Satan sie von der lebendigmachenden Betrachtung des Leidens zu der tödtenden Speculation über den todten Leib Christi zurück. Freilich behaupten sie, daß es billig sei, daß, weil die lutherische Kirche zuerst das Evangelium wiedererhalten habe, wir auch nichts Anderes, als sie, für wahr halten. Was ist das aber anders, als ein neues Papstthum aufrichten? Luther konnte sich ja natürlich nicht gleich vom papistischen Aberglauben losmachen, daher ists kein Wunder, daß er, der lange Christi Gegenwart im Abendmahl als etwas Göttliches betrachtet hatte, wegen seiner gewohnten Idololatrie nicht gewagt hat, das Gegentheil anzunehmen. Die Dankbarkeit gegen Gott fordert deshalb von uns, daß wir dies immer wiederholen und für die Erleuchtung der Gegner beten, wenn dies auch Westphal nicht gefällt. — Die Ansichten Westphals stellt Ochino auf das roheste und mit dem größten Mißverstande vor. Es ist offenbar eine Blasphemie, schreibt er z. B., wenn Westphal das fleischliche Genießen des Leibes und Blutes für das allervortrefflichste gute Werk hält, als ob der geistige Genuß durch den Glauben gar nichts sei! Wenn er selbst den Gekreuzigten nur Einmal mit lebendigem Glauben gekostet hätte, er würde nichts der Art schwatzen. Gräßlicher noch ist, wenn er schreibt, daß das fleischliche Genießen Christi weit nothwendiger sei, als das des täglichen Brotes! Jene Männer hätten ohne Zweifel, wenn sie zu Christi Zeit gelebt hätten, Ihn getödtet und verschlungen, damit sie nur selig würden! Wie Viele aber haben wohl Appetit, Christi Fleisch zu essen? Wahrlich, wenn Einer gefunden würde, er würde an einem hündischen, nicht am christlichen oder geistlichen Hunger leiden!" — Ochinus versteht aber ebenso wenig Calvins Lehre vom Abendmahl, wie Luthers. Er will die Uebereinstimmung aller Reformirten zeigen, und behauptet, daß sie alle glauben, daß Christi Leib und Blut nicht im Sacramente sei (Corpus et sanguinem Christi non esse in sacramento). Diese Wahrheit halten wir beständig so fest, schreibt er, daß wenn auch 1000 Martini und Päpste, Kirchen und Synoden,

Menschen und Engel das Gegentheil behaupteten, wir ihnen das nicht glauben würden ohne Gottes Wort! Er setzt, S. 15, weitläufig auseinander, daß dies Sacrament weder ein Unterpfand noch ein Angeld (neque pignus neque arrhabo), sondern nichts, als ein Zeichen, und deshalb ein Sacrament sei, weil durch dasselbe das Leiden und der Tod Christi lebhaft in uns erneut wird. S. 106 schreibt er: „Du sagst, Christus versiegle uns im Abendmahl Seine Verdienste; Paulus aber schreibt an die Epheser 1, 3: daß ihr, da ihr glaubet, versiegelt worden seid mit dem heiligen Geist, welcher ist das Unterpfand unseres Erbes. Also allein durch den Glauben können wir der göttlichen Schätze Christi theilhaftig werden, und der heilige Geist allein kann uns gewiß machen, daß wir derselbigen theilhaftig sind. Diese Gabe ist unschätzbar, weil Christus uns Seinen Geist mittheilt, weil dieser uns schlechterdings nützlich und nothwendig ist; uns aber Sein Fleisch und Sein Blut mitzutheilen und als Speise und Trank zu geben, nützt uns nichts, wie Er selbst Joh. 6, 63 sagt.“ — Gerne gibt Ochino sich seinen philosophischen Spitzfindigkeiten hin, denn, „die wahre Philosophie täuscht nicht, wie die falsche, von der Paulus spricht,“ aber freilich sein philosophisches Denken geht nicht ins Tiefe. Er will z. B. zeigen, daß bei Christo die Gottheit mit dem heiligen Fleisch und Blut unmöglich unzertrennlich verbunden sei, und sagt: „Vor allem, weil dies nicht aus dem Worte Gottes zu beweisen ist; dann aber weiß ich auch, fährt er fort S. 46, daß weil Christus jetzt, da Er im Himmel, in Seiner Herrlichkeit ist, mit Seinem Leibe, Blute, Geiste und Seiner Gottheit derselbe bleibt, der Er war, auch bewirken kann, daß Sein Leib an einem andern Orte ist, ja, auch zu bewirken im Stande ist, daß Er dort dann ohne Blut, ohne Seele, ohne Gottheit ist. Weil also Christus sagt: Das ist Mein Leib, nicht, das ist Meine Gottheit, folgt, daß wir keineswegs glauben müssen, daß Seine Gottheit auf dieselbe Weise, auf welche sie, wie wir sagen, in Christo ist, dort gegenwärtig ist.“ „Gott ist wohl allmächtig, heißt es an einer andern Stelle, aber Er vermag nicht, was unmöglich ist, und mit sich im Widerspruch steht. Obgleich Er machen kann, daß Christus im Himmel und zugleich (wie ihr euch vorstellt) im Sacrament ist, so dürfen wir nicht schließen, weil Er es kann, so ist Er auch gegenwärtig. Das steht mit sich im Widerspruch; ebenso, wenn du sagst, daß derselbe Leib Christi, in derselben Quantität im Himmel und in der Hostie, und zwar nach jedem seiner Theile sei, so daß da, wo die Pupille in Seinem Auge ist, auch zugleich nicht nur Sein Kopf sondern auch Sein Fuß und jedes Seiner Glieder ist!"

Während aller dieser Bewegungen, die der Sacramentstreit hervorgerufen, hatte Westphal nun seine Antwort auf Calvins Secunda defensio vollendet. Er hatte an die angesehensten Ministerien und Superintendenten der Kirchen in Niedersachsen geschrieben und sie um ihr Urtheil gebeten; jetzt gab er, Magdeburg 1557, die Responsa, die er empfangen, zusammen, als Glaubensbekenntnis der sächsischen Kirchendiener heraus. Hier standen nun 25 Zeugnisse bei einander, das Bekenntnis der Magdeburger, mit den Zeugnissen von Flacius und Erasmus Sarcerius, das Bekenntnis der bremer Geistlichen, der Lübecker, Lüneburger, Braunschweiger, von Morlin und Martin Chemnitz unterschrieben, der Hannoveraner, Wismarenser, Schweriner, der Kirchen in Husum, in Dithmarsen, Nordhausen, dabei Briefe von Hartmann Beyer in Frankfurt, Lucas Lossius in Lüneburg, aber auch, wie schon erwähnt, das Bekenntnis der hamburgischen Kirche, mit einer Privaterklärung vom Pastor zu St. Jacobi, Joh. Bödeker. Westphal hatte vier verschiedene Briefe, in denen er die verschiedenen Ministerien um ihr Zeugnis gebeten, mit abdrucken lassen, um im voraus sich gegen den Einwand zu schützen, als ob er diese Zeugnisse nur durch Schmeichelrede erhalten oder durch Drohungen erpreßt habe; allein was half ihm bei Calvin solche Vorsicht?

Calvin ward über das Zeugnis der sächsischen Kirche aufs höchste aufgebracht. Er bekam bald darauf das Buch von Jacob Andreae, von dem wir schon gesprochen, zugesandt, da antwortete er ihm zuerst noch sehr freundlich in einem Briefe*): „Dein deutsches Buch habe ich einem Freunde zu lesen gegeben. So viel ich von ihm höre, vertheidigst Du, was ich bekämpfe, doch ohne Bitterkeit und ohne irgend jemand zu beleidigen. Wenn ich gleich deine Mäßigung lobe, so thut es mir doch nicht wenig leid, daß doch eine größere Verschiedenheit in unsern Ansichten ist, als ich mir dachte. Wäre doch Westphal auf die Mäßigung eingegangen, die ich zuerst gezeigt, doch übertreffen jetzt noch einige seiner Landsleute seine Wuth, aus keinem andern Grunde, wie sie selbst sagen, als weil ich mich freundlicher (blandius) geäußert habe, als ihr Wille war. Jetzt hat ihre Wuth auch meine Sanftmuth ausgetrieben und mich gezwungen, herber mit ihnen zu verfahren; aber doch soll meine Heftigkeit nicht hindern, daß ich mich denen mit Sanftmuth nähere, welchen der Friede am Herzen liegt. Je größer die Feuersbrunst ist, desto mehr müssen Alle herbeieilen, die bisher ruheten, um löschen zu helfen." Calvins Freunde selbst hatten wohl aber gleich seine Heftigkeit gefürchtet; denn er schreibt am 1. August an Farell: Bei Westphal und den Uebrigen war es mir schwer, mich zu mäßigen, um deinen Rath zu beobachten. Du nennst sie Brüder, welche den Namen Brüder, wenn er von uns ihnen angeboten wird, nicht nur zurückweisen, sondern verwünschen? Und wie lächerlich würden wir uns machen, wenn wir uns des Brudernamens bei denen rühmen, welche uns für die verabscheuungswerthesten Haeretiker halten?" — An Bullinger schreibt er: „Ihr sollt selbst urtheilen, wie tapfer ich mich gegen die Sachsen bewiesen. Denn ich wollte lieber euch das Buch unvollendet schicken, als euch länger in Erwartung lassen. Da ich weiß, daß ich mich Aller Haß zuziehen werde, ist es mir kein kleiner Trost, wenn euch wenigstens mein Dienst gefällt. Weil ich die Zuversicht habe, Gott angenehm zu sein, habe ich nicht angestanden, muthig und kühn die Wuth jener Bestien (belluarum istarum rabiem) auf mich zu richten." **) Die Schrift selbst bezeichnet schon durch ihren

*) Henry Th. III. S. 314.
**) Henry Th. III. S. 326.

Titel den Geist, aus dem sie hervorgegangen ist: Ultima admonitio J. Calvini ad J. Westphalum, qui, nisi obtemperet, eo modo posthac habendus erit, quo pertinaces haereticos habere, jubet Paulus. — Refutantur etiam hoc scripto superbae Magdeburgensium et aliorum censurae, quibus coelum et terram obruere conati sunt.

„Westphal hat einen Brief an einen Freund, dessen Namen zu schreiben er sich schämt, herausgegeben, beginnt Calvin, indem er heulend sich beklagt (flebiliter deplorat), daß er härter von mir behandelt sei, als die Anabaptisten, Libertiner und Papisten. Wenn ich das auch zugebe (obgleich er darin schon seine Eitelkeit zeigt, daß er sich nicht vielmehr schämt!) warum bedenkt er selbst nicht ein wenig in der Stille, was er verdient hat mit seinen entsetzlichen Schmähungen auf die gesunde Lehre, mit seiner ungebändigten Wuth gegen die frommen, unschuldigen Menschen? Als ob sich Einer nicht alles Recht abgeschnitten hat, Rücksicht zu fordern, der alle Forderungen der Humanität umgekehrt und sichtbar sich Mühe gegeben hat, der Billigkeit und Bescheidenheit den Krieg zu erklären! Warum denkt er nicht an den Spruch des himmlischen Meisters: Mit welchem Maße u. s. w. — Ich habe nicht, da ich unwürdig beleidigt war, wie er fälschlich meint, in leidenschaftlicher Hitze, sondern indem ich mir Mühe gab, die Wuth, die er zu sehr erregt hat, zu zähmen, ein schärferes Mittel, als ich gern thue, angewandt. Wäre er nur durch den Schmerz zur Buße getrieben!" — In diesem hochfahrenden Tone fährt Calvin Seiten lang fort, Westphal zu schulmeistern. Dann sagt er, Westphal habe einen neuen Kunstgriff ersonnen, um ihm auf feine Weise zu entwischen, er rufe Andere zu Hülfe, die die ganze Last des Streites tragen sollten, während er ruhe. Denn um zu zeigen, daß er die augsburgische Confession zu Grunde richte, stelle Westphal den Urheber derselben, Melanchthon, in einem andern Buche dann die Kirche unter Augustins Namen; in einem dritten einen dichten Haufen aus den benachbarten sächsischen Orte ihm als Feind entgegen. Ich antworte aber, die augsburgische

Confession, wie sie in Regensburg herausgegeben ist, enthält Nichts, das unserer Lehre entgegen wäre; wenn ich den Autor darüber selbst kühn zum Richter anrufe, was bleibt über, als daß Westphals schmutzige Lächerlichkeit dahinsinkt? Wenn Westphal den Streit zu schlichten wünscht, möge er nur Ein Wort aus dem Munde dessen hervorlocken, zu dem er freien Zutritt hat. Die Zeugnisse, die Westphal dagegen anführt, brauche ich nicht zurückzuweisen. Wenn Jemand sagt, daß Philippus in 40 Jahren nicht Fortschritte gemacht, der thut ihm privatim und der ganzen Kirche großes Unrecht. Ich will nur wiederholen, daß man mich eher von meinen Eingeweiden, als von Philippus trennen kann. Ich erwarte ruhig und schweigend seine Stimme, die dessen Verwegenheit, der den ehrwürdigen Namen des ausgezeichneten Mannes fälschlich zum Vorwand nimmt, Allen offenbar machen wird. (Calvin schrieb an Melanchthon, der seinen letzten Brief nach drei Jahren noch nicht beantwortet hatte, und drängte ihn, endlich sich auszusprechen. „Bedenke doch, daß, wenn du fort und fort zögerst, der Tod über dich kommen könnte. Welchen Schandfleck (infamia) der Feigheit bliebe dann auf deinem Namen?" Aber Melanchthon schwieg. *) Auch von Cruziger darf ich nicht schweigen, der Luther so theuer war, daß er ihn nach Philippus Allen vorzog, und der jetzt angenommen hat, was Westphal bekämpft. Ich komme auf Augustin, den, ob er gleich ganz der Unsere ist, Westphal uns zu entreißen und sich anzueignen kein Bedenken trägt. Zu Joh. 6. zeigt Augustin klar, daß ihm Capernaiten die sind, welche sich einbilden, Christi Leib mit den Zähnen zu zerbeißen und mit dem Leibe zu verschlingen. Westphal führt Ausdrücke des Augustin an, die unsere Partei ebenso gebraucht, wie Augustin, wie z. B. daß der Leib Christi uns im Abendmahl dargereicht wird. Es kommt doch nur darauf an, ob im eigentlichen Sinn oder figürlich das Brod der Leib Christi genannt wird. Er sagt aber ep. ad Bonif. c. 23: Wenn die Sacramente nicht irgend

*) Stähelins Calvin, Th. 1, S. 251.

eine Aehnlichkeit haben (similitudinem) mit den Dingen, deren Sacramente sie sind, so sind sie keine Sacramente. Er gebraucht das Wort corpus also metonymisch. Wie will Joachim mit seinen Dogmen vereinen, was Augustin c. Faustum Manichaeum 6, c. 5. schreibt, daß der Leib und das Blut dieses Opfers vor Christi Ankunft durch ähnliche Opfer (per victimas similitudinum) verheißen, im Leiden Christi in Wahrheit dargebracht, nach der Himmelfahrt aber durch das Sacrament des Gedächtnisses gefeiert wird (per sacramentum memoriae celebratur)? — Gegen die Behauptung, daß man beim Augustin lese, daß den Guten, wie den Bösen der Leib Christi gegeben werde, führt Calvin eine Stelle an, in der Augustin sagt, daß die Gläubigen allein, welche den Leib Christi inwendig genießen, nicht auswendig, mit dem Herzen essen, nicht mit den Zähnen kauen (premunt), nicht sterben. Und daß er im Tractat in Johannem ausdrücklich sagt, daß Judas beim Abendmahl nur das Brod des Herrn empfangen habe; die andern Jünger das Brod als Herrn (panem Domini — panem Dominum). Ich möchte sehen, wie Westphal nun mit Augustins Worten vereinen will, daß Judas substantialiter Christum gegessen, fragt er später. Er sucht darzuthun, wie Westphal immer nur mit Zwang Augustin für sich habe anführen können. Dann geht er zu den Bekenntnissen der Sachsen, die Westphal „durch Schmeicheleien hervorgelockt oder durch Grobheit hervorgepreßt,“ die aber ihn (Calvin) keineswegs niedergedrückt hätten, über. Denn Wittenberg und Leipzig, die beiden AugenSachsens, habe Westphal vergebens versucht zu gewinnen; außerdem habe nicht der zehnte Theil von Sachsen ihm seinen Namen geliehen, so daß er sich genöthigt gesehen, das Bekenntnis eines Anhängers des Servet zu Hülfe zu nehmen (dies erwies sich als eine falsche Conjectur Calvins)! Ueber die Magdeburger wundere er sich am meisten, deren ganze Disputation aus nichtigen Spitzfindigkeiten bestünde, weshalb auch Flacius und Erasmus Sarcerius sich von dem großen Haufen abgesondert hätten. Doch dadurch hätten diese für ihren guten Ruf nicht genug gesorgt, denn sie hätten doch ihn, Calvin, den sie selbst früher hochgepriesen, jetzt mit schwarzer Kreide angestrichen. Er nimmt dann die 28 Gründe kurz durch, welche die Magdeburger für ihre Ansicht vorbringen, ohne etwas Neues zu sagen. Jeder sieht, schreibt er, gleich bei den ersten drei, daß sie die Beweise nur häufen, wie die Bauern, die aus demselben Schwein verschiedene Gerichte bereiten, um auf eine hübsche Weise ihre Armuth bei den Gästen zu verdecken. Ebensowenig bringt Calvin aber neue Gedanken vor, wenn er darauf die 59 Gründe anführt, welche die Magdeburger aus seinen Schriften glaubten widerlegt zu haben. An Wiederholungen kann es bei der ganzen Anlage der Schrift nicht fehlen. Denn nach dem Schreiben der Magdeburger, nimmt Calvin das der Bremer vor. Hier will er die Gründe abwägen, weshalb die Bremer nicht seine symbolische Erklärung gelten lassen. Der erste ist, daß Jesus Christus, als wahrer und vollkommener Gott und Mensch, untrennbar in Eine Person vereinigt ist. Aber die Vereinigung der göttlichen und menschlichen Natur macht nicht eine völlige (confusam) Einheit beider, und die Einheit der Person vermischt nicht so die göttliche mit der menschlichen, daß nicht beider Eigenthümlichkeit unversehrt bleibe; wenigstens gehört (accessit) Christi Seele (anima) mehr zur Gottheit, als zur Menschheit, doch bekennt deshalb selbst Luther nicht, daß Christus, als Mensch, immer Alles vorhergewußt habe. Der zweite Grund ist, daß die Rechte Gottes, an der Christus sitzt, überall ist; als ob wir leugnen, daß Christus, als Mittler Gottes und der Menschen, auf unaussprechliche Weise Alles erfülle, daß Er ganz überall ist; aber doch nimmt Er nach dem Fleisch Seinen Sitz im Himmel ein. (Schon früher hatte er die Magdeburger an die distinctio des Peter Lombardus erinnert, die auch den späteren Sophisten nicht unbekannt war, quod Christus Mediator, Deus et homo, totus ubique sit, sed non totum, weil Er in Betracht Seines Fleisches einst auf Erden wandelte, zugleich aber im Himmel wohnte.) Der dritte Grund ist, daß das Wort Gottes nicht falsch oder lügenhaft ist. Aber von der Falschheit des Wortes ist nicht die Rede, sondern von der Regel der

Auslegung, die trotz alles Sträubens bei allen Sacramenten angewendet werden muß. Der vierte Grund ist, daß Gott vielfache und verschiedene Weisen hat, irgendwo an einem Orte zu sein. Aber diese Mannigfaltigkeit läßt nicht zu, daß der Leib Christi an einem Ort sichtbar, beschränkt, und sterblich sein kann, und zugleich an vielen Orten unsichtbar, unermeßlich und unsterblich. Siehe, wie sie in Wahrheit sich ihrer festen, gewissen, unwiderleglichen Gründe, um ihren Irrthum zu stützen, rühmen können! Allein auch bei den Bremern kann Calvin es nicht lassen, seinen Aerger durch hämische Ausfälle kund zu thun. So stachelt es ihn, daß das eine Schreiben nur Johannes T. A. unterschrieben ist, und er spottet, daß Timann aus Amsterdam sonst doch als Pastor in ecclesia Martiniana oder, wenn es den Sacramentirern gefiele, in ecclesia sancti Martini episcopi Turonensis auftritt. Er will die beruhigen, die ihm vorwerfen, daß er sein Buch den sächsischen Kirchen gewidmet, und sagt, daß er ja nicht diejenigen gemeint, die sich beschweren, daß sie nicht seiner Ansicht sind, sondern ausdrücklich nur „probos Christi ministros et synceros Dei cultores, qui puram Evangelii doctrinam — colunt et sequuntur!“ Unser Bekenntnis ist, daß der wahre Leib Christi substantialiter im Mahle zu essen dargereicht wird; wir auch versichern nicht weniger klar, als sie, die wahre Gemeinschaft (κοινωνίαν) des Leibes Christi. Nur die Erklärung der Art und Weise galt es. Die Bremer berufen sich auf Christi Wort; wir nicht weniger. Denn, was im Kelche dargereicht wird, nennen Lucas und Paulus das Testament in seinem Blute. Daraus schließen wir, daß unter dem Brote nur der Bund, der durch den für uns gegebenen Leib geschlossen ist, befestigt wird. Die Bremer sagen, daß der Leib und das Blut substantialiter gegeben werden; dadurch gerathen sie in einen neuen Irrthum; denn freilich spricht Paulus in einer Stelle vom Brechen des Brotes, an einer andern aber sagt er: Das ist Mein Leib, der für euch gebrochen wird. Aber mich wundert, daß jene gelehrten Kenner des Hebräischen, die bald nachher aus dem Pronomen „dies“, das Masculinum „dieser“ machen, weil die Hebräer kein

Neutrum haben, nicht festhalten, was den Anfängern schon geläufig ist, daß im Hebräischen das Praesens auch fürs Futurum gesetzt wird. So wenigstens sagt Paulus dasselbige, was die Evangelisten, die auch nicht des jetzt täglichen Brechens erwähnen, sondern nur, daß es zum Gedächtniß dessen geschieht, was am Kreuze geschehen ist. Weshalb das Gebrochenwerden bei Paulus dasselbe heißt, wie Geopfert werden, nur, daß er auf die mystische Handlung, bei der der Wein das Bild des Todes Christi ist, anspielt. — Wenn die Bremer aus dem Wort „Gemeinschaft" schließen, daß der Leib Christi substantialiter gegessen wird, so müssen sie auch sagen, daß die heidnischen Priester die Substanz des Altars verschlungen haben, und daß das Götzenbild von seinen Verehrern verschluckt sei, denn bei beiden spricht Paulus an derselben Stelle auch von „Gemeinschaft". Es ist also nichts, als eine Erdichtung, was uns die Bremer als den ächten Sinn der Worte aufdringen möchten, nichts, als eine viehische Profanation, die hoffentlich allen Frommen diejenigen mit ihrem Irrthum verfluchenswerth (execrabiles) macht, welche diesen nur dadurch, daß sie Alles verkehren, vertheidigen können. Weil es aber meine Art nicht ist, Beleidigungen wiederzuvergelten, fährt Calvin fort, will ich bekennen, daß die Hildesheimer bescheidener und ehrfurchtsvoller, als die, welche wir bisher gehört haben, sich ausdrücken. Von ihnen wird die Anbetung des Sacramentes und das Kniebeugen offen verdammt; sie nennen das abergläubisch, wenn die Gewissen erschrecken, weil das Brod an die Erde fällt oder Aehnliches geschieht; sie ängstigen sich nicht bei den Ausdrücken „Geheimnis" oder „Symbol", wie die Magdeburger. Manches haben sie mit uns gemein; doch ist freilich der Angelpunkt unseres Streites mit ihnen, daß der Leib Christi nicht spiritualiter nur gegessen wird, sondern substantialiter im Brote eingeschlossen sein, und nicht nur von den Gläubigen, sondern auf gleiche Weise von Allen genommen werden soll. Aber warum beschuldigen sie uns der Blasphemie, wenn wir, um ihre groben Irrthümer recht deutlich zurückzuweisen, sagen, daß sie Christi Leib verschlingen, ihn aus dem Himmel herausholen und ins Brod bannen, oder wenn wir mit

Paulus sagen, daß wir Gottes Tempel sind, und das sei die Art der Einwohnung, daß Christus uns zu Seiner Wohnung erwählt, also eine geistige? Ja, Christus wohnt in uns, nicht nur in unserer Phantasie (cogitatione) oder durch Seine allgemeine Wirksamkeit (generali potentia), aber auch nicht, weil wir Seine Substanz mit dem Munde essen! Die besondere Art, wie Er in uns wohnt, unterscheidet uns deutlich genug von dem dummen Vieh, das jene Cyklopen auf ihre gewöhnliche offenherzige Weise uns entgegenhalten, und von allen profanen Menschen dadurch, daß Gott uns heiligt und Christus uns in die Gemeinschaft Seines Leibes aufnimmt, daß wir mit Ihm zusammen leben. — Sie sagen, von Juden und Türken sei nichts so Haarsträubendes vorgebracht, als von uns, die wir sagen, daß Christus nach dem Fleisch, in dem Er gelitten hat, in den Himmel aufgenommen sei! — Als ob Er ins Grab verschlossen ist! Warum lassen sie denn nicht auch ihre Wuth gegen die Engel aus, die auch sagten, Christus sei nicht im Grabe, nachdem Er auferstanden war. Wenn Christus wegen Seiner göttlichen Natur nach Seinem Fleische überall wäre, so wäre dies eine thörichte Erwiderung gewesen. Petrus hätte auch die abscheulichste Blasphemie vorgebracht, als Er, Apstgsch. 3, 26, sagte: Christus muß den Himmel einnehmen. Was soll ich noch weiter von dem ganzen Alterthum sagen? Es ist bekannt, daß alle Väter der ersten fünf Jahrhunderte für uns sprechen. — Und nun werfen sie uns die schmutzigen Reden Osianders vor, als ob wir mit ihm irgend eine Verwandschaft hatten! Wenn Osiander in seinem unsinnigen Stolz den erniedrigten Christus verachtet, was geht das uns an? Sie sagen, daß Christus, als der Sohn Gottes, in einer ganz besondern Herrlichkeit die Herrschaft führe, der allerfreieste sei, weder durchs Brod, noch durch den Himmel gebunden sei. Das ist auch, was wir glauben und bekennen; sie sollten nur auch zugeben, daß Christi Leib, weil er mit himmlischer Herrlichkeit angethan ist, nicht seiner Natur beraubt ist. Das ist die volle Freiheit Seiner Macht und Herrschaft, daß Er, als das Haupt der Kirche, Alles erfüllt. Aber das freilich wird ganz verkehrt auf die

Unermeßlichkeit Seines Leibes angewandt. Viel herrlicher ist es, daß Er, ob Er gleich nach dem Fleisch den Himmel bewohnt, durch die Kraft Seines Geistes überall sich gegenwärtig zeigt, als wenn die Kraft Seines Wirkens an die Gegenwart Seines Fleisches gebunden wird. Calvin kommt dann wieder auf den Tropus zu sprechen, und sagt, da er oft versichert habe, daß er nur durch die heilige Schrift selbst getrieben werde, eine Metonymie bei den Einsetzungsworten anzunehmen; so sei es nichts, als eine hündische Unverschämtheit (canina improbitas), zu sagen, daß er nur nichts glauben wolle, als was die Vernunft ihm dictire. In Hinsicht aber des gleichen Genießens der Ungläubigen und Gläubigen ist der Irrthum der Gegner so klar zurückgewiesen, daß es unnöthig wäre, ein Wort hinzuzufügen. Ich behaupte, diejenigen sind des Leibes Christi schuldig, die profanatores des Mahles sind, nämlich des dargebotenen (oblati), wenn auch nicht empfangenen, ebenso, wie ein Verächter des Evangeliums, nach dem Zeugnis desselben Apostels, das Blut Christi mit Füßen tritt. — Calvin führt dann zuletzt noch die Briefe der einzelnen Theologen an, gesteht aber selbst, daß er dem Leser lästig fallen müsse, wolle er zehnmal dasselbe wiederholen. „Aber wenn ich, schreibt er am Schluß, auf unwürdige Weise angegriffen, heftiger geworden bin in dieser Schrift, als es mein Wille war, so erkläre ich mich bereit und verspreche ich, wenn man mir zu einer freundlichen Besprechung Ort und Stunde angibt, willig zu erscheinen, und zwar mit der Sanftmuth des Gemüthes, die den wünschenswerthen Erfolg einer frommen und heiligen Einigung nicht aufhält. Denn ich bin nicht der Mann, der an inneren Streitigkeiten sich ergötzt, oder der durch die Glückzu-Rufe der Anhänger gekitzelt, gerne die Siegespalmen aus den Kämpfen davonträgt. Nein, ich beklage vielmehr, daß durch die Zögerung derer, die durch ihr Ansehn hätten zur Beruhigung des Streites beitragen müssen, mir dies Auftreten zur Nothwendigkeit gemacht ist. Oft sind schon Gerüchte von Friedensconventen ausgesprengt, und es ist auch nicht glaublich, daß unter den Fürsten eine solche Gleichgültigkeit herrsche, daß eine so verderbliche Zerklüftung der Kirche nicht ihre Gemüther antreiben sollte, ein Heilmittel zu suchen. Was eine Zögerung hervorgebracht, weiß ich nicht; nur daß ich zu meinem großen Schmerze sehe, daß Einige zu sehr auf ihren Stücken bestehen, Andere übeln Verdächtigungen Gehör geben. Ich flehe zu dem Herrn Christus, der das, was in der Welt getrennt ist, wieder zu vereinen sucht, daß Er selbst ein Mittel finde zur Beendigung dieses unseligen Streites; uns nehmen unsere Gegner jede Hoffnung, eins zu erkennen."

Die Gerüchte, deren Calvin am Schluß gedachte, hatten einen guten Grund. Es war wirklich der Wunsch mehrerer Fürsten, die Streitigkeiten in der Kirche zu schlichten. Nicht nur trieb sie dazu die Nothwendigkeit, da der katholische Kaiser ein Religionsgespräch forderte, um den Zwiespalt zwischen den Katholiken und Protestanten aufzuheben, sondern noch mehr die Verfolgung, welche die Reformirten in Frankreich zu erdulden hatten, und die ein festes Zusammenhalten aller Evangelischen nothwendig machte. Allein Religionsgespräche unter den Protestanten hatten ihre gefährlichen Seiten. Waren die Anhänger Luthers im offenen Kampfe mit einander; so waren auch die Reformirten unter sich im Geheimen uneins. Das trat ans Licht, als Farel und Beza nach der Schweiz und nach Deutschland gingen, um Hülfe für die unglücklichen Reformirten in Frankreich zu suchen. In der Schweiz gelang ihnen das; aber in Deutschland hörten sie schon bei dem Churfürsten von der Pfalz und bei dem Herzog von Würtemberg den Einwand, daß die Verfolgten Sacramentirer seien. Da legte Beza den Fürsten ein Glaubensbekenntnis der französischen Christen vor, in welchem die Gegenwart Christi im Abendmahl in starken Ausdrücken dargestellt war. Die Fürsten waren befriedigt, und Farel und Beza reisten froh in die Schweiz zurück und triumphirten über die freundliche Aufnahme, die sie gefunden, und den Erfolg, den ihre Reise gehabt, ohne weiter des Bekenntnisses zu erwähnen. Allein im Anfang Juni erhielt der Antistes Bullinger das Bekenntnis aus der pfälzischen Kanzlei durch den wallonischen Prediger zu Frankfurt, Valerandus Pollanus.*) Er machte dem Beza die stärksten Vorwürfe. Peter Martyr erklärte es auch für unrecht, die Art der Vereinigung mit Christo im Dunkeln lassen zu wollen, da sie beständig gelehrt hätten, sie geschehe nur durch den Glauben. Und als Beza und Farel sich zu entschuldigen suchten, erklärte Calvin, daß er in dem Bekenntnis nichts finde, was nicht mit seiner Lehre übereinstimme. Doch Bullinger war nicht leicht zu beruhigen; er schrieb noch am 13. August: „Beza und Farel haben bei uns ernsthaft auf ein Religionsgespräch gedrungen; und doch haben sie verschwiegen, daß sie ohne unser Vorwissen ein Bekenntnis abgegeben haben, das wider uns, und für die Gegner ist. Ich kann vor dem Herrn und Seiner Kirche eine solche Confession nie anerkennen. Wird ihr aber widersprochen, so wird Westphal gleich schreien: Habe ich es nicht gesagt, daß sie untereinander uneins sind? Diese Confession stimmt weder mit dem Consens überein, noch mit den gegen Westphal herausgegebenen Schriften.“ Auch Haller hatte ihm am 26. Juli aus Bern geschrieben: „Seht ihr, daß ich nicht ohne Grund den Franzosen mißtraue? Sie sind verschlagene Köpfe und vom Buzerischen Geiste angesteckt! Du siehst, wo wir durch solche Leute hinkommen, wenn es zu einem Colloquium kommen sollte. Sie würden uns mit der lautern, einfachen Wahrheit verrathen!“ Calvin ward bestürzt über den ungewöhnlich scharfen Ton des Schreibens, und nur mit Mühe konnte er den Ausbruch des Streites dadurch hindern, daß er Bullinger bewog, nicht weiter von der Sache zu reden, damit die Regierung von Bern sich nicht einmischen müsse. Als nun aber von der Beschickung eines Religionsgespräches, das zu Worms gehalten werden sollte, die Rede kam, da erklärte sich Bullinger entschieden dagegen. Er hatte schon früher einmal an Calvin geschrieben: „Ich hoffe von einem Religionsgespräch mit den Lutheranern, gleich wie du, wenig oder nichts. Jene, mit

*) C. Schmidt: Peter Martyr S. 211.

denen man ein solches Gespräch zu halten hätte, sind ja entweder von heftigerer, völlig lutherischer Gemüthsart, wie Brenz, Schnepf, Westphal, oder gemäßigt, wie Melanchthon, Paceus. Diese aber wollen ihrer weicheren, sanfteren Gemüthsart nach jene nicht vor den Kopf stoßen; jene aber werden nicht einen Halm breit weichen. Es hoffen Manche, diese Sache lasse sich mildern durch die Einwirkung der Fürsten. Aber hör', was ich erwarte. Wofern wir unsere Ansicht aufgeben, oder das, was wir bis dahin klar und deutlich gelehrt haben, verhüllen, werden wir die Fürsten holdselig finden, und man wird die augsburgische Confession zur Vereinigungsformel machen. Verstehen wir uns dazu nicht, so wird man uns als stolze, hartnäckige Menschen entlassen. Aufrichtig muß ich dir aber sagen, die augsburgische Confession kann ich nicht annehmen und anerkennen, namentlich wegen der damit verknüpften Apologie, und weil Du nun eben aus Westphals Schrift erfahren hast, was Jene von ihrer augsburgischen Confession halten. Wie er da schreibt und redet, so denken sie insgemein davon. Und du würdest erfahren, daß nicht einmal Melanchthon deiner Hoffnung entspräche. Die meisten Fürsten aber sind nun einmal ihrem Bekenntnis nach lutherisch; sie hängen alle vom Kaiser ab. Ihm haben sie die augsburgische Confession überreicht und auf dem nämlichen Reichstag die zwinglische verworfen. Wir dürfen nicht meinen, sie haben es auf den späteren Reichstagen besser gemacht; denn noch auf dem letzten sind wir Zwinglianer (vom Religionsfrieden) ausgeschlossen. Und wie? hat nicht der Herzog von Würtemberg, der nun die Hauptrolle spielt und völlig von Brenz abhängt, auf das Concil zu Trient eine Confession geschickt, die gut lutherisch ist?" *) So schrieb Bullinger im April 1556; jetzt, in Bezug auf das wormser Gespräch, schrieb er wieder, am 10. September 1557: „Es gefällt mir gar nicht, daß du alle Deine Pläne auf Melanchthon bauest. Er seinerseits würde für unsere Kirchen doch lange nicht so viel Heil stiften, wie

*) Pestalozzi: Bullinger S. 393.

Schnepf, Brenz und andere Wuthentbraunte, mit denen wirs da eigentlich zu thun hätten, Unheil. Wenn du dem Melanchthon versprochen hast, an dem Colloquium theilzunehmen, so verspreche ich meinerseits nichts. Es steht auch nicht in meiner Macht; so etwas gehört vor die ganze Kirche, der ich diene". Nochmals erklärt er, daß er nie sich dazu verstehen werde, eine solche Confession, wie Beza im Mai gegeben, zu unterschreiben, „denn ich merke schon, daß unsere Gegner sich mit der Hoffnung schmeicheln, daß wir, wenn es zum Colloquium kommt, einer solchen Glaubensformel zustimmen werden, da man von dieser heilig versichert hat, mündlich und schriftlich, solcher Maßen lehre man in allen schweizerischen Kirchen." *)

Wie Bullinger es vorhergesehen, so kam es. Auf dem regensburger Reichstag hatte man auf Antrag des neuen Kaisers Ferdinand den Beschluß gefaßt, daß, um einen letzten Versuch zur gütlichen Beilegung des Streites zwischen den Protestanten und Katholiken zu machen, ein neues Colloquium zwischen einigen auserlesenen Theologen beider Parteien angestellt werden sollte. Die Protestanten fürchteten, daß die Katholiken aus der inneren Uneinigkeit, die auf ihrer Seite herrschte, großen Vortheil ziehen könnten; aber sie waren unter sich nicht einig über die Mittel, durch welche sie dieser Gefahr vorbeugen könnten. Der Herzog Christoph von Württemberg vereinigte deshalb in der Mitte Juni mehrere Fürsten mit ihren Theologen zu einem Convent in Frankfurt. Sie kamen überein und erklärten zuletzt in dem „Abschiede", daß sie immer der heiligen Schrift, der augsburgischen Confession und ihrer Apologie gemäß lehren, und Alles, was denselben zuwider, verwerfen wollten, jedoch mit dem Vorbehalte, daß sie die augsburgische Confession und ihre Apologie nicht über die heilige Schrift setzen, und mehr auf Gleichförmigkeit der Lehre, denn auf Gleichheit aller Ceremonien und Menschensatzungen halten, auch die Streitigkeiten und Nebendisputationen auf einem größeren, zu berufenden Synodus entscheiden lassen wollten. Der Churfürst

*) Pestalozzi S. 400.

von Sachsen hatte so wenig, wie die meisten norddeutschen Stände diesen Convent zu Frankfurt, um alles Aufsehen bei den Gegnern zu vermeiden, beschickt. Zu Worms traten aber schon bei den Vorbesprechungen der Protestanten sogleich die herzoglich sächsischen Theologen, die Magdeburger, kurz die ganze Flacianische Partei mit der Forderung hervor, daß die Zwinglianer so gut, wie die Anhänger des Adiaphorismus, Osianders und Majors namentlich verdammt werden müßten, damit die Einheit des Bekenntnisses fest stehe. Allein dem widersetzten sich aufs eifrigste Melanchthon und Brenz; sie sagten, daß solche Verdammung höchstens nur auf einer größeren Synode geschehen könne, die eigens zu diesem Zwecke berufen sei; daß jetzt die Sache gar nicht genug instruirt sei; sie auch dazu keine Vollmacht hätten. Und die Mehrzahl der Theologen, wie der Fürsten, stimmten ihnen bei. Melanchthon eröffnete aber darauf das Gespräch mit den Katholiken mit der Erklärung, daß sie von der Confession, die sie im Jahre 1530 auf dem Reichstage zu Augsburg dem Kaiser Carl V. übergeben hätten, nicht abwichen oder abweichen würden, und alle Secten, Meinungen und Irrthümer, die mit dieser stritten, namentlich der Wiedertäufer, Servets und Schwenkfelds, wie die Decrete, die, wie man sagt, auf der Synode zu Trident gemacht seien, auch das Buch, dessen Titel das Interim ist, verwürfen. Fünf Conferenzen waren auch ziemlich ruhig vergangen, doch in der sechsten verlangte plötzlich der katholische Bischof von Merseburg, daß sie über die neu aufgekommenen Meinungen, die unter ihnen selbst so viele Streitigkeiten erweckt, namentlich über Zwinglis und Calvins Meinung vom Sacrament, Osianders Lehre von der Rechtfertigung, die Ansichten von Flacius und Gallus über die Erbsünde und den freien Willen, sich erklären sollten. Melanchthon versprach das zu thun, sobald diese einzelnen Punkte an die Reihe kämen; allein damit waren die herzoglich sächsischen Deputirten nicht zufrieden; sie meinten, aufgestachelt durch Briefe von Flacius und von Westphal, *) jetzt sei die Zeit gekommen, wo sie ohne

*) Greve, mem. Westphali p. 263. Corpus Reformat. IX. p. 234.

Ansehn der Person, nicht nur die Calvinisten und Osianders Anhänger, sondern auch die Vertheidiger von Majors Irrthümern und des Interim verdammen müßten, damit die Einheit des Bekenntnisses fest stehe, und reisten, als sie mit dieser Forderung abgewiesen wurden, nach Hause. Erasmus Sarcerius und Morlin folgten den Jenensern, Schnepff, Victor Strigel und Stossel. Die übrigen Theologen erklärten sich ganz ähnlich, wie Melanchthon, daß sie bei der augsburgischen Confession bleiben wollten. Aber gerade durch diese Erklärung wurden nun die Schweizer im höchsten Grade beleidigt. Bullinger schreibt an Melanchthon: Es kränkt uns, daß ihr Zwingli genannt und seine Lehre verdammt habt, wodurch denn zugleich auch alle schweizerischen Kirchen verdammt worden sind. Wenn so gar nichts zu ändern ist an der augsburger Confession, so wird mithin eben sie auch in Zukunft die einzige Formel sein, welcher Alle werden zustimmen müssen, wofern sie katholisch und orthodox scheinen wollen. Ueber den Sinn des 10. Artikels geben die Zeiten, da sie verfaßt worden, und ihre Apologie genugsamen Aufschluß. So sehr man sich auch Mühe gegeben hat, die Härte jener Confession zu mildern, so können wir doch diese mildere Deutung unsern Gegnern nicht vorhalten, welche immer behaupten, es liege der Sinn darin, welchen Luther ihr beigelegt und der in der Apologie ausgedrückt sei. Ueberdies weißt du, daß, was in jener Confession von der Ohrenbeichte und Messe vorkommt, von der Art ist, daß wir, falls man von uns verlangen würde, sie einfach zu unterschreiben, mehrfache Gründe hätten, die Unterschrift zu verweigern.*) An Beza schrieb Bullinger: „Die augsburgische Confession ist ihnen eine Fessel!" Calvin schrieb an Bullinger: „Der unglückliche Ausgang des wormser Colloquiums beunruhigt mich nicht so sehr, wie die verhaßte und drückende Unbeständigkeit des Melanchthon. Er ist doch weiter gegangen, als ich es argwöhnte. Auch daß Brentius so feindselig handeln würde, habe ich nicht geglaubt. — Ich habe

*) Pestalozzi S. 402.

an Jacob Andreae geschrieben, damit sie alle es wieder erfahren, daß unsere Kirchen mit Recht sich beleidigt fühlen.*)

Allein, wenn auch die Theologen, die nach der Abreise der Flacianer in Worms geblieben waren, in der Annahme der augsburgischen Confession eins waren, so war doch auch unter ihnen, Melanchthon und Brenz, Jacob Andreae und Marbach, Pistorius, Michael Diller, Paul Eber und Jacob Runge, eine Verschiedenheit der Ansicht vom Abendmahl. Das trat schon bei ihrem Zusammensein hervor. Der Markgraf Georg Friedrich von Brandenburg forderte von ihnen ein Gutachten über die Behauptung, die sein Superintendent in Ansbach, Georg Karge, aufgestellt hatte, daß der Leib Christi, der beim Abendmahl genommen werde, „in den Bauch komme". Diese Rede schien freilich Allen „zu grob". In ihrer Antwort setzten sie auseinander,**) wie nur das Nehmen (sumptio) vom Herrn eingesetzt sei, bei welchem allerdings der Sohn Gottes mit dem Brod und Wein wahrhaftig und substantiel gegenwärtig sei, und durch das äußerliche Nehmen bezeuge, daß Er uns in Wahrheit zu Gliedern Seines Leibes mache und Sich und Seine Gaben uns mittheile, wie Hilarius sagt. Es fände dabei aber keine Verwandlung der Substanz statt. Wenn also das Brod, nachdem es genommen (facta sumptione) in den Leib komme und sich verändere, sei es schon nichts, als eine leibliche Speise, und die Natur des Sacramentes habe aufgehört (ratio sacramenti desiit). Auf diese Weise entgehe man der absurden Redensart, „der Leib Christi, oder Christus selbst, komme in den Bauch." Auch Luther behaupte nicht eine Umwandlung (conversio) der Substanz des Brotes, sondern nehme eine Synecdoche an, nämlich, daß mit dem Brote und Weine der Leib und das Blut Christi wahrhaftig genommen werde, und damit stimme auch das Wort des Apostels Paulus: „Das Brod ist die Gemeinschaft des Leibes Christi." Diese Auseinandersetzung stimmte ganz mit dem Satze, den Melanchthon

*) Henrys Calvin III. S. 349.

**) Corpus Ref. IX. p. 275, vgl. p. 962.

immer festhielt und nicht aufhören konnte zu wiederholen *): Nihil habere rationem sacramenti, nisi in usu instituto. Aber ein anderer Theologe aus ihrer Mitte wollte diesem Gutachten einen Zusatz anhängen, der von der Mehrzahl nicht gebilligt wurde; es war ohne Zweifel Brenz, denn es findet sich in diesem die feine Bemerkung: „Wenn du, nachdem du das Mahl genommen, nach der leiblichen Gegenwart Christi fragst, suche sie im Himmel; dort suche sie, wo Er gewesen ist, ehe Er durch Sein Sacrament leiblich Sich mit dir vereinen wollte, und von wo Er auch nicht gewichen ist, als Er zu dir kam!" **) Die wahre Vorstellung von der Allgegenwart des Leibes Christi, die Brenz zuerst eröffnet hatte, die hat Melanchthon nie gefaßt, und darum konnte er sich auch in diesem Zusatze nicht mit Brenz vereinen. Die Ubiquität war ihm in zu krasser Gestalt in den Schriften der niedersächsischen Theologen entgegengetreten, als daß er gegen die Ansicht von Brenz nicht vorweg eingenommen gewesen sein sollte; aber freilich hatte Melanchthon selbst auch in den Ausdrücken der sächsischen Theologen wohl Vieles gefunden, was denen, die sie gebraucht hatten, fern gelegen hatte!

Darum war Melanchthon auf Westphals Secunda defensio gegen Calvin so böse. „Er hat eine große Anzahl Subscriptiones drucken lassen, schreibt er einmal, ***) darin viel ungereimter Reden sind"; ein anderes Mal. †)" Das Buch hat dies Fundament: Der

*) Corpus Ref. IX. 848. vgl. S. 16, 156, 189, 431, 476, 765, 962, u. a. a. O. Daß auch in Hamburg ein großer Theil der Geistlichen an diesem Satze festhielt, zeigt der Entwurf eines Briefes des Ministeriums an die Wittenberger in Greves Memoria Westphali p. 167 u. 320. Später, im Jahre 1569, sprach die rostocker Universität sin dem Streite, den Salinger erregte, sich entschieden für diesen Satz aus, und Chytraeus berief sich auf einen Brief Luthers, quae controversiam praesertim de regula usitata: Nihil est sacramentum extra actionem et usum institutum, pie dirimit! (S. Krabbe: Die Universität Rostock, Th. I. p. 648.)

**) Corpus Ref. IX. p. 278.

***) Corpus Ref. IX. p. 344.

†) Ib. p. 470.

Leib Christi ist überall, im Stein, Holz u. s. w. Diese Reden sind neu in der Christenheit! Die propositio ist freilich wahr: Christus est ubique communicatione idiomatum, wie Er spricht: Ich bin bei euch alle Tage. Das hat aber einen andern Sinn, als den: Corpus est ubique". Seine eigene Ansicht spricht Melanchthon so aus*): Es ist kein Zweifel, daß Christus in dem Amte (Ministerio), das Er eingesetzt hat, gegenwärtig, und in demselben thätig (efficax) ist; aber Er ist auch substantialiter auf diese Weise gegenwärtig, daß Er durch die Mittheilung Seines Leibes und Blutes uns zu Gliedern Seines Leibes macht und uns bezeugt, daß Er Seine Wohlthaten uns zuwenden und Sich in uns wirksam zeigen und unsere elende Masse Sich einverleiben und bewahren will (nostram miseram massam insertam sibi velle servare). Darum sagen wir, daß Er vere et substantialiter gegenwärtig sei." Deßhalb mußte es ihn aber wohl empören, als er hörte, daß Timann in Bremen einen Streit erregt habe, weil dieser behauptet hatte, daß das Brod und der Wein essentiale corpus Christi sei,**) und er fand dadurch nur den Vorwurf bestätigt, den er oft in seinen Briefen den Gegnern Hardenbergs gemacht, daß sie das Brod anbeteten (ἀρτολατρείας).

Westphal konnte sich wiederum, als er das vernahm, über einen solchen Vorwurf Melanchthons nicht genug beschweren. Er schrieb an Hartmann Beyer: „Ich bin erstaunt, was solchen Männern in den Sinn kommt, und von welchem Geiste sie ergriffen werden, die sonst so fromm scheinen wollen, daß sie so profan vom Essen des Leibes Christi reden und sich nicht scheuen, so grobe Lügen über die Diener der Kirchen in Sachsen vorzubringen, als ob sie meinten, daß das lebendigmachende Fleisch Christi der Verderbnis unterworfen ist, und wie die andern Speisen verdaut werde.***) Früher schon hatte er sich gegen Beyer darauf berufen, daß das Bekenntnis der Bremer, wie seine eigene Schriften, ganz etwas anderes bezeuge,

*) Corpus Ref. p. 373, vgl. p. 765, 849.

**) Corpus Ref. IX. p. 16.

***) Greve: Westphalen p. 268. Corpus Ref. IX. p 484.

als was die Verleumder aussprengten, die sagten, daß sie für die transformatio und adoratio panis stritten.*) Es war natürlich, daß diese Vorwürfe Westphal immer neuen Antrieb gaben zu den Streitschriften, zu denen er sich aufgefordert fühlte.

Die erste war eine „Apologia adversus venenatum antidotum Valerii Pollani saeramentarii; sie erschien 1558. Von Valérand Poulain, dem ersten Prediger, der mit den Fremden in Frankfurt eine Gemeinde stiften durfte, haben wir schon gehört, wie er mit Calvin heftig aneinandergekommen war. Vielleicht war dies die Veranlassung gewesen, weshalb er sich plötzlich gegen Westphal wandte; vielleicht suchte er dadurch sich wieder bei seiner Gemeinde in Ansehn zu setzen. Er hatte anfangs, sagte er, Westphals Schriften für unbedeutend gehalten, zumal da sie lateinisch geschrieben waren; jetzt aber seien sie ins Deutsche übersetzt, und da er Grund habe zu vermuthen, daß die epistola dedieatoria an den frankfurter Senat nicht sowohl von Westphal selbst, sondern von einem frankfurter Prediger, Hartmann Beyer, herrühre, so wolle er ein „Antidotum adversus Westphali — consilium nuper scriptum" herausgeben. Westphal gerieth in Harnisch, namentlich über den Argwohn, den er gegen Beyer äußerte. „Damit die Feinde ihre Kräfte zeigen und namentlich ihren festen Willen, die Wahrheit und Unschuld zu bestreiten, beginnt Westphal, tritt ein neuer Feind heraus, kaum dem Namen nach mir bekannt, aber gerüstet mit Lügen und Verleumdungen, den schlechtesten Waffen, auf eine fürchterliche Weise." Er verspreche — Gegengift? Ja, Gift sei es, was er verkaufe. Heilbringende Rathschläge verurtheile er als Pestilenz. W. habe den frankfurter Senat an seine Pflicht ermahnt, sich von den Sacramentirern zu trennen, habe er dadurch zum barbarischen Wüthen aufgefordert? Valerandus verspreche, die Fremdengemeinde von der Beschuldigung zu retten, als ob sie die Gegenwart des Leibes Christi im Abendmahl leugne; „aber,

*) Greve a. a. O. S. 167 und S. 267.

wenn sie das nicht thut, warum streitest du mit mir, der ich dasselbe behaupte? Warum hälst du uns so oft das Wort des Engels vor: „Er ist nicht hier!" Warum ladest du uns zweidreimal die Vorstellung auf, daß wir dächten, daß Christus auf weltliche Art hier gegenwärtig wäre, hier auf Erden leiblich mit uns wandele, und daß wir Seinen Leib und Sein Blut fleischlich zu empfangen wähnten, da wir doch ganz einfach erklären, daß der heilige Leib und das Blut des Herrn nicht fleischlich, nicht auf eine physische, sondern auf eine uns unbekannte, unaussprechliche, ja, unbegreifliche Weise im Abendmahl zugegen sei, dargereicht und genommen werde. Wie der geistliche Genuß in unserer Kirche nie in Frage gekommen ist, so ist die geistige Weise des Essens wohl zuzugeben, wenn sie nur nicht der Gegenwart des wahren Leibes entgegengesetzt wird oder diese gar aufheben soll. Wenn die Unsern zuweilen sagen, daß Christus corporaliter im Mahle gegenwärtig ist, so ist das von der Substanz, nicht von der Art und Weise zu verstehen, und nicht anders zu nehmen, als ob gesagt ist: Der Leib Christi, oder Christus selbst, sei mit dem Brote gegenwärtig. Die Ausdrücke „carnaliter" und „corporaliter" sind zweideutig und beziehen sich bald auf die Substanz, bald auf die Art und Weise. So, wenn gesagt wird: „Christus ist fleischlich empfangen"; denn das kann verstanden werden von der Annahme des Fleisches von dem Fleisch der Jungfrau Maria, aber auch von der Art der Empfängnis; im ersteren Sinn wird mit Recht gesagt, Christus sei carnaliter conceptus; im zweiten Sinn wird dies mit Recht verneint. — Pollanus sagt, unsere Lehre untergrabe die Hoffnung der Auferstehung der Todten; wir aber bekennen und glauben gerade darum, weil wir mit Christi Leib und Blut genährt sind, daß unsere Leiber auferstehen, unvergänglich und unsterblich werden. — Dem orthodoxen Bekenntnis, daß in Christo zwei Naturen sind, die nicht miteinander vermischt und nicht zu Einer geworden sind, widerspricht auch nicht die Gegenwart des wahren Leibes Christi wegen der persönlichen Vereinigung, sowie wegen der Herrlichkeit, die dem Fleische Christi mitgetheilt ist, und wegen Seiner Erhöhung und Seines Sitzens zur Rechten Gottes und wegen der Wahrheit des Wortes Christi. Der Vorwurf des Eutychianismus trifft uns nicht so sehr, wie die Sacramentirer der des Nestorianismus, da sie die eine Person Christi in zwei theilen, weil sie behaupten, daß Christus auf Erden nach Seiner Gottheit ohne Fleisch gegenwärtig ist, und Ihn doch in den Himmei setzen, indem sie sagen, daß Christus als Gott überall im Himmel und auf Erden ist, als Mensch aber räumlich (localiter) im Himmel gehalten werde; ferner, daß Er bei der Gemeinschaft des Mahles nach Seiner Gottheit und Seinem Geiste, aber nicht nach Seinem Fleische gegenwärtig sei.

Welche Stenkfeldische Irrthümer Pollanus uns vorwirft, weiß ich nicht; das aber ist klar, daß die Sacramentirer viel mit Stenkfeld gemein haben, indem sie den Geist preisen, vom äußern Amt verächtlich reden, dem Worte und Sacramente seine Kraft (virtutem) entziehen u. s. w. Auch paradoxer Behauptungen bin ich mir nicht bewußt; aber wer sollte sich nicht wundern, daß Pollanus mir als eine paradoxe Behauptung die vorwirft, daß die Unwürdigen den Leib Christi empfangen, wenn er nicht weiß, daß Pollanus vor zwei Jahren erst nach Deutschland gekommen und nicht weiß, was Luther und Andere geschrieben haben; daß selbst Bucer im Jahre 1536 das zugegeben hatte. Als paradox wirft er mir die Behauptung vor, daß Christus im Abendmahl anzubeten sei, wenn mit dem Brote Sein Leib gegenwärtig ist. Wenn sie vor der Anbetung des Brotes zurückschrecken, welcher Fromme wird nicht den Eifer derer loben, die Idololatrie fliehen! Aber wer sieht nicht ihre gottlose Hypocrisie? Wir bekennen ja, daß die Gottheit gegenwärtig ist; als wahrer Gott ist Christus gegenwärtig; wenn man den mit dem Brote Gegenwärtigen (praesentem cum pane adorabunt) anbetet, ist man da der Idololatrie schuldig? Warum denn beschwert man aus Furcht so die Gewissen, daß Calvin nicht einmal das Knie zu beugen gestattet, wenn der Leib

Christi ausgetheilt und genommen wird? Wenn Jemand freilich dem Diener der Kirche diese Ehre erzeigt, da zieht er sich den Vorwurf der Idololatrie zu, aber wenn Einer das Knie vor Christo beugt, dem Gottmenschen? Zwischen den Papisten und uns ist doch ein großer Unterschied. Sie haben einen besondern Cultus eingerichtet, wir nicht; und vor der Anbetung des Brotes außer dem eingesetzten Gebrauch und gegen denselben schrecken mit Recht fromme Gemüther zurück. Pollanus, wie der Pole, bindet die Anbetung Christi an Einen Ort, den Himmel; aber wo hat die Kirche den Befehl, Christum nirgend anders, als an diesem bestimmten Orte anzubeten? Einst stellte Gott Seine Gegenwart in der Bundeslade, im salomonischen und, nach der Gefangenschaft, in dem wiederhergestellten Tempel dar, handelten die nicht fromm, die dort den gegenwärtigen Gott nach Seiner Verheißung anbeteten? — Zur Anbetung des gegenwärtigen Christus fordert das „Sursum corda" gerade auf. Die Erhebung des Gemüthes ist nicht ein locales Emporsteigen über die himmlischen Sphären, sondern das gläubige sich Hinneigen zu den Verheißungen bei den wahrhaft himmlischen Handlungen, die hier auf Erden geschehen. Wenn wir darauf in Andacht unsere Herzen richten, erheben wir in Wahrheit unsere Herzen, wenn wir auch nicht das räumliche Sitzen im hohen Himmel ergrübeln. Wenn Paulus schreibt: „Suchet, was droben ist, wo Christus ist," nimmt er das „droben" nicht örtlich, bezeichnet er nicht einen bestimmten Ort mit der „Rechten Gottes". — Pollanus wirft es mir, als ein Paradoxon, vor, daß Christus überall gegenwärtig sei. Ich habe dieses Argument kaum das eine oder das andere Mal berührt; aber Luther und besonders Brenz hat dasselbige gründlich behandelt. Daß Pollanus doch erst die tiefen, schwierigen Fragen sich klar gemacht hätte, ehe er diese Sache berührt, damit er nicht zu Irrlehren kommt, wie Zwingli, der leugnet, daß Christus nach Seiner menschlichen Natur König sei, wie Oecolampad, der das Fleisch für nichts nütze hält, oder Osiander, der dahin getrieben ist, zu behaupten, daß wir nicht durch das Blut Christi gerechtfertigt werden. Pollanus rühmt sich der Uebereinstimmung seiner Lehre mit der augsburgischen Confession, die durch eine wunderbare Metamorphose jetzt in den Zwinglianismus und Calvinismus umgeformt wird; aber warum, wenn diese doch nur Menschenlehre ist? Es kommt hier ja nicht auf eine Uebereinstimmung mit dem Wortlaut an, sondern mit dem Sinn des Bekenntnisses; und über den Sinn haben sich die, welche das Bekenntnis ausgelegt, sonst genug ausgesprochen, daß sie nicht für Sacramentirer gehalten werden können. Es ist dies nicht das Bekenntnis Luthers oder dieses oder jenes Theologen, sondern der Fürsten, die mit ihren Theologen dasselbe haben angenommen, wie der Magistrate und der Prediger in den Städten; darum berufen sich die Sacramentirer mit Unrecht auf die Privat-Meinung des Verfassers, Melanchthons. Nachdem Westphal dann viele unbedeutendere Vorwürfe bezeichnet, kommt er auf Bucer und zeigt ausführlich, wie der freilich mehrmals die Ausdrücke beider Parteien gedreht und gewendet habe, um sie in Uebereinstimmung zu bringen, aber nie Luthers Ansicht, nachdem die Concordie geschlossen, verdammt habe.

Viel größer, als die Schrift gegen Pollanus war nun Westphals Apologia confessionis de coena Domini contra corruptelas et calumnias J. Calvini, die nach Ostern 1558 erschien *); die bedeutendste von Westphals Schriften, die alle Hauptstreitpunkte noch einmal ausführlich darstellt. Er schreibt in der Vorrede, daß er gedacht habe, Calvin werde durch das Ansehen der sächsischen Kirchen, denen er sein Buch gewidmet, bescheidener werden, darum habe er die Bekenntnisse der sächsischen Kirchen gesammelt, aber die Hoffnung habe ihn getäuscht. Calvin habe die Andern ebenso wenig gescheut, wie ihn, die Höchsten, wie die Geringsten, als Barbaren betrachtet, und ihre Bekenntnisse, wie Schutt und Dreck, bei Seite geworfen. Darum sei es nothwendig, daß er die gemeinsame Sache noch einmal gegen die Entstellungen und Verleumdungen des Gegners vertheidige. In 46 Abschnitten handelt er nun vom Worte Sacrament, von dem

*) Greve S. 266.

Grunde des Glaubens in der Lehre vom Abendmahl, von den Tropen in den Worten des Herrn, vor dem Demonstrativum „Dies". Dann bespricht er die Hauptstellen, in denen das Wort „ist" tropisch genommen wird, 1. Cor. 10, 4: der Fels war Christus, Matth. 11, 14: Johannes ist Elias; Ich bin der Weinstock. Weiter stellt er zusammen, was in den Einsetzungsworten den Sacramentirern das Wort „Leib" bedeutet; was aus Augustin angeführt wird; untersucht dann, ob die unwürdigen und bösen Christen den wahren Leib des Herrn empfangen; spricht über die Wörter Carnale und Spirituale, corporaliter und spiritualiter, über das geistige und das sacramentliche Genießen; über das, was wir in Wahrheit im Abendmahl empfangen; über die Art, wie wir den Leib Christi essen. Dann geht er über auf die Einwürfe, als ob sie, wie die der Capernaiten, wären, auf die, welche aus den Eigenschaften des menschlichen Körpers genommen werden, wie aus der Allmacht Gottes; ferner auf die Stellen, wo von Christi beständiger Gegenwart (Matth. 28, 20) von dem Kommen Gottes (2. Mose 20, 24) des Vaters und des Sohnes (Joh. 14, 23) die Rede ist; von dem Worte des Engels: Er ist nicht hie! (Marc. 16, 6); den Worten des Herrn: Das Fleisch ist nichts nütze (Joh. 6, 63), „Ich gehe zum Vater und verlasse die Welt"; ferner auf des Apostel Paulus Ausdruck: „Sie haben einerlei geistige Speise gegessen (1. Cor. 10, 3 w.) Nachdem er dann ausführlicher gehandelt hat von der räumlichen Einschließung und der Anbetung Christi im Abendmahl; bespricht er einige absurde Fragen und schließt, indem er seine Ansichten darlegt von den Ceremonien, der Kindertaufe, Kranken-Communion, Privatbeichte, der Eintheilung des Dekalogs, den Bildern, Festtagen, Perikopen. Ganz zuletzt kommt er noch auf einige persönliche Beziehungen, auf das Zeugnis der Märtyrer unter den Sacramentirern, die Schimpfwörter und Silbenstechereien, deren Calvin sich bedient hat, wie über die eigentlichen Urheber des Streites. — Diese Inhaltsanzeige macht schon klar, wie verkehrt es ist, wenn man sagt, daß der Kampf mit Westphal sich nur über das Wörtlein „ist" gedreht, ebenso aber wie Westphal sich gehütet hat, auf die Ubiquität des Leibes Christi ein besonderes Gewicht zu legen.

Es ist natürlich, daß in dieser Schrift gerade nicht sehr viel Neues vorkommt; wir haben Westphals Ansicht im Allgemeinen über die einzelnen Punkte schon kennen gelernt; hier werden sie nur weiter ausgeführt. Westphal beginnt diese Schrift mit der Untersuchung über das Wort „Sacrament," weil Calvin hinter dies Wort, das Carlstadt gänzlich, als unbiblisch, verworfen hat, sich zurückzieht, weil es so vieldeutig ist. Am bedeutsamsten ist aber, was Westphal über die Tropen sagt. Er bestreitet zunächst, daß, weil in der heiligen Schrift viele Tropen vorkommen, auch die Einsetzungsworte tropisch zu nehmen sind. Denn, wenn Lucas und Paulus den Kelch „das neue Testament in seinem Blute" nennen, so sei das keine Metonymie; es wird nicht das Continens pro Contento genommen, sondern das Continens cum Contento, der Kelch mit dem Blute; nicht sei „das Testament" für das Bild des Testamentes gesagt, sondern in Wahrheit das Testament gemeint wegen des gegenwärtigen Blutes; deshalb geben auch Matthäus und Marcus einfach die Worte wieder: Das ist Mein Blut des neuen Testamentes. Die Worte haben den Sinn, den sie angeben. Calvin wirft uns zweitens fälschlich vor, wir müßten zu einem Tropus die Zuflucht nehmen. Allein ohne alle Zweideutigkeit sagen wir, im heiligen Mahle seien zwei verschiedene Gegenstände gegenwärtig, und werden zwei Gegenstände dargereicht, ein irdischer, Brod und Wein, ein himmlischer, der Leib und das Blut Christi. Wir leugnen die Verwandlung, da von Christo, wie von Paulus, beide Dinge namentlich bezeichnet werden. Wir verwerfen das zwinglische Dogma, weil es nur das Irdische zurückbleiben läßt; da der Herr bezeugt, daß Er Seinen Leib mit dem Brote gibt. Zwingli und Calvin fürchten, man werde, wenn man keinen Tropus annimmt, u der papistischen Lehre von der Verwandlung getrieben, aber die alte Kirche dachte nicht, wie Irenäus zeigt, an die Verwandlung, da sie sagte, das heilige Mahl bestehe aus zwei Dingen, einem irdischen und einem himmlischen. Wenn die Sacramentirer meinen es müsse ein Tropus angenommen werden, um der absurden Folgerungen wegen, welche gezogen werden könnten; so gibt uns der Apostel einen guten Trost, der da sagt: Der natürliche Mensch vernimmt nichts vom Geiste Gottes. Melanchthon antwortete einst ihnen mit Recht: Das Absurde ist dem nicht anstößig, der die göttlichen Dinge nicht nach seiner Vernunft, sondern nach dem Worte Gottes zu beurtheilen weiß. Wir haben oft von unsern Gegnern gefordert, daß sie den Tropus, den sie in dem Worte „ist“ annehmen, mit klaren Schriftstellen rechtfertigen; sie haben viele Sprüche fleißig zusammengebracht, aber entweder ganz unpassende oder wenig klare. Calvin stellt sich, als ob Stellen, wie die angeführten Stellen, nicht im eigentlichen Sinn erklärt sind, und will deshalb andere noch hinzufügen. Da preßt er das Wort „ist“ in dem Spruche: „der heilige Geist war noch nicht da, denn Christus war noch nicht verkläret.“ Aber die Annahme eines Tropus (daß „ist“ bedeute: „bezeichnet“) hilft hier ja nichts; das „war“ erklärt sich aus dem Zusammenhange leicht von der Ausgießung des heiligen Geistes, wie schon die Alten das Wort elliptisch nahmen, für „war gegeben.“ Ebenso ist 1. Cor. 12, 12 das „ist“ nicht tropisch zu nehmen, „Christus bedeutet die Kirche,“ sondern Christus ist die Kirche, als Haupt der Kirche. Calvin rechnet es mir zur Schande, wie den Magdeburgern zum Fehler, daß ich bekenne, niemals gelesen zu haben, daß die Bundeslade Gott oder die Gegenwart Gottes sei (arca est Deus, arca est praesentia Dei); aber er führt keine Stelle zum Beweise an, denn die Stellen passen nicht, wo vom Wohnen Gottes in der Lade des Zeugnisses die Rede ist, oder die Lade wegen der Gegenwart Gottes Gott genannt wird, oder wenn es heißt: David tanzte vor der Lade, oder vor dem Herrn her. Die Bundeslade ist nach der Verheißung das Symbol des gegenwärtigen Gottes, nicht ein Bild des abwesenden. Die Beschneidung wird freilich der Bund genannt, da sie nach Gen. 17, das Zeichen des Bundes sein soll. Aber keiner der Evangelisten erwähnt, daß Christus das Brod das Zeichen des

Bundes genannt habe oder das Bild Seines Leibes. Das ist der große Unterschied zwischen dem Sacrament des heiligen Mahles und der Beschneidung, daß die Beschneidung nur das Zeichen ist an dem äußern Fleische der Vorhaut, das Mahl des Herrn aber das Zeichen des Bundes und das Unterpfand des Heils in dem allerheiligsten Fleische und dem lebendigmachendem Blute Christi ist. Ebenso behaupte ich, daß kein Tropus ist in den Worten Exod. 12, 11: „Das Lamm ist des Herrn Passah" denn das Wort „Es ist des Herrn Passah," geht nicht sowol auf das Lamm, wie auf den ganzen Ritus, wie der Herr zweimal in diesem Kapitel sagt: Und wenn euch die Kinder fragen: Was habt ihr da für einen Dienst? sollt ihr sagen: Es ist das Passahopfer des Herrn. (V. 26.). Das Lamm war nur ein Typus auf Christum, darum wurde auch das Lamm nur zum Gedächtnis der Befreiung aus Aegypten gegessen; im heiligen Mahle aber essen wir Christum selbst, der, als das Lamm, für unsere Sünde gestorben ist. Bei der Stelle 1. Cor. 10, 3: „Der Fels, der mitfolgte, war Christus," thut sich recht die Hartnäckigkeit und Verwegenheit Calvins kund, da unsere Vorkämpfer klar bewiesen haben, daß hier kein Tropus sei, weil nicht von dem körperlichen Stein, aus dem das Wasser floß, sondern von dem geistigen Felsen, der dem Volke nachfolgte, die Rede ist. Der geistige Fels ist in Wahrheit Christus, wie Christus in Wahrheit das Brod des Lebens ist, das vom Himmel kommen ist. In dem Worte: „Johannes ist der Elias!" bezieht sich das „ist" auf die Erfüllung der Weissagung, daß Elias wiederkommen soll. So darf man auch nicht das „ist" tropisch nehmen, für „bedeutet," wenn Christus sich den Weinstock, oder den Vater den Weingärtner nennt, so wenig, wie wenn er sagt: Ich bin das Licht, der Weg, das Leben, der gute Hirte, die Thür, da Er nicht den körperlichen Weinstock meint, sondern Sich nur die Attribute, die dem Weinstock eigenthümlich sind, beilegen will.

Calvins Vorgeben, daß Augustin auf der Seite der Sacramentirer stehe, findet Westphal besonders lächerlich, nachdem er die

Stellen aus Augustin alle zusammengestellt hat, welche nicht nur deutlich zeigen, was der Kirchenvater unter dem Sacrament verstanden, sondern auch, wie er das Abendmahl gerade wegen der Gegenwart und Austheilung des Leibes und Blutes für ein Sacrament gehalten. Calvin nimmt von diesen letzteren nur zwei heraus, indem er behauptet, daß die Sacramentirer selbst ähnliche Formeln gebrauchen, wie Augustin. Als ob es darauf ankäme, ob sie dieselben Worte gebrauchen, wie die alte Kirche, und nicht, ob sie denselben Sinn mit den Worten verbinden! Wenn Calvin uns die Stelle aus dem 23. Briefe an Bonifacius entgegenhält, in der Augustin schreibt, daß die Sacramente eine Aehnlichkeit haben müssen mit den Dingen, deren Sacramente sie sind, so hat mein Buch de orthodoxa fide coenae Domini schon die Antwort gegeben, daß die Stellen zu unterscheiden sind, in denen gehandelt wird von dem, was das Abendmahl ist, von denen, wo die Bedeutung des Sacramentes auseinandergesetzt wird; zu diesen letzteren gehört die angeführte Stelle Zweimal höchstens liest man bei Augustin das Wort „Figur," wenn er des Abendmahls gedenkt, einmal „das Zeichen des Leibes"; aber immer im anderen Sinn, als bei den Sacramentirern; denn ein Zeichen nennt Augustin das nur wegen seiner Beziehung zu der bezeichneten Sache, oder wegen des Scheins, der in die Augen fällt. Es wird aber das Fleisch Christi gegessen und Sein Blut getrunken, doch auf verborgene Weise, nach der Art des Glaubens, der die Worte Christi achtet. Drum schreibt Augustin immer, daß beim Abendmahl das Brod verzehrt werde (consumi) einmal, daß der Leib verzehrt werde im Sacramente. Calvin möge eine Stelle nur beibringen, wo steht „corpus consumi." Darum ist es auch falsch, daß er gesagt habe, daß der Leib Christi auf die Erde falle oder in den Mund eingehe. Ebenso beruft sich Calvin fälschlich darauf, daß Augustin öfter das Brod das Sacrament des Leibes Christi nenne, als den Leib; in den von mir angeführten Stellen kommt der Ausdruck „das Sacrament des Leibes und Blutes" kaum Einmal vor; der andere mehr als zwanzigmal. Mit der größten Gewissenhaftigkeit habe ich Augustins Ansicht dargestellt, daß kein Unterschied sei, ob Würdige oder Unwürdige den Leib oder das Blut nehmen; der Unterschied bestehe nur in der Wirkung, daß die Unwürdigen dasselbe zum Gericht empfangen. Calvin gibt zu, daß der Leib von Christo dargegeben, aber leugnet, daß er von den bösen Christen empfangen werde; aber daß dies letztere nicht Augustins Ansicht ist, geht aus vielen klaren Stellen hervor, wie wenn er schreibt 1 contra Cresconium c. 23: Lehrt nicht der Apostel, daß auch der Leib Christi verderblich werde denen, die ihn mißbrauchen? oder c. Donatist: „Dieselbe heilige Speise essen Einige würdig, Andere unwürdig,“ oder c. Fulgentium: „Judas, der Verräther, empfing den heiligen Leib.“ Für diese letztere Behauptung führt Westphal noch viele Stellen aus Augustin an, dann auch aus Chrysostomus, Cyprian. Alle diese Stellen, die ich zum Theil schon angeführt habe, überspringt Calvin mit einem großen Satze, indem er auf seine Königin und Meisterin kommt, die Metonymie, die, einer Circe gleich, alle Stellen des Augustin, die für uns sprechen, in solche verwandelt, die gegen uns sind! Eine Stelle führt er zum Beweise an aus lib. 13 contra Faustum, wo Augustin die Sacramente signacula nennt, die die Guten und Bösen empfangen; er verschweigt aber, daß Augustin gleich hinzusetzt, daß beide theilhaben an der Heiligkeit des Sacramentes, daß nur, die unwürdig essen, sich das Gericht essen. Augustin theilt das Sacrament in drei Theile, indem er das sichtbare Zeichen, die Sache selbst oder den Leib und das Blut, und die Kraft und Wirkung unterscheidet. Calvin trennt für die Ungläubigen diesen dritten Theil von dem heiligen Dinge; daher kommt er auch zu der thörichten Frage, ob die Ungläubigen den todten Leib Christi äßen. Calvin könnte ebensogut sagen, das Evangelium sei ein todtes Ding, wiewohl Paulus es als eine Kraft selig zu machen empfielt, da der Apostel selbst schreibt, daß es den Ungläubigen ein Geruch des Todes zum Tode ist. Augustin schreibt ausdrücklich Epist. 163: Dominus communiter dedit omnibus Sacramentum corporis et sanguinis sui.

Ex una re sancta Judas accipit judicium, Petrus salutem, heißt es später (S. 159). Calvin führt die Stelle ex Tractatu 59 in Joannem an: „Illi manducabant panem Dominum, ille panem Domini contra Dominum; illi vitam, ille poenam.“ und möchte sehen, wie ich mit diesen Worten reimen will, daß Judas den Leib des Herrn gegessen habe. Aber Augustin nennt ja die Speise nicht einfach „das Brod,“ sondern ausdrücklich panem Domini, und bezeichnet sie damit als das Sacrament des Leibes Christi; hätte er sonst hinzugesetzt, daß Judas dasselbe sich zur Strafe gegessen? — Calvin hält uns triumphirend den Ausspruch Augustins (ex sermone II. de verbis Apostoli) entgegen: Tunc vita unicuiqui erit corpus et sanguis Christi, si, quod in Sacramento visibiliter sumitur, in ipsa veritate spiritualiter manducetur. Ich habe aber selbst viele Stellen aus Augustin zusammengestellt, in welchen von dem doppelten Essen, dem geistlichen und dem leiblichen, die Rede ist; es ist nur die Lästersucht des Calvin, die mir vorwirft, daß ich den geistlichen Genuß leugne; so habe ich es auch mit ausdrücklichen Zeugnissen Augustins bestätigt, daß der Leib und das Blut des Herrn unsichtbarer Weise mit dem sichtbaren Brote und Weine genommen werde. Fragst du, auf welche Weise wir den Leib und das Blut empfangen, weiset Augustin dich auf den Glauben hin. Augustin sagt von den Capernaiten, daß sie thörichterweise fleischlich genommen haben, was der Herr von dem Essen Seines Fleisches gesagt. Dieses Wort mißbraucht Calvin, indem er uns für Capernaiten ausgibt, die wir buchstäblich das Essen des Leibes Christi nehmen. Allein wenn die Capernaiten das Essen des Fleisches grob sinnlich nahmen, als ob es mit den Zähnen zerbissen und in Stücken zertheilt würde, so hat die Kirche nie gemeint, daß auf die Weise der Leib Christi mit dem Brote verzehrt würde. Thörichterweise, sagt Augustinus, nehmen sie das so, weil, wenn der Herr vom Essen Seines Fleisches redet, sie fleischliche Gedanken haben. Sie meinen, setzt Augustin hinzu, daß der Herr kleine Theile von Seinem Körper nehme und ihnen gebe. Calvin behauptet, daß ich es so darstelle, daß Christi Leib von den Gläubigen mit den Zähnen zermalmt werde (atteri); er führt zum Beweis an, daß ich das Decret des Concils unter dem Papste Nicolaus gebilligt hätte. Ich habe allerdings das Concil einmal angeführt, auf dem Berengar widerrufen mußte; habe das Decret gebilligt, welches mit der himmlischen Urkunde übereinstimmt, daß das Brod und der Wein nach der Consecration der wahre Leib und das wahre Blut Christi ist. Aber wenn das Concil später die Verwandlung des Brotes gegen die heilige Schrift ausspricht, da weichen natürlich die menschlichen Satzungen dem göttlichen Worte. Aber wie die Capernaiten haben die Sacramentirer immer nur fleischliche Gedanken, wenn vom Essen des Leibes Christi die Rede ist. Die Rede scheint ihnen hart; sie nehmen zum Tropus ihre Zuflucht; ja Einem aus ihrer Mitte (Castellio) erschien die Sprache der ganzen Schrift so hart und ungebildet, daß er der Kirche eine Bibel gab, in ciceronische und poetische Worte übersetzt, nein, verflüchtigt (depravata). — Calvin schreibt (heißt es S. 139): Es sei eine Chimäre das sacramentliche Genießen, was dem Westphal nichts anders sei, als das Verschlingen des Fleisches Christi in den Bauch. Man sollte meinen, daß eher ein betrunkener Wüstling, als ein nüchterner Theologe solche Worte ausstoßen könne! Die sächsischen Kirchen haben kein Bedenken, daß zwischen dem sacramentlichen und geistlichen Genuß ein wichtiger Unterschied sei; denn sie hören das immer bei der Verlesung der (Bugenhagenschen) Ermahnung vor dem Altare beim Abendmahl. Calvin behauptet, daß im Sacrament der Leib Christi nur geistlich gegessen werde, und führt als Grund an, weil der gemeine Sinn vor dem leiblichen Essen zurückschaudert. Aber der Glaube schreckt nicht vor dem Essen des Leibes, wie der Herr es eingesetzt hat, zurück, nein, von der Gegenwart des Leibes Christi im Brote hängt ihm gerade der geistliche Genuß ab. Es ist die Wirkung des Fleisches Christi, das würdig empfangen wird, daß unsere Seelen Nahrung aus Christi Fleisch und Blut empfangen; nicht nur empfangen sie Stärkung durch das heilige Symbol des Mahles, sondern mit den Symbolen erhalten sie das Fleisch und das Blut als eine Speise des ewigen Lebens. Calvin sucht umsonst zu beweisen, daß Augustin unter dem sacramentlichen Essen nichts anders, als das äußere Empfangen der Elemente versteht; Augustin unterscheidet Sermo XI. de verbis Domini: duplicem modum manducandi Domini carnem, alterum spiritualem, quo qui manducaverit et biberit, in Christo manet et Christus in eo; alterum communem bonis et malis, quem non in panis et vini solius, sed etiam in carnis manducatione ponit. Die Worteüber geht Calvin, indem er aus derselben Stelle aufführt das: multos corde ficto manducare illam carnem et sanguinem bibere. So weist Westphal dem Calvin noch mehr Stellen nach, die fälschlich gedeutet sind, ja, S. 212 behauptet er, daß Calvin seine Weisheit nur aus Oecolampads Buch, Expositio coenae Domini, geschöpft. Er, Westphal, habe die Stellen aus Augustins Schriften nur gesammelt, um zu zeigen, daß sich die Sacramentirer fälschlich aufs Alterthum beriefen; dabei habe er aber nicht die Mahnung des Augustin vergessen, daß die canonischen Schriften den Schriften aller Bischöfe vorgezogen werden müßten, und nach dieser Augustins Schriften beurtheilt. Calvin führe gegen ihn das Wort des Augustin an: quod natura corporis humani non ferat, ut sit ubique diffusum; er aber habe nie von einer diffusio corporis Christi gesprochen, da er bei den gebräuchlichen, bekannten Ausdrücken bleibe, und solche, die der Bibel fremd wären, scheue, besonders zweideutige. Augustin gebrauche oft das Wort diffundi im metaphorischen Sinn, auch von der Kirche; so könne man wohl auch das Wort verstehen von dem Leibe Christi, der in der ganzen Kirche, wo das Abendmahl nach der Einsetzung begangen wird, gegenwärtig ist; darum habe er nicht angestanden die Stelle in den Collectaneen anzuführen. Es frage sich jetzt aber, ob die Stelle das bedeute, was die Sacramentirer behaupten, ob Augustin damit leugne, daß der Leib Christi im Abendmahl ist, und ob er damit die menschliche Natur Christi aufhebe.

Das steht fest, daß Christi Leib im Himmel ist; es fragt sich aber, was der Himmel ist, wo Christus ist und auf welche Weise er dort ist. Calvin definirt den Himmel als den großartigen Palast Gottes, der höher ist als die ganze Weltschöpfung; ähnlich Oecolampad; weil die Schrift sagt, daß Gott in den Himmeln wohne, und sie das wörtlich nehmen, obgleich sie wissen, daß die Schrift sich unserm Fassungsvermögen anbequemt. Mit viel mehr Bedacht schreibt Bucer, der Himmel sei „das Licht, da Niemand zukommen kann, die Herrlichkeit des unsichtbaren Gottes." „Christus ist von diesem Himmel zu uns gekommen und Mensch geworden; aber nachdem Er gehorsam gewesen ist bis zum Tode am Kreuze, erhöht und in den Himmel aufgenommen, nicht nach Seiner Gottheit (denn so ist Er immer im Himmel gewesen, und ist Er es noch, denn Er ist der Substanz nach derselbe, wie der Vater) sondern nach der Menschheit; diese ist aus dieser Welt in die unsichtbare Herrlichkeit Gottes, in das Licht, da Niemand zukommen kann, in den vollen Genuß der Gottheit versetzt." So schreibt Bucer. Wie viel hehrer definirt Hilarius den Himmel als Gottes Wohnung in der Erklärung des 122. Psalms, da er sagt: Gottes Wohnung ist der, welcher spricht: Der Vater ist in Mir, und Ich bin im Vater; Gott aus Gott geboren, ist Er von Natur nicht fern von Ihm, von dem Er bekennt, gezeugt zu sein, und der ewige Gott (Deus innascibilis) bleibt, indem er den eingebornen Gott (unigenitum Deum) zeugt, in Ihm, den Er gezeugt hat, durch die Ihm eigenthümliche Art der Zeugung (proprietate generandi). Mit dieser Definition schließt Hilarius aber den Satz, daß Gott den hohen Himmel bewohnt, nicht aus; wie wir auch nicht ausschließen die Meinung, daß der Himmel Gottes Thron ist, aber doch meinen, daß jene Gott würdige Wohnung bei Seinem himmlischen Adam bezeichnet ist. Calvin definirt nun die Art, wie Christus im Himmel ist, nach Augustin, daß Er im Himmel in einem begränzten Raume wohne. Aber Augustin selbst wechsele in diesem Punkte die Angaben; in dem Buche De symbolo et fide, schreibt er die Frage nach der Art der Neugier zu, und versichert, daß es genug sei zu glauben, daß er im Himmel ist. Augustin befiehlt, die höchsten Gedanken von dem Leibe des Herrn zu haben, der erhöht zur Rechten Gottes ist; wie niedrig, ja, kindisch wäre auch die Vorstellung, als ob Christus nicht anders im Himmel sitze und in Seiner Herrlichkeit geschauet werde, wie Er nach Seiner Auferstehung Sich Seinen Jüngern zu sehen und zu betasten gegeben, nach dem ihre Schwachheit es tragen konnte. Bei solcher Ansicht wäre Augustin von Cyrill und Chrysostomus weit abgewichen. Wir lassen diese Frage der Neugier und fragen nur, ob Christus, weil Er im Himmel ist, nicht im Abendmahl gegenwärtig sein könne. Oecolampad verneint dies, und beruft sich auf eine Stelle im Augustin; aber fälschlich. Calvin folgt ihm. Er wendet dagegen die Wahrheit seines Leibes ein, wenn Er an mehreren Orten sein soll. Freilich „wenn wir die Wahrheit des Leibes Christi verstehen von den Eigenschaften (accidentibus) der Quantität, dem Gewicht, der räumlichen Umgrenzung, und diese von dem Leibe Christi trennen, dann nehmen wir ihm die menschliche Natur". So argumentiren die Sacramentirer meistentheils nach den Gesetzen der Physik; aber Augustin verwahrt sich dagegen. Er löst den Einwand von der natürlichen Schwere z. B. auf, indem er behauptet, daß sie auch zurückgetreten sei, als Petrus über das Wasser gegangen. Ja, Calvin selbst nimmt auch den Leib Christi von den gewöhnlichen Gesetzen, welchen die Körper unterworfen sind, aus, da er behauptet, daß der Leib Christi nicht aufhöre, ein wahrer Körper zu sein, wenn er auch, aufgehoben gen Himmel, von dem natürlichen Gesetze frei sei, und terrenis qualitatibus exutum, quod tamen substantiae proprium est, behalte. Was habe ich denn anders gesagt? Uebrigens nimmt Augustin die veritas corporis in dem Briefe ad Dordanum von der Form und Substanz; er behauptet, daß die von dem Sohne Gottes angenommene menschliche Natur auch nach der Auferstehung bleibe, und weder weggenommen, noch in die Gottheit verwandelt werde. Nirgends, sagt Augustin, daß es dasselbe sei, oder daß man Seine menschliche

Natur aufhebe, wenn man sage, man glaube an Seine Gegenwart im Sacramente. Man kann nicht sagen, daß der wahre Leib Christi dadurch aufgehoben werde, daß durch die Austheilung im Abendmahl die dem menschlichen Körper eigenthümlichen Gesetze verändert werden. Wenn durch die Gemeinschaft der Eucharistie der Leib des Herrn aufgehoben werde, hätte Er selbst nicht Seinen Tisch mit der Speise Seines Leibes zieren und sagen können: Esset! Wenn aber Augustin verneint, daß Christus überall in der sichtbaren Gestalt, in der Er gen Himmel gefahren ist und wiederkommen wird, verbreitet ist, so tritt er da nicht uns entgegen. Denn wir lehren auch nicht, daß Christus im Abendmahl sichtbar und räumlich (visibiliter et localiter) gegenwärtig ist. Es ist ein großer Unterschied zwischen den Eigenthümlichkeiten der Körper in dieser, und der Körper in der andern Welt. Die Allmacht Gottes läßt Vieles an den Körpern geschehen, was gegen die Natur der Dinge ist. Die Vernunft fühlt sich beleidigt, wenn sie hört, daß Christus, als Er auf Erden wandelte, im Himmel war, und nun, da Er im Himmel ist, bei uns bleibe bis an der Welt Ende; welch Wunder? Das sind die Geheimnisse des Glaubens, die von der Vernunft nicht zu fassen sind. Aber nicht weniger beleidigt das die Vernunft, als wenn sie hört, daß Gott Mensch sei; und ein Mensch Gott."

Diese Proben zeigen schon, wie ernst und gründlich Westphal den Streit geführt hat; es ist wahr, er kann in dieser letzten Schrift nicht die Ruhe sich erhalten, die in den ersten Schriften uns anspricht; aber die immer stärkeren Angriffe Calvins, die beständigen Wiederholungen derselben Vorwürfe, die Verdrehungen seiner Wörter und Entstellungen seiner Ansichten mußten ihn wohl reizen. Viele Vorwürfe, die die Sacramentirer ihm gemacht hatten, und noch immer wiederholen, beruhen nur auf Mißverständnissen, so, daß er die Märtyrer der Sacramentirer für Märtyrer des Teufels gescholten. Denn in der Stelle, aus der man diesen Vorwurf schöpft, tritt Westphal Calvins Prahlerei mit den vielen Anhängern in seiner Gemeinde entgegen, und behauptet, die Zahl der Märtyrer bedeute nichts für die Wahrheit der Lehre; auch die Donatisten, auch die Anabaptisten hätten ihre Märtyrer. Die Wahrheit der Lehre sei nicht zu beurtheilen aus dem, was die Menschen gelitten; nein, auch das Leiden und Sterben der Menschen müsse man nach dem Worte Gottes beurtheilen; die Ursache des Todes, nicht das Leiden mache Einen zum Martyrer. Drei Kreuze standen an demselben Orte, da unser Erlöser durch Seinen Tod uns erlöste; was gab es Aehnlicheres, als diese Kreuze? was Unähnlicheres, als die, welche an dem Kreuze hingen? Habet et Diabolus suos martyres! Aber die wahren Märtyrer seien die, von welchen Christus sagt: Selig sind, die um Gerechtigkeit willen verfolgt werden. Solche Märtyrer erkennen wir gerne an, sei es in Frankreich, se' es in Deutschland, sei es in Rom. Solche hat die Kirche, Gott sei Dank, nicht wenige gehabt in den letzten 40 Jahren, wiewohl in dieser letzten Zeit eine große Schwäche ist; Viele fallen ab, durch Vortheile, Ehre und Ansehn gelockt, durch die Schlauheit der Haeretiker; Viele, erschreckt durch drohende Gefahren. Des Satans Märtyrer ziehen sich selbst die Leiden zu, zünden sich selbst die Scheiterhaufen an und verwickeln andere Frommen in ihre Gefahren.

Weil Westphal den Sacramentirern den Vorwurf der Neuerungssucht gemacht, die sie zu unnöthigen Spaltungen wegen der Ceremonien geführt, hatte Calvin die Vorwürfe gegen die Sachsen gehäuft, daß sie das Abendmahl feierten im Schauspieler-Costüm; die Gemeinde durch Glockengeläute zur Anbetung des Brotes einlüden; das Brod nach den mosaischen Gesetzen in die Höhe höben; daß Westphal seine Gewohnheit zum Gesetz erheben wolle; daß er ein halber Jude sei, der ihnen ein Joch auflegen wolle; Wittenberg und Hamburg solle mehr gelten, als das alte Jerusalem; daß Westphal um Kleinigkeiten Streit suche, u. s. w. „Aber Calvin, sagt Westphal, declamirt über die Ceremonien überhaupt, und bleibt nicht in den Grenzen, da ich doch nur von unnöthigem gesprochen, die sie abgeschafft; er nennt einige ganz unwichtige, die Kleidung, die Lichter, die Glocken, das Aufheben des Brotes und Kelches, von denen es gleichgültig ist, ob sie beobachtet werden, oder nicht, und die in benachbarten Gemeinden auf verschiedene Weise beobachtet werden. Die Elevation hat bei uns und fast überall aufgehört; ebenso werden hier Meßgewänder beim Abendmahl angelegt, dort nicht. Was mich betrifft, würde ich nicht bedauern, wenn auf ordentlichem Wege Ceremonien, die wenig zur Erbauung beitragen und dem Ernste der Kirche unwürdig sind, abgeschafft würden. Aber es sind nicht nur solche Ceremonien, von denen ich geredet habe. Die verschiedene Ansicht vom Abendmahl des Herrn trennt die Kirchen; die Uebereinstimmung in den meisten Nebendingen, die durch Gottes Gnade hergestellt ist, verbindet sie enger. Ueber die Kindertaufe, Haus-Communionen, Privatbeichte u. s. w. spricht Westphal ausführlicher. Ich habe auch kurz ihrer Neuerung in der Eintheilung des Dekalogs erwähnt, fährt er dann fort, deshalb überhäuft mich Calvin mit den heftigsten Schmähungen. Ich habe der Neuerung erwähnt, um zu zeigen, wie Carlstadt dadurch seine Bilderstürmerei gerechtfertigt. Ist es denn eine Schande, der christlichen Freiheit zu gebrauchen und das erste Gebot nicht in zwei zu theilen? Calvin rühmt sich mit deutlichen Gründen gezeigt zu haben, daß die zehn Gebote richtig getheilt sind; er beruft sich auf Origenes, vielleicht auch Philo. Uns aber bestimmt Augustin. Zuletzt führt Westphal noch trefflich aus, warum die sächsischen Kirchen die Festtage, die einen biblischen Grund haben, beibehalten, wie die von alter Zeit herstammenden Perikopen, ohne deshalb andern Kirchen ein Gesetz daraus machen zu wollen.

Calvin antwortete auf diese größte Schrift von Westphal nicht, wie er an Bullinger am 8. November 1558 schrieb, „um nicht lediglich Schimpfworte und Weibergeschwätz dafür einzutauschen“,*) er konnte es aber auch nicht gut, nach seiner starken Erklärung auf dem Titel seiner letzten Ermahnung an Westphal. Wie gerne

*) Stähelin, II. S. 227.

er es gethan, geht aber daraus hervor, daß er Beza für sich auftreten ließ.

Beza war mit Farel zur Zeit des Religionsgespräches in Worms gewesen; sie hatten dort am 8. October 1557 auf Melanchthons Verlangen ein „Bekenntnis der Lehre der französisch-schweizerischen Kirchen“ vorgelegt, in dem sie selbst, wie sie sagten, sich mit der augsburgischen Confession von 1530 in allen Punkten einverstanden erklärten, nur hätten sie in Betreff der streitigen Lehre vom Abendmahl ihre Bedenken, hofften jedoch, daß ein Gespräch verständiger Männer der deutschen und französischen Kirche leicht zu gewünschter Verständigung führen werde. Die deutschen Theologen fanden diese Erklärung vom Abendmahl freilich „etwas dunkel gestellt“, erklärten sich aber dennoch befriedigt und erkannten die französischen Protestanten als evangelische Glaubensbrüder an. Die Abgesandten kehrten wieder heim, nachdem sie den Landgrafen Philipp von Hessen und den Churfürsten von der Pfalz Ottheinrich gesprochen, voll froher Hoffnung nicht nur für ihre verfolgten Brüder in Paris, sondern auch für eine Union der getrennten evangelischen Brüder. In ihrer Freude wandten sie sich an die Zürcher und baten sie, an einem Colloquium theilzunehmen, das die evangelischen Fürsten in Frankfurt zur Beilegung der Zwistigkeiten zu halten beschlossen hatten. Allein die Zürcher schlugen die Beschickung des Colloquiums nicht nur ab, sondern erinnerten auch Beza, daß er schon einmal, ohne ihr Vorwissen, den Gegnern eine Confession überreicht habe, die sie nicht hätten anerkennen können. „Nichtsdestoweniger, fuhren sie fort, hast du wiederum auf deiner zweiten Reise eine andere zweite Confession abgefaßt und hast um ein Colloquium angehalten. Aber was war das für eine Confession? — Eine, die in allen Stücken mit der augsburgischen übereinstimmt, den Artikel vom Abendmahl ausgenommen (was wir insofern billigen und gut heißen). Indessen glauben wir gar nicht, daß die französischen Kirchen, welche genau an der reinen Lehre halten, alles dasjenige billigen, was man sie, wenn du auch den 10. Artikel ausnimmst, in jener Confession bekennen läßt, so z. B. nicht die Nothwendigkeit der Wassertaufe bei den Kindern, die Beichte, die man vor dem Geistlichen verrichten soll, und die Privatabsolution. Gewiß ist es, daß wir wenigstens in diesem Punkte, geschweige denn in dem Artikel vom Abendmahl, mit der augsburgischen Confession nicht einverstanden sind." „Wie kommt es denn, daß du bei deinen wiederholten Zusammenkünften nicht ein einziges Mal unsern Consensus bei ihnen vorgebracht hast? Du merkst ohne Zweifel, daß bei ihnen nicht diese Vereinigung, sondern etwas Anderes, daß mehr verlangt wird. Sie verlangen eben nichts Anderes, als daß wir einmal unsere Redeweise und die Lehre unserer Kirche lassen und nur einfach die augsburgische Confession unterschreiben."

Diese Erklärung Bullingers gegen die augsburgische Confession steht nicht vereinzelt da; ähnlichen Inhaltes, nur etwas milder im Ausdruck, war eine Zuschrift, welche Beza von den berner Geistlichen erhielt;*) es zeigt sich gerade in derselben die Verschiedenheit der Ansichten vom Abendmahl, die zwischen ihm und Calvin stattfand, in ihrem tieferen Grunde, wie in ihren practischen Folgen für die Entwickelung der Kirche; denn Calvin erklärte sich noch 1561 „der augsburgischen Confession, wie in allen andern Stücken, namentlich auch in ihrer Auseinandersetzung über das Mahl des Herrn zustimmig" **) Noch bestimmter aber trat die Grundverschiedenheit zwischen Bullinger und Calvin, ja, zwischen den deutschen und französischen Schweizern überhaupt in der Auffassung der Kirchenzucht hervor, die gerade in dieser Zeit die völlige Trennung der deutschen und französischen Kirchen bewirkte.

Calvin hatte bekanntlich in Genf insbesondere auch für das Recht der Kirche gekämpft, die Excommunication aussprechen zu dürfen, und im J. 1555 mit seiner Partei „der Fremdlinge" den Sieg über das „alte Genf" davongetragen. ***) In diesem Kampfe hatte

---

*) Hundeshagen a. a. O. S. 319.

**) In der „Dilucida explicatio", von der später die Rede sein wird. S. Stähelin II. S. 229.

***) Stähelin I. S. 459 ff.

er auch die andern schweizerischen Kirchen um ihr Gutachten gebeten. „Ich weiß wohl, heißt es in dem Schreiben, das er ihnen sandte, daß es fromme und gelehrte Männer gibt, die der Ansicht sind, unter einer christlichen Obrigkeit sei die Excommunication nicht mehr nothwendig; aber dazu wird doch kein Wohlgesinnter sich herbeilassen, sie zu mißbilligen und abzuschaffen, wo sie einmal besteht. Mir, für meine Person, erscheint die Lehre des Herrn in diesem Punkte völlig klar." Allein in der deutschen Schweiz war nach vielen Kämpfen und Disputationen schon frühzeitig Zwinglis Erklärung durchgedrungen, daß, nachdem die christliche Obrigkeit die Laster selbst straft, der Bann nicht mehr nöthig sei." *) Die Zürcher antworteten deshalb Calvin: „Man solle sich freilich hüten, an der Einrichtung zu rütteln. In Zürich bestehe wol nicht die gleiche Form, aber das sei auch nicht nothwendig." Auf ähnliche Weise antwortete Basel und Schaffhausen. Doch Bern faßte sich anfangs in der Antwort sehr kurz und sprach sich später offen für die entgegengesetzte Antwort aus, ja, verletzte Calvin, wie er selbst klagte, auf alle Weise, selbst dadurch, daß es „gegen alle Sitte und Gewohnheit der deutschen Sprache gegen ihn sich bediente." Haller, der in Bern war, erklärte dies Auftreten gegen Calvin in einem Briefe an Bullinger. „Calvin und Farel, schrieb er, sind den meisten unserer Senatoren wol bekannt und ebenso — verdächtig. — Auch ihm selbst, so hoch er von Calvin halte und soviel er von ihm lerne, wolle es scheinen, als ob er allzuviel Regentengeist besitze; in Bern liebe man nun einmal so dominirende Eigenschaften nicht" **) Das war mit die Ursache gewesen, weshalb die Berner schon 1549 Bedenken trugen, dem zürcher Consensus beizustimmen; das war auch im J. 1551 der Grund, weshalb die berner Regierung sich Bolsecs, des wegen der Praedestinationslehre aus Genf vertriebenen, annahm, ja, bei Strafe der Landesverweisung den eingewanderten Franzosen verbot, an den Communiontagen nach Genf zu gehen, um dort das Abendmahl

*) Hundeshagen a. a. O. S. 326.

**) Stähelin II. S. 125.

nach calvinistischer Weise zu feiern" (j'ôuxte les ceremonies Calvinistes)"*) „Sage mir nichts mehr von der Rohheit der Lutheraner, schrieb Calvin damals an Bullinger, da sie hier aus Haß gegen den Einen Mann, der ja gerne, um den Frieden zu erhalten, hundertmal seinen Hals dem Schwerte darböte, in solcher Weise die Kirchen zerfleischen!" Umsonst sandte die genfer Regierung Calvin mit einer Gesandtschaft nach Bern, um sich gegen die Angriffe zu wehren; Bolsec wurde zwar Landes verwiesen**); aber das Urtheil fiel so aus, daß man es sogar von der Kanzel herab als ausgemacht darstellte, daß Calvins Lehre in Bern förmlich verbannt wäre. Calvin, der auch gerade in Genf in großer politischer Aufregung lebte, suchte freilich noch einmal in einem Schreiben dem berner Rath darzustellen, daß seine Lehre mit der „berner Disputation", an der sie festhielten, gar nicht in Widerspruch stände, da diese von der Prädestination gar nichts enthalte; aber die Geistlichen in Lausanne (das Waadtland gehörte damals zu Bern) riefen zu kräftigerem Auftreten auf, „da eines der Fundamente unseres Glaubens umgestürzt werde." „Eher würde ich mir die Zunge abschneiden lassen, schrieb Calvin unter Anderm, als solch eine Unthat in einer Kirche dulden, die meiner Pflege und Treue anvertraut ist." Mehr als ein Jahr setzte Calvin diese Aufreizung gegen Bern fort, da wurden im April 1557 vier Prediger des Waadtlandes abgesetzt, weil sie gegen das Decret der berner Regierung die verpönte Doctrin auf die Kanzel gebracht. Dies wirkte; die meisten Prediger schwiegen; doch Viret und Beza protestirten, und als dies nicht half, da forderten sie, von Calvin angetrieben, das Aeußerste zu versuchen, um „jene Cyklopen in Bern aus ihrem Rausche aufzuschrecken," ***) die Einrichtung eines Consistoriums und die Einführung der Kirchenzucht nach genfer Muster; und erklärten, als sie eine abschlägige Antwort erhielten, unter diesen Umständen am bevorstehenden Osterfeste das Abendmahl nicht aus-

*) Hundeshagen: „Die Conflicte in der Bernischen Landeskirche" p. 272 ff.
**) Hundeshagen a. a. O. S. 293.
***) am 16. März 1558. Stähelin II. S. 155. Hundeshagen S. 341.

theilen zu können. Die berner Regenten gestatteten ihnen, da wieder mehr Geistliche sich ihnen angeschlossen, wirklich für das bevorstehende Fest eine Art Excommunicationsrecht, auch für die Zukunft eine Art Kirchenzucht einzurichten, bei der sich die weltliche Behörde jedoch die letzte Entscheidung vorbehielt. Freilich genügte das dem Calvin und seinen Anhängern nicht; nein, als Viret nur noch einen Versuch machte, einen Compromis zu Stande zu bringen, mußte er von Calvin hören, daß er vermuthe, daß ihn noch andere Rücksichten, als die Furcht Gottes, regierten (am 27. August 1558). Am Weihnachtsfest 1558 erklärten Calvins Anhänger entschieden, ohne das Excommunications-Recht das Abendmahl nicht feiern zu wollen. Sofort wurden sie, an 40 Geistliche, ihrer Stellen entsetzt und aus dem berner Gebiet verwiesen. — „Die Kirche ist zerrissen, unsere Gemeinschaft aufgehoben; lieber verkehrt man bei euch mit den verzweifeltsten Türken, als mit mir!" schrieb Calvin nach Bern.

Beza war schon im September, mitten aus dem Kampfe, fortgegangen. Der Aufenthalt in Lausanne war ihm durch die Autorität, die sich die Regierung in der Kirche, nach seiner Ansicht, anmaßte, verleidet; das Vertrauen zu den früheren Freunden in Bern, wie das zu den Zürchern war verschwunden, da kam ihm ein Ruf nach Genf sehr gelegen. Calvin hatte hier, gerade in diesem Jahr, 1558, seinen längst gehegten Wunsch in Ausführung bringen können; er hatte eine Universität in Genf gegründet, und Beza zum Professor der griechischen Sprache erwählt. Beza kam gerne.

Beza fand in Genf unendlich viel zu thun; dennoch ließ Calvin ihm keine Ruhe, bis er gegen Westphals Apologie eine Vertheidigung herausgab. Hatte doch selbst Melanchthon eine Gegenschrift nothwendig gefunden, wie aus den Worten hervorgeht, die er am 4. März 1559 an Bullinger schrieb:*) „Ich glaube, daß ihr denen, die an die Brotanbetung glauben, antworten werdet." Dazu kam, daß gerade damals, wo Calvin in Genf auf der Spitze seiner Macht

*) Corp. Ref. IX. p. 751.

stand, in andern Gegenden an Ansehn verlor, da aller Orten sich Feinde gegen ihn regten *). Selbst in Polen, wo a Lasco jetzt wieder großen Einfluß gewonnen hatte, wandten sich die Ersten im Staate doch an Melanchthon, um von ihm zu hören, wie die Reformation der Kirche zu vollführen. Wie wenig aber Melanchthon selbst mit Calvins und a Lascos Auftreten sich befreunden konnte, zeigt seine Antwort, in der er mit aller ihm eigenthümlichen Schonung sich gegen die strenge Kirchenzucht erklärte, und daß es für die Eintracht nur nützlich sei: eandem veram confessionem, iisdem verbis recitatam, ecclesias amplecti. **) Gegen Matthesius entschuldigt sich Melanchthon in diesen Tagen, den 23. März, ***) daß er nicht habe schreiben können, weil die Anfrage aus Polen ihm zu viele Arbeit gemacht, et si autem, schreibt er, in parte Poloniae Calvini libros multi sequuntur, tamen alii malunt institui ecclesias juxta normam confessionis nostrae.

Im September 1559 gab Beza seine Schrift: De coena Domini plana et perspicua tractatio, in qua J. Westphali calumniae refelluntur, heraus. Die Schrift ist im Ganzen ruhig und mit Anstand geschrieben, nur gegen den Schluß wird er ungerecht. Er geht die einzelnen Abschnitte von Westphals Schrift durch; wie er auf den „von den Schimpfreden Calvins" kommt, schreibt er: „Du sagst, du habest nichts eingemischt, was zu eines Menschen Schmach dienen könne? Was ist das für eine Unverschämtheit? Ich will nur eine Seite aus der Apologie anführen, damit die ganze Welt erfahre, von welcher Art deine Bescheidenheit, deine Scham, deine Gewissenhaftigkeit ist, von Dingen, die ebenso falsch sind, wie dir unbekannt und deinem Zwecke fremd, schmutzige Reden zu führen. Calvin hat einige Male, um dem fleischlichen Genuß des Abendmahls entgegenzutreten, der Worte voracitas und ingurgitatio sich bedient; da sprichst du: Calvin rede diese Worte ex crudo suo stomacho eructans.

*) Stähelin II. S. 158.
**) Corp. Ref. IX. p. 782.
***) Corp. Ref. IX. p. 788.

Du kennst Calvin schön, wie ich sehe, der, wie die ganze Stadt bezeugen kann, ein so geringes Maß von Speise und Trank zu sich nimmt, daß es den Freunden gar sündhaft vorkommt. Da du übel genommen hast, daß Calvin dich der Trunkenheit beschuldigt, antwortet Calvin, wie es auch wahr ist, daß er von der geistigen Trunkenheit geredet. Aber du glaubst, daß dir dadurch noch keine Genugthuung gegeben ist, und machst ihm ganz außer der Sache mit der höchsten Frechheit eines Lügners einen doppelten Vorwurf. „Calvin, sagst du, spricht Worte aus, die sich für die Ohren und Augen von Buhlerinnen passen, die er vielleicht von seiner Mutter gelernt hat, die eine Concubine eines päpstlichen Priesters gewesen wäre." So also schwatzest du? Eine ehrbare Matrone, die schon längst verschieden ist, die Mutter eines Mannes, dem die christliche Kirche so große Arbeiten verdankt, und die Zukunft, wie ich hoffe, danken wird, willst du lieber mit deinen unkeuschen Schimpfreden überhäufen, als deinem Herzen Sitte lehren? Aber ich halte an, und denke, was besser uns, als dir geziemt. Daß Calvin von hochachtbarer Familie, von Aeltern, deren Ruf ganz unbescholten war, geboren und in einem adlichen Hause erzogen ist, dafür kann ich nicht nur Einen Menschen, sondern die ganze Stadt Noyon zum Zeugen vorführen." Beza hatte darin Unrecht, daß er sagt, Westphal habe von seiner letzten Schrift gesagt, was er von seiner ersten behauptet hatte; in der letzten ist Westphal allerdings persönlicher geworden; aber auch hier hat er diese argen Ausdrücke von Calvin doch nicht gebraucht, um sich gegen den Vorwurf der temulentia zu rächen, sondern bei einer ganz andern Gelegenheit; im Abschnitt nämlich über die Stellen im Augustin, wo er Calvin tadelt, daß er in allzu großem Eifer gegen die Ehre, welche dem Sacrament erzeigt wird, wiederholt des Wortes „prostituiren" und anderer unanständiger Ausdrücke sich bedient.

In der eigentlichen Abhandlung findet sich über die Lehre eben nichts Neues. Beza war ja, wie Heppe sagt, das Alter ego von Calvin; er hatte in seiner dogmatischen Exposition weniger Ursprünglichkeit, Frische und Wärme, zeichnet sich aber durch schärfere Ausprägung der Begriffe, strengere Disposition und schulgerechtere Behandlung der Lehrstoffe aus. *) So tritt er uns auch in dieser Schrift entgegen. Er zeigt zuerst, wie Calvin mit Recht das Wort „Sacrament“ gebraucht, da das „ist“, wenn es von der Verbindung der Symbole und der Sachen gesagt wird, sacramentaliter, i. e. vere quidem, sed tamen figurate et significative, zu nehmen ist. „Was forderst du mehr von uns? heißt es dann, da er sagt, daß Calvin oft betont habe, daß Christi Gaben nicht anders uns zufließen, als wenn Er selbst zuerst mit uns, und wir mit Ihm durch den Glauben uns verbinden,“ forderst du etwa, daß wir bekennen sollen, daß der Leib und das Blut in, cum, vel sub pane sei, den wir nicht anders als im Himmel durch den Glauben suchen wollen? Warum dringst du darauf? Weil du nicht glaubst, daß außer den Zeichen uns der Leib Christi vere gegeben werden könne.“ In Bezug auf den Tropus weist Beza nach, daß ohne einen Tropus doch das Wort „dieser Kelch ist das N. T. nicht verstanden werden könne, wenn er nicht fordere, ut calicem quoque deificemus propter praesentem sanguinem, und daß Westphals Erklärung ebensogut einen Tropus anzunehmen nöthigt, wie ihre, die W. als Tropisten bezeichnet; daß es auch nicht wahr sei, daß ihr Tropus ein erdichteter, den Worten des Herrn widersprechender sei. Wird das Wort im eigentlichen Sinn genommen, so wird die Transsubstantion anzunehmen nothwendig. Westphal selbst habe sich, um den Tropus zu leugnen, auf das Zeugnis der Päpste Nicolaus und Gregorius gestützt. Er sage zwar, daß die Papisten fälschlich eine transmutatio und abolitio alterius substantiae annehmen; aber indem er das Absurde darin erkennt, fällt er in eine viel absürdere Meinung, indem er auf der andern Seite uns fälschlich vorwirft, daß wir die Gegenwart der andern Substanz (Christi) leugnen, da wir doch behaupten, auf Erden werden von den Dienern die Symbole gegeben, im Glauben

---

*) Heppes Beza S. 346.

aber werden wir durch die Sacramente, wie auf einer Leiter in den Himmel erhoben, wo wir Christi Fleisch suchen, damit wir uns durch die Kraft des Geistes mit unserm Haupt vereinen. Wenn wir die Absurdität dieser Behauptung nachweisen, so thun wir das aber nicht, wie Westphal uns vorwirft, weil es der menschlichen Urtheilskraft, sondern weil es dem göttlichen Worte zuwider ist. Wir haben ferner eine große Menge Stellen angeführt, aus denen hervorgeht, daß das „ist" nicht immer im eigentlichen Sinn (ὑπαρκτικῶς), sondern auch metonymisch zu nehmen ist. Westphal greift einige heraus, z. B. Joh. 7, 39. 1. Cor. 12, 12, und sagt, daß „ist" hier nicht für „bedeutet" genommen werden könne; aber zu dem Endzweck hatte Calvin die Stellen auch nicht angeführt, sondern zu zeigen, daß das „ist" nicht das bedeute, was Westphal will. Eine Stelle, in der steht: „Die Bundeslade ist Gott" kann auch Beza nicht beibringen, aber er hält das für überflüssig, da Jedem, außer Westphal, bekannt sei, daß die Israeliten die Lade als Gott betrachtet haben. Wenn Westphal aber gegen sie anführe, daß die Lade das Symbol des gegenwärtigen, nicht des abwesenden Gottes sei, so wäre das zu absurde, wenn er das, was allein der göttlichen Natur zukäme, auch der menschlichen Natur beilegen wolle. Gott wohne da, weil Er dort auf eigenthümliche Weise Seine Kraft ausübe; sie wollten auch nicht leugnen, damit daß der Herr auf diese Weise im Abendmahl gegenwärtig sei. Die Stelle, in der die Beschneidung der Bund genannt wird, ist nur angeführt, um zu zeigen, daß das „ist" figurate zu nehmen ist, nicht einfach, im eigentlichen Sinn. Zuletzt quält Westphal sich, uns die Stellen zu entwinden, in welchen das Lamm das Passah genannt wird. Allein wir haben die Stellen nur gebraucht, um zu zeigen, daß das „ist" zuweilen für „bedeutet" steht. Uebrigens gibt es viele Stellen, wo der Ausdruck vorkommt das Passah „essen" oder „opfern", in denen „Passah" also wirklich „das Lamm" bedeutet. Auch können wir nicht zustimmen, daß das Passahlamm nur ein Typus ist, es ist ebensogut ein Sacrament, wie das Brod im Abendmahl. — Der Fels, der die Israeliten begleitete, war doch Christus; freilich! Er selbst begleitete das Volk, so wie der Stein, aus dem das sichtbare Wasser floß, von dem ein Jeder, der es trinket, Christum selbst trinket. So muß Westphal uns doch schließlich Recht geben, daß der Fels als Zeichen gegeben ist des gegenwärtigen Christus, den die Väter im Glauben empfingen. Den Namen Elias gibt der Herr Matth. 11, 14 dem Johannes aus keinem andern Grunde, als weil er im Geist und in der Kraft des Elias auftritt; also wird auch hier das „ist" nur gebraucht, weil eine Aehnlichkeit der Qualitäten sich findet. Derselbe Grund findet statt, wenn es heißt: Christus ist der Weinstock, das Licht, der Weg, die Thür, das Lamm. Wir haben aber nie behauptet, daß in diesen Stellen „ist" für „bedeutet" steht.

Beza vertheidigt später, daß Calvin Westphals „sacramentlichen Genuß" für eine Chimäre hält, da Westphal ja trenne, was eng verbunden ist, den Leib von seiner geistigen, lebendigmachenden Kraft, das leibliche Genießen von dem Empfangen des ewigen Lebens, weil er behauptet, daß die Ungläubigen Christum zum Gericht empfangen. Calvin aber leugne den „leiblichen Genuß" nicht darum, weil er dem „gemeinen", sondern weil er dem „frommen" Sinne widerstehe; denn unter „leiblichen Genuß" denke er sich jene crassa manducatio, welche, wenn sie auch auf unsichtbare Weise vorgestellt wird, mehr viehisch (belluina), als menschlich, geschweige christlich, ist. Denn wir sehen nicht auf die Art, wie sie geschieht, sondern auf das, was geschieht, und sagen deshalb, es sei etwas Viehisches, daß ein Mensch von einem Menschen auf unsichtbare Weise verzehrt werden soll. Auch Augustin nennt es ein grausames Verbrechen, denn ein schwereres sei das, Menschenfleisch zu essen, als einen Menschen zu tödten; Blut zu trinken, als Blut zu vergießen. Deshalb tadelt er die Capernaiten, denn sie meinten, den Leib Christi mit den Zähnen zerbeißen und den Leib verschlingen zu sollen, und hatten einen Schauder vor dem Essen des Fleisches; nicht aber fragten sie nur, wie Westphal es darstellt, nach der Art, wie man das Fleisch essen könne. Wenn aber Augustin schon die Capernaiten tadelt, was würde er dem

Westphal thun, der dem Papste Nicolaus beistimmt, welcher es klar ausspricht, daß das, was er nach der sogenannten Consecration den Leib Christi nennt, durch die Hände des Priesters gebrochen und mit den Zähnen zerbissen wird, und zwar sensualiter. Nicolaus läßt keine Ausrede zu! Und es bleibt dabei, Westphal ist ein Capernaite, und nicht wir können so genannt werden, die wir die Gegenwart des Fleisches im Brote leugnen. — In den folgenden Abschnitten sucht Beza dann nachzuweisen, wie Westphal, indem er die unio naturarum festzuhalten sucht, die beiden Naturen in Christo confundirt, und aus der Gegenwart des Leibes Christi schließt, da doch der Leib Christi, als ein menschlicher Leib, immer im Himmel gedacht werden müsse wegen Marc. 13, 26 und Phil. 3, 21. Denn, wenn Westphal sage, daß das: „Ich gehe zum Vater!“ und was von Christi Himmelfahrt geschrieben steht, nur auf die sichtbare Erscheinung des Leibes sich beziehe, daß Er unsichtbar dennoch dem Leibe nach gegenwärtig sei, mache er Christum zu einem Taschenspieler (praestigiator). Beza leugnet, daß Jesu Körper unsichtbar geworden sei, als er mitten durch die Feinde, Luc. 4, 30, oder durch die verschlossene Thür, Joh. 20, 19, ging, oder den Augen der Jünger entschwand, Luc. 24, 31. „Es ist wunderbar, schreibt er, daß Westphal der gewaltige Feind der Tropen, Ausdrücke, wie „Weggehen, Auffsteigen, den Augen entnommen werden, Kommen, Zurückkehren“ tropisch nehmen kann für Unsichtbar oder Sichtbar werden!“

Beza entschuldigt sich oft über die Confusion, in der er die Gegenstände abhandelt, da er Westphals Ordnung folge, obgleich Beza selbst immer wieder von dieser abweicht. So kann er auch, wie er im 35. Capitel die Citate aus Augustin entkräftigen will, nicht eher beginnen, als bis er den Vorwurf, den Westphal dem Calvin daraus macht, daß er die Einsetzungsworte improprie, per metonymiam genommen habe, zurückzuweisen gesucht hat. Er behauptet, Calvin habe nur in Frage gestellt, ob das Brod proprie et absque figura für den Leib Christi zu halten, oder ob der Name der bezeichneten Sache auf das Symbol übertragen sei. Mit den Stellen aus Augustin wird Beza dann leicht fertig, da er von vorne herein annimmt, Augustin habe, wie die andern Väter, das Brod nur tropisch den Leib Christi genannt, wie der Herr selbst. Ebenso weiß er nichts Neues gegen Westphals Behauptung, daß nach Augustin die Ungläubigen auch den Leib Christi empfangen, anzuführen, als daß Judas, wie Petrus, nicht corpus, sondern sacramentum corporis oder rem sanctam empfangen hätte, und „daß man im Sacrament den Leib Christi, nicht mehr von seiner Wirksamkeit, als von den Zeichen trennen könne." Wenn Westphal dagegen das Wort Gottes angeführt hatte, das auch dem Einen ein Geruch des Todes, dem Andern ein Geruch des Lebens sei, so meint Beza, das spreche für seine Partei, daß nur die Gläubigen den Leib empfangen! Beza sagt: Wir sag:n nicht, daß bloß Brod den Ungläubigen dargereicht wird, wie du uns verleumdest, sondern daß außer diesem auch, spiritualiter, durch den Glauben, gerade das, was das Brod abbildet, und wovon es der Leib des Herrn genannt wird, empfangen werde; auch sagen wir nicht, daß das nackte Brod, sondern das heilige Zeichen des Leibes Christi von den Unwürdigen profanirt wird. Da dies so ist, und Augustin die beiden Ausdrücke visibiliter und spiritualiter gebraucht, folgt, daß was nicht sichtbar genommen wird, geistig genommen werden muß. — Ueber den Himmel, wo Christus räumlich sich aufhalten solle, und Augustins Ansicht von der Verbreitung (diffusio) des Leibes Christi, die nur geistig verstanden werden könne, bringt Beza nichts Neues vor. Zuletzt geht Beza auf die Abschaffung der Ceremonien und die andern Vorwürfe ein, die Westphal bei seinem ersten Angriff schon gemacht habe, „aus Furcht, noch nicht genug Unruhe erregt zu haben." Beza behauptete vor Allem, daß so wenige und so reine Ceremonien wie möglich in der Kirche sein müßten, weil Gott im Geist und in der Wahrheit anzubeten sei. Er tadelt die sächsischen Kirchen, daß sie in der Abschaffung des papistischen Unflaths zu furchtsam gewesen, führt z. B. die Meßgewänder an; Bilder und

Statuen in der Kirche aufzustellen, sei tausendmal, ausdrücklich in Gottes Wort verboten, und es sei gewiß kein ἀδιάφορον, die einmal hinausgeworfenen, wiederaufzustellen. Beza führt namentlich 2. Kön. 18, 4 an. Wenn wir auch das Anziehen der Glocke, die Elevation, das Anzünden der Kerzen im Sommer nicht billigen können, wer hat darüber ernste Vorwürfe gemacht! Das Abendmahl suchen wir mit der größten Ehrfurcht, aber so einfach wie möglich zu begehen; wir möchten durch den Schaden unserer Vorfahren weise geworden sein! Das Niederknieen beim Empfange kennen unsere Kirchen nicht, aber sie wollen die Brüder wegen dieser, obgleich nicht nothwendigen, Sitte nicht verdammen. Von dem Sacrament der Taufe halten wir unsere Seligkeit nicht abhängig (nostram salutem a baptismi sacramento pendere non putamus), sondern von unserer Adoption durch die Verheißung: „Ich will dein Gott sein und der Gott deines Samens,“ welche durch die Taufe bestätigt wird. Wir haben deshalb keine Zweifel, wenn Kinder der Gläubigen vor der Taufe sterben; die Verachtung, nicht das Unterlassen (privatio) der Taufe ist verderbenbringend. Darum verwarfen wir das Taufen im Hause durch Frauen, weil dieser Mißbrauch entstanden ist durch die Meinung, die wir als falsch verwerfen, von der Nothwendigkeit der Taufe, da im Gegentheil Einer eher die Kindschaft muß empfangen haben, als er die Taufe ordnungsmäßig empfängt; weshalb wird sonst von dem Erwachsenen erst das Glaubensbekenntnis gefordert? Daß Westphal daraus schließt, daß wir glauben, die Kinder der Gläubigen würden ohne Erbsünde geboren, ist eine grobe Verleumdung. Die Feier der Sacramente ist eine öffentliche, darum halten wir auch bei Kranken keine Privat-Communion; doch wollen wir darum keine Spaltung in der Kirche machen. Das erste Gebot theilen wir in zwei, weil durch Satans Trug die herkömmliche Deutung in Vergessenheit gekommen ist, daß dieses Gebot auf den Bilderdienst geht. In Hinsicht der Festtage wissen wir Gottlob! welche Freiheit die Kirche besitzt, wie sollten wir Unrecht haben, wenn wir aber durch die Abschaffung (z. B. der Marien- und Heiligen-Feste) jede Spur von Aberglauben zu verwischen suchen? Was die Postillen betrifft, so ist das Zerschneiden des göttlichen Wortes der reinen Kirche unbekannt, ja, im Orient und in Afrika nie aufgekommen, wie die Homilien zeigen, wenn auch an gewissen Tagen bestimmte Geschichten in der Kirche vorgelesen und erklärt wurden. Erst nach und nach ist durch die Lässigkeit der Bischöfe es dahin gekommen, daß gewisse Stellen der Bibel zu lesen genug schien, so daß auch unter den Pastoren nicht der Tausendste in seinem Leben in die Bibel selbst geguckt hat. So den Zusammenhang zu zerreißen, scheint uns ein Unrecht.

Westphal antwortete auf diese Schrift von Beza nicht; er hatte sich genug ausgesprochen und war schon in andere Händel verflochten. Calvin aber fühlte sich später gedrungen, noch einmal auf Westphals Schrift zurückzukommen, in seiner Streitschrift gegen Heßhusius.

Beza mußte in demselben Jahre, in dem er die Schrift gegen Westphal geschrieben hatte, im November 1559, wieder nach Deutschland reisen, um sich noch einmal für die unglücklichen Glaubensbrüder in Paris zu verwenden. Er ging nach Heidelberg. Hier hatte der Churfürst Friedrich III., der Fromme genannt, und mit ihm das pfälzische Haus Simmern, nach dem im Februar dieses Jahres erfolgten Ableben Ottheinrichs die Churwürde erlangt, und sich schon strenge gegen die nach Herrschaft strebende lutherische Partei bewiesen. Sein Vorgänger, Ottheinrich, hatte ganz nach Melanchthons Grundsätzen zu regieren gesucht; ja, er war in seiner Duldung der verschiedenen Ansichten so weit gegangen, daß Melanchthon selbst keinen Wunsch hatte, nach Heidelberg zu kommen, obwohl dort sein Vaterland war, und er wußte, daß dort einige gelehrte und lautere Seelen waren, weil dort die Bestrebungen so auseinandergingen, wie die verschiedenen Nationen, Belgier, Franzosen und andere, die da waren. *) Indeß Ottheinrich gab viel

*) Brief an Mordeisen 1557, Corp. Ref. IX. p. 127.

auf Melanchthon und rief auf dessen Empfehlung Heßhus nach Heidelberg, im September 1558.

Tilemann Heßhus war in Wesel geboren. Er hatte sich schon früh ausgezeichnet durch Gelehrsamkeit und Beredsamkeit. Kaum war er in Wittenberg Magister geworden, so ward er Superintendent in Goslar 1552, und, erst 25 Jahr alt, im folgenden Jahre (1555?) Doctor der Theologie. Schon in Goslar ward das Gefühl der Amtsehre in ihm kräftig; er eiferte gegen die Ungebührlichkeiten der Magistratspersonen so, daß diese, beleidigt, ihn schon im Jahre 1556 entsetzten. Melanchthon nahm sich seiner an. Heßhus bekam mit einer Professur die Pastorenstelle zu St. Jacob in Rostock; allein auch hier machte er seine pfarramtliche Macht, namentlich wegen der Sonntagshochzeiten und andern Sonntagsentheiligungen, so geltend, daß der Bürgermeister Brummer ihn und seine Gefährten als Urheber einer neuen pharisäischen Secte darstellte. Schon nach einem Jahre ward er der Stadt verwiesen. Dennoch wurde der gelehrte, mit großer Beredsamkeit begabte, junge Mann von allen Seiten gesucht. Melanchthon wünschte ihn, da Bugenhagen starb, zum Pastor in Wittenberg; indeß, da der König von Dänemark ihm glänzendere Aussichten eröffnete, und Heßhus dorthin die Blicke richtete, freuete Melanchthon sich, als der Pfalzgraf sich geneigt zeigte, ihn auf die Universität seines Vaterlandes zu rufen, wohin ihn auch Chytraeus empfohlen hatte; er bat Heßhus, vor seiner Hinreise nach Wittenberg zu kommen, um ihm eine Idee von den Verhältnissen, in die er eintrat, zu geben.*) Im September 1558 zog der nun erst 31jährige Heßhus, als Generalsuperintendent, Professor primarius und Präsident des Kirchenrathes, in Heidelberg ein. Im Bewußtsein seiner hohen Würde trat Heßhus hier rücksichtslos durchgreifend auf. Er hatte eine Vorliebe für die sächsische Form des Gottesdienstes. Er führte wieder lateinische Gesänge ein; Oblaten wurden über ein Communiontuch gereicht; der administrirende

*) S. die von Wilckens im Leben Heßhusius S. 39 angeführten Stellen.

Prediger wandte sich beim Gebet mit dem Gesicht gegen den Altar; doch dabei blieb es nicht. Auch die sächsischen Geistlichen und Lehrer gefielen ihm besser, als die Pfälzer, und er wußte den Churfürst zu bewegen, durch große Belohnungen etliche von diesen dahinzubringen, einen Ruf anzunehmen und die gelehrtesten seiner Unterthanen zurückzusetzen; dabei gebehrdete er sich wie der Papst, zeichnete sich in seiner Kleidung, durch seidenes Fußzeug, einen kleinen Hut unter dem großen, und dergl. mehr aus, und verlangte durchaus allein für sich alle Macht, ließ den Superintendenten keine Entscheidung mehr, versammelte nicht den Kirchenrath, hielt allein die Examina u. s. w. Es war natürlich, daß er durch sein Auftreten bald eine Menge Prediger und Theologen gegen sich aufbrachte. Seine lutherische Ansicht vom Abendmahl war auch in Heidelberg nicht das, was zuerst Anstoß gab, nein, es ist nicht unwahrscheinlich, daß er anfangs noch nicht einmal streng lutherisch war, sondern sich an Melanchthons Ausdrucksweise hielt; er wurde wenigstens beschuldigt, daß er selbst damals noch die Ausdrücke „sub specie panis" und „Panis est essentiale corpus Christi" verdammt habe *); allein das entschiedene Auftreten der Calvinisten trieb ihn zuerst sich auf die Gegenseite zu legen, und zuletzt zu den allerübertriebensten Behauptungen. Melanchthon correspondirte mit ihm noch Ende Januar 1559 aufs freundlichste.**) Aber ein unangenehmer Auftritt, den Heßhus wegen der Doctor-Promotion eines ostfriesischen Predigers Stephan Silvius hatte, und der die ganze Universität gegen ihn aufbrachte, ward die Veranlassung heftigerer Streitigkeiten. Heßhus hatte einen Caplan, Wilhelm Klebiz. Dieser, ein ehrgeiziger, unruhiger Kopf, konnte das herrische Wesen des Generalsuperintendenten nicht ertragen. Er konnte, seiner Stellung wegen, nicht das Ansehn gegen ihn gewinnen, das er wünschte; deshalb benutzte er die Abwesenheit von Heßhus, um um die Würde eines Baccalaureus der Theologie bei der Facultät einzukommen.***)

*) Planck V., 2. S. 332.

**) Corp. Ref. IX. p. 733.

***) Planck a. a. O. S. 338.

Er hatte Freunde, und wußte, wie Heßhus schon Gegner hatte, darum stellte er zu seiner Disputation Thesen auf, in welchen er mit klaren Worten sagte, daß die Einsetzungsworte beim Abendmahl nicht wörtlich zu nehmen seien; das Irdische im Abendmahl sei Brod und Wein, das Himmlische die Mittheilung des Leibes und Blutes Christi; jenes werde mit dem leiblichen Mund, dieses durch den Glauben empfangen. Das war zu stark. Als Heßhus zurückkehrte, forderte er seinen Diaconus zum Wiederruf auf, und da Klebitz sich nicht dazu verstehen wollte, nannte er ihn auf der Kanzel einen Arianer und Zwinglianer, und sandte die Thesen, um über sein Recht dazu zu entscheiden, nach Thüringen, an Mörlin und Stössel. Da dies nun in der Stadt Unruhen gab, die andern Prediger auch auf der Kanzel für Heßhus oder für Klebitz Partei nahmen, suchte der Graf von Erbach, dem der Churfürst während seiner Abwesenheit die Statthalterschaft übertragen hatte, den Streit zu stillen. Das empörte aber den Heßhus noch mehr; er mochte auch sonst Verdacht gegen des Grafen Rechtgläubigkeit hegen, er schrie laut aber über die Anmaßung, daß ein Laie sich in theologische Streitigkeiten mische, verketzerte den Grafen und — excommunicirte ihn zuletzt. Auch den Klebitz suspendirte Heßhus am 29. August von seinem Amte, ja, als Klebitz dennoch in derselben Woche ruhig die Kanzel bestieg, erklärte er ihn in seiner Predigt am folgenden Sonntag für abgesetzt, und forderte die Obrigkeit auf, ihn aus dem Lande zu verweisen.

Dies geschah in der Zeit, als Friedrich III. von Regensburg zurückkehrte, wo er auf dem Reichstage sich vom Kaiser hatte als Churfürst bestätigen lassen. Er versammelte gleich, am 9. September, alle Professoren und Prediger, und ermahnte sie mit rührendem Ernste, das unnütze Zanken über unnöthige Fragen und Redensarten zu lassen, und die Leute lieber zu wahren Christen zu machen. Er hob den Bann auf, versprach dem Heßhus, wie dem Klebitz, Alles zu vergessen, was geschehen sei, verlangte aber, daß man die Formel „in und unter dem Brote" beim Unterricht vom Abendmahl nicht mehr gebrauchen, sondern sich mit dem „cum" begnügen solle, bis

10

eine Synode, die er veranstalten wolle, sich über die streitigen Fragen entschieden habe. Der Churfürst hatte in seinem frommen Eifer gar nicht eingesehen, daß er durch solche Bestimmungen schon Partei genommen. Schon daß der Churfürst, als Laie, sich in kirchliche Fragen mischen, ja, in dem Streite eine Entscheidung treffen wollte, konnte Heßhus, als General-Superintendent, von seinem Standpunkte aus, gar nicht zugeben. Gleich in der nächsten Predigt, am 13. September, begann er, wie einige seiner Genossen, wider den Vertrag, den man erzwingen wolle, zu eifern, und nicht nur auf Klebitz zu schimpfen, sondern auch dem Churfürsten, und seinen Räthen vorzuwerfen, daß sie von der augsburgischen Confession abgefallen seien. Auch Klebitz fing nun an zu wüthen. Der Churfürst aber, als er das hörte, ließ sogleich, am 16. September, dem Heßhus, wie dem Klebitz, die Entlassung von ihren Aemtern ankündigen, und sandte nun seinen Geheimschreiber, Stephan Zeisler (Cislerum) zu Melanchthon, um ihn um sein Urtheil über den Streit zu bitten. *) Melanchthon, der sich schon gegen Andere beklagt hatte, daß Heßhus seine Mahnung zur Mäßigung nicht beachtet, sondern den Bannstrahl gegen Einen geschleudert, der sich der Artolatreia widersetzt **), billigte, daß der Churfürst beiden Parteien Schweigen auferlegt, und hoffte, daß, nach Entfernung von beiden, die übrigen über eine Form zusammenkommen würden. Er schlug die Worte Pauli vor: Das Brod, das wir brechen, ist die Gemeinschaft des Leibes. „Das Wort Gemeinschaft sagt nicht, wie die Papisten meinen, daß die Natur des Brotes verwandelt werde; nicht, wie die Bremer, daß das Brod substantiale corpus, oder, wie Heßhus, verum corpus Christi sei; sondern, daß es eine Gemeinschaft sei, d. h. das, wodurch die Verbindung (consociatio) mit dem Leibe Christi geschieht, welche durch den Gebrauch (usu), freilich nicht ohne Nachdenken (sine cogitatione), wie bei den Mäusen, die das Brod zernagen, entsteht“. Er tadelt Heßhus, daß dieser verlange, daß man

*) Corpus Ref. IX. p. 960.
**) Corpus Ref. IX. p. 951, 955.

auf seine Autorität das Brod und den Wein Symbole des Leibes und Blutes Christi nenne, was doch die Kirchenväter zum Zeugnis, daß sie nicht das Dogma und die Anbetung der Papisten gehabt, häufig gethan, und wünscht zuletzt, daß auf einer Synode der Streit entschieden werde. Der Churfürst setzte nun einen neuen Kirchenrath ein, und ließ ihn darauf halten, daß die Prediger sich aller Redensarten, die den Streit hervorgebracht, enthielten, und die von Melanchthon vorgeschriebene Form beobachteten. Mehrere Prediger, die den Ausdruck, daß der Leib Christi in und unter dem Brote empfangen werde, nicht aufgeben wollten, wurden entsetzt. War Friedrich doch auch in dieser Zeit durch ein Schreiben Bullingers*) aufgefordert, zunächst die öffentlichen Schmähungen zu unterdrücken, denn „wir hegen und lieben nicht Zwietracht, schrieb er, sondern der Friede ist uns lieber!"

Das war die Zeit, in der Beza wieder nach Heidelberg kam, im November 1559. Er fand bei dem Churfürsten die Unterstützung für seine Glaubensbrüder in Frankreich, die er suchte.**) Vor seiner Ankunft noch ließ ihn der Churfürst bitten, ihm seine Ansicht von den Sacramenten in einer kurzen Schrift so klar, wie möglich, darzulegen, damit er sehen könne, in welchen Punkten beide Parteien übereinstimmten, und in welchen sie auseinandergingen. Auf Grundlage einer solchen Schrift werde vielleicht eine Vereinigung zu Stande zu bringen sein. Beza besprach sich mit Calvin, und setzte mit diesem zusammen die begehrte Schrift auf; er suchte auch Bullinger für diesen Unionsversuch zu gewinnen. Doch dieser warnte wieder vor den Lutheranern; bat, nicht von den Worten des Consensus zu weichen, und namentlich das Wort „Substanz" zu vermeiden***). Beza antwortete: „Es ist eine harte und lästige Bedingung, sich an gewisse Silben, Worte, Ausdrucksweisen so sklavisch halten zu müssen, und keine Rücksicht auf die nehmen zu sollen, mit denen man unterhandelt. Weil dir der Ausdruck „Substanz" zuwider ist, so

*) Pestalozzi S. 413.

**) Heppes Beza S. 72.

***) Pestalozzis Bullinger S. 410. Heppes Beza S. 73.

hatte ich mich desselben in der Erklärung gänzlich enthalten; doch nun verläumden uns die Gegner und geben vor, daß wir statt des Wesens des Sacramentes, dessen, was durch die Zeichen dargestellt wird, Christi Leib, vielmehr dessen Geist annehmen und somit die Verbindung mit Christo selbst aufheben. Andere sagen, wir handelten nur von den Früchten und Wirkungen, die wir aus Christo ziehen, nicht von dem wesentlichen Christus selbst, als ob Jemand etwas aus Christus schöpfen oder ziehen könnte, der nicht Christum selbst aufnimmt. Andere fabeln sogar, daß wir Christo einen geistigen Körper beilegen, was doch vielmehr auf die paßt, welche die Allenthalbigkeit des Körpers Christi annehmen. Wir sagen deshalb, um jeder Verleumdung auszuweichen, wenn wir mit ihnen unterhandeln: Christus selbst oder der Leib Christi werde uns dargereicht, nicht nur die Frucht und Wirkung des Todes Christi, sondern Christi Substanz und Wesen, wodurch bei der Vereinigung mit Ihm Alles aus Ihm in uns eingeleitet wird. Um jede crasse Vorstellung zu entfernen, sagen wir dann weiter, dies geschehe durch den Glauben, durch die Kraft und Wirkung des heiligen Geistes, obgleich der Leib im Himmel und nirgends anderswo sei, die Sacramente dagegen auf Erden und nirgends anderswo sind. Heißt dieses nun von unserm Consensus abweichen? Wenn der Herr sagt: „Dies ist Mein Leib," und Paulus: „Das Brod ist die Gemeinschaft des Leibes Christi," wollen sie da etwa von einem Körper reden, der keine Substantialität hat? Kurz, ich will das Wort „Substanz" in keinem andern Sinne gebraucht wissen, als Martyr in seinen Schriften sich dessen bedient."

Der Churfürst von der Pfalz war in der nemlichen Zeit auf jede Art bemüht gewesen, die Einigkeit in der Kirche herzustellen. Er hatte sich deshalb auch gleich bereit erklärt, an einem Fürstentage theilzunehmen, um eine gegenseitige Verständigung und Vereinbarung über die augsburgische Confession herbeizuführen.*) Allein der Herzog Christoph von Wirtemberg selbst, von dem die

*) Heppe, Gesch. des Protestantism. I. S. 340.

Idee des Fürstentages ausgegangen war, rief durch die offenbare Zurücksetzung des lutherischen Theiles seiner Geistlichen ein Hindernis für die Vereinigung der Parteien hervor, das unbesiegbar wurde. Als bei der Bevorzugung der mehr schweizerisch gesinnten Lehrer sich zuerst wieder die calvinische Ansicht bemerkbar machte, versammelte Brenz, der noch immer bei seinem Herzog im höchsten Ansehn stand, am 19. December 1559 eine Synode zu Stuttgart und legte ihr ein Bekenntnis vor, welches eine gemeinsame Confession für alle Geistliche des Landes sein sollte. *) Dies Bekenntnis enthielt die ächt lutherische Lehre vom Abendmahl, aber ohne die Ausdrücke, die damals Streit erregten, selbst nicht die Wörter „in und unter dem Brote„, und es war diese Lehre begründet durch die brenzische Lehre von der Ubiquität des Leibes Christi. Das Bekenntnis wurde von den Würtembergern ohne allen Widerspruch angenommen. Aber Bullinger beschwerte sich bitter bei dem Herzoge Christoph **); Calvin schrieb an Bullinger: „Ich hätte niemals geglaubt, daß der Mann so feindselig gegen uns auftreten könnte" ***); Melanchthon auch war im höchsten Grade aufgebracht und nannte dies Bekenntniß in allen Briefen, die er in dieser Zeit schrieb „Hechinger Latein!" Mit diesem Ausdruck hatte nämlich der gelehrte würtembergische Kanzler Lampord auf dem Convent zu Constanz ein Wort zurückgewiesen, das zum großen Mißfallen der versammelten Fürsten ein Graf von Hohenzollern in seinem erschrecklich schwäbischen Dialect gesprochen. †) Ja, auch die strengen Lutheraner waren mit diesem Bekenntnis der Würtemberger nicht einverstanden.

Auf der neuerrichteten Universität zu Jena hatten Flacius und seine Genossen einen Mittelpunkt gefunden. Sie wollten, wie wir später noch ausführlicher darstellen wollen, die reine lutherische Lehre zu allgemeiner Geltung bringen, und darum hatten sie dem Herzog

*) Planck V. 2. S. 410.
**) Pestalozzi S. 414.
***) Stähelin II. S. 228.
†) Corpus Ref. IX. p. 1034.

Johann Friedrich II. von Sachsen eine „Confutations-Schrift“ übergeben, in der sie alle damals im Schwange gehenden Irrlehren zurückwiesen. Der Herzog hatte diese Schrift allen Geistlichen der Herzogthümer zur Richtschnur gegeben; und das hatte zu harten Verfolgungen geführt, aber dem Herzoge auch die bittersten Vorwürfe der übrigen protestantischen Fürsten zugezogen. Nichts desto weniger wies Friedrich die Einladung des Herzog Christophs von Würtemberg zu dem schon erwähnten Fürstentag zurück, wenn die Fürsten sich nicht im Voraus zur Anerkennung des Confutationsbuches verstehen könnten. *) Doch das vermehrte nur die Angst, welche Melanchthon hatte vor immer größerem Zwiespalt; „das jetzt sich erhebende Geschrei über die Ubiquität hindere jede Verständigung,“ sagte er; und auch der Churfürst von Sachsen erklärte sich gegen den Fürstentag. Als nun aber Melanchthon starb, und die Flacianer eine Aufforderung veröffentlichten, eine allgemeine Synode zu halten, bei der alle Widersacher der reinen augsburgischen Confession ausgeschlossen sein sollten; da nahmen wiederum der Herzog von Würtemberg, der Pfalzgraf Wolfgang, der Landgraf von Hessen, wie der Churfürst von Sachsen dies Ansinnen mit Entrüstung auf. So schien jede Aussicht zu einer Vereinigung verschwunden; allein die Sehnsucht nach ihr war zu groß, und bald sollte sich eine neue Veranlassung bieten, sie anzustreben.

Der Herzog von Sachsen kam nach Heidelberg; sein Bruder wollte sich mit der Tochter des Churfürsten von der Pfalz vermählen, und diese Gelegenheit sollte nicht unbenutzt vorübergehen. Zwar eine Disputation, welche die heidelberger Theologen mit zwei sächsischen, die der Churfürst in seinem Gefolge hatte, vom 3. bis zum 6. Juni 1560 hielten, prägte nur den Gegensatz der melanchthonischen gegen die lutherische Lehre desto schärfer aus. Allein der Churfürst Friedrich führte den Herzog von Sachsen mit dem von Würtemberg in Hilsbach zusammen, und hier verabredeten diese Fürsten, den alten

*) Heppe, Gesch. des Protestantismus S. 338.

Landgrafen Philipp von Hessen zu bewegen, alle Fürsten, Grafen und Herren, die sich zur augsburgischen Confession hielten, zu veranlassen, dieses Bekenntnis von neuem zu unterschreiben und zugleich zu erklären, daß sie die Apologie und die schmalkaldener Artikel in den Hauptpunkten als geltend anerkannten. Der Landgraf ging darauf ein; Naumburg ward als Versammlungsort, der 20. Januar 1561 als der Tag der Zusammenkunft bestimmt; da erklärte plötzlich der Churfürst von der Pfalz, daß er auf keinen Fall die deutsche Confession unterschreiben werde, die 1530 in Augsburg dem Kaiser Carl V. übergeben sei, mit ihrem „unter der Gestalt des Brotes und Weines", sondern nur die, welche auf dem Colloquium zu Worms 1541 dem kaiserlichen Präsidenten, als gemeinsames Bekenntnis überreicht, die auch auf dem frankfurter Fürstentag von mehreren Ständen approbirt sei, in der es heiße: quod cum pane et vino vere exhibeantur corpus et sanguis Christi vescentibus in coena Domini." — Doch der Einwand kam zu spät; man machte aus, in Naumburg selbst solle diese Frage erst zur Sprache kommen.

Die Schweizer waren empört über diese neue Vereinigung auf die augsburgische Confession. Bullinger antwortete dem Landgrafen auf seine Aufforderung zum Beitritt: *) „Die zürcher Kirche verachte die augsb. Conf. nicht, und weise sie nicht unbedingt zurück, gebe ihr aber auch nicht unbedingt Beifall, noch lege sie ihr gleiche Autorität mit der heiligen Schrift bei, so daß man ihr gar nicht widersprechen dürfe. Namentlich sei Einwendung zu erheben gegen den zehnten Artikel, wofern er, wie die schrofferen Lutheraner wollen, nach der Apologie erklärt werde; ferner gegen die Art, wie sich die augsburgische Confession über die Messe, Ohrenbeichte und bischöfliche Gewalt ausdrücke." — Calvin hatte schon im Mai an Bullinger geschrieben, daß er „an den Affen Luthers schon längst verzweifelt sei", auch nicht auf Jacob Andreae und Aehnliche viel Hoffnung setzen könne **); nicht viel später ließ er drucken: „Nun geht das so

*) Pestalozzi S. 411.

**) Henry III., 1. S. 351.

weit, daß diese Rasenden eine förmliche Synode zusammenzurufen gedenken, auf der uns durch eine öffentliche Erklärung jeder Zugang zu einer Wiederversöhnung für immer versperrt werden soll. Ich gebe zu bedenken, was daraus folgen würde, wenn dieser wahnsinnige Gedanke zur Ausführung käme. Die Reformirten aller Länder würden sich dagegen erheben; die Königin von England würde sich aufs tiefste beleidigt fühlen; die allgemeine Feindschaft und Trennung von diesem Augenblick an unheilbar werden, und der Jubel der Katholiken alle Welt belehren, daß sie einen größeren Sieg errungen, als sie jemals hatten hoffen dürfen."

Es war in einer Schrift, in der Calvin sich so äußerte, die er gegen Tilemann Heßhus schrieb. Heßhus hatte nämlich in einer Abhandlung: De praesentia corporis Christi in S. Coena contra Sacramentarios," bittere Klage darüber geführt, daß der Irrthum Zwinglis und Calvin's nicht nur unter dem gemeinen Mann, sondern auch bei den Hohen in der Welt Eingang finde. Die Fürsten und Regiernngen zögen die Ruhe in der Welt dem Frieden in Gott vor; den Geistlichen würden Gesetze vorgeschrieben; das Amt der Schlüssel dürfe nicht mehr nach Christi Befehl geübt werden; Lehrer, die immer sich fügten, würden beifällig aufgenommen. Er wolle von den epikuräischen Dogmen Zwinglis und Calvins abschrecken; dem Plane, unter dem Schilde der augsburgischen Confession Calvins Lehre zu verbreiten, entgegentreten. Er riethe, eine Synode gelehrter, rechtgläubiger Theologen zu halten. Aber trotzdem, daß der Superintendent Marbach und der gelehrte und angesehene Richter Erasmus von Venningen, die auch die Unterdrückung des Lutherthums fürchteten, durch Correcturen den Druck der Schrift, die in der Pfalz zu drucken verboten war, in Straßburg möglich zu machen suchten, wurde die Herausgabe dieser Abhandlung vom October 1559 bis Juli 1560 hingehalten, und

*) Planck p. 382: Jena, 1560. 4. Eine andere Ausgabe „Noribergae 1561" enthält auch die Thesen der heidelberger Disputation.

nur in Jena konnte sie ans Licht treten. *) — Calvin schrieb nach ihrem Erscheinen an Olevianus, nicht ohne Verdruß habe er sie durchlaufen können. Die Geschwätzigkeit des Rabulisten sei mehr ekelhaft, als daß sie Galle errege. Noch habe er sich nicht entschloßen, ob er überhaupt antworten wolle; gewiß werde er aber solchen Thorheiten nicht viele Tage widmen. Allein, als eine Schrift Melanchthons über den Abendmahlsstreit jetzt, nach dem Tode des Verfassers, in Druck erschien, da schwieg Heßhus wieder nicht, sondern gab, noch im J. 1560, eine Responsio ad praejudicium Philippi Melanchthonis de controversia coenae Domini heraus. Mit der höchsten Hochachtung sprach er von Melanchthon selbst; er sei ihm während seines Lebens immer theuer gewesen; aber der Kirchenrath zu Heidelberg, der nach des Verfassers Tode diese Schrift habe drucken lassen, riefe ihn zu einer Entgegnung auf. Melanchthon habe so nur schreiben können, weil er fälschlich berichtet worden, er, Heßhus, habe den Streit begonnen; das sei nicht der Fall; Klebitz sei der Anstifter gewesen. — In der That findet sich in Melanchthons Briefen nie eine Aeußerung gegen Heßhus, wie er nie gegen ihn aufgetreten ist, bis 1560; erst am 9. März dieses Jahres, hören wir von ihm die Klage **), daß Heßhus sich von ihm getrennt habe, da er merke, daß die flacianische Partei am Hofe, wie im Volke, mit günstigem Winde fahre. Allein diese Responsio ward doch die Veranlassung, daß Paul Eber eine Schmähschrift wider Heßhus erließ, weil er seinen alten Freund, der kaum die Augen geschlossen, angegriffen sah ***).

Und Eber war nicht der Einzige, der gegen Heßhus auftrat. Die Schweizer waren so stark von ihm angegriffen, daß sie nicht schweigen konnten. Beza schrieb zuerst nur eine Widerlegung des Buches De praesentia corporis Domini; fühlte sich aber gedrungen, eine „Abstersio calumniarum, quibus aspersus est Joannes Cal-

*) Wilkens S. 59.
**) Corp. Ref. IX. p. 1066. 1068.
***) Planck V. 2 S. 452.

vinus a Til. Hesshusio" hinzuzufügen, da Heßhus, wie er sagte, die unkundigen Menschen hätte überreden wollen, daß es keinen gefährlicheren Menschen, als Calvin, gebe. Diese Schriften bildeten den Anhang zu den Dialogen, die zu Genf 1561 herauskamen unter dem Titel: Κρεωφαγία sive Cyclops. Ὄνος συλλογιζόμενος sive Sophista. Dialogi duo de vera communicatione corporis et sanguinis Domini adversus T. Hesshusii somnia." Diese Dialogen haben sehr verschiedene Urtheile erfahren. Heppe sagt mit Recht: „Die sarkastische, in Hohn und Spott sich ergehende Polemik, die Beza in dieser Schrift anwendet, ist freilich nicht der Ton, in welchem kirchliche Streitfragen verhandelt werden sollen." Anders urtheilt Planck*); aber Heppe hat ohnstreitig Recht, daß „in diesen Dialogen Bezas Witz nicht immer der glücklichste ist". Denn Beza läßt gleich zu Anfang Theophilus und Eusebius sich streiten, ob der Cyclope, der ihnen entgegenkommt (Heßhus ist gemeint) ein Löwe, ein Affe oder ein Esel ist. Theophilus (Beza) erkennt ihn für einen Esel und redet ihn nun immer an: „Mein Doctor Esel!" ja, er behandelt ihn, wie einen Esel, stoßt und schlägt ihn. Heßhus muß dann halb deutsch (und zwar schlecht deutsch) halb lateinisch sprechen, z. B.: Vah, min lieber herr! Hoccine est factum Christiani hominis, praetereuntem viatorem caedere?" und auf diese Weise gehts durch beide Dialoge fort, so daß Theophilus das zweite Gespräch schließt: „Und du wirst ein Esel bleiben in Ewigkeit!" Gewiß, der Witz ist nicht fein! Aber daß Planck das nicht gefühlt hat, erklärt sich, wenn man diese Dialoge nicht in der Original-Ausgabe**), sondern in Bezas gesammelten Werken liest. Denn der Verfasser hat sich wohl selbst seines Werkes geschämt; und bei der Herausgabe seiner Tractiones theologicae, wenigstens bei der zweiten Ausgabe (Genf 1582) die beiden Dialoge in Einen verarbeitet, und nicht nur die Personen des Eusebius und des Molitor, des Müllers, der den Eigenthümer des Esels spielte, gestrichen, sondern auch die ganze

*) Protestant. Lehrbegriff V., 2. S. 480 Anm.

**) Genevae. Excudebat Conradus Bodius, 1561.

Einleitung, die Anspielungen auf den „Esel", die Schimpfwörter, bis auf wenige, weggelassen. Auf diese Weise castrirt, erscheint nun freilich das Gespräch zwischen Theophilus und Heßhusius ganz anders, man könnte sagen, meisterhaft. Der Dialog ist lebendig, und die einzelnen Punkte der Schrift von Heßhus werden der Reihe nach gründlich besprochen. Beza wirft dem Heßhus vor, daß er ein Nachfolger von Westphal sein will, der die ganze Tragödie wieder angefangen habe; daß er und seine Partei keine Ehrfurcht vor den Fürsten und Obrigkeiten der sächsischen Länder und Städte, keine Dankbarkeit gegen ihre Lehrer hätten, daß sie die beiden Lichter ihres Vaterlandes, die Universitäten, auf alle Art zu Grunde zu richten suchten. — Beza erkennt übrigens mit Freuden an, daß Heßhus erkläre: Nihil extra usum habere rationem sacramenti. „Das, ruft Theophilus, haben sie endlich von dir gelernt, o Philipp, deine undankbaren Schüler! Wir Sacramentirer haben, Gott sei Dank, nie anders gedacht und geschrieben."

Neue Beweisgründe bringt Beza in den Dialogen gerade nicht vor. In der Abstersio calumniarum, die übrigens auch in der spätern Ausgabe von Bezas Tractationes castrirt ist, spricht er wol vom Sacrament im Allgemeinen und von der Taufe (der Nichtnothwendigkeit der Taufe von Kindern der Gläubigen zur Seligkeit, vom Verbot der Taufe durch Frauen), aber nicht vom Abendmahl. Es war diese Abfertigung schon durch die spätere Schrift von Heßhus, die Pia defensio confessionis de vera praesentia corporis Christi in Coena adversus calumnias Calvini, Boquini, Bezae, Clebitii et similium (1561. 8.) hervorgerufen. Denn auch Calvin hatte nicht schweigen können. Er hatte zugleich mit einer Antwort an die Polen über den Irrthum des Stancarus, eine Dilucida explicatio sanae doctrinae de vera participatione carnis et sanguinis Christi in s. Coena, ad discutiendas Heshusii nebulas, Genf 1561, herausgegeben, in der er zeigte, wie er ganz derselbe geblieben war, der er beim Beginn des Kampfes gewesen. Nicht nur hat sich seine Ansicht gar nicht geändert; auch die ganze Art, wie er gegen Heßhus auftrat, war gerade dieselbe, die er gegen Westphal bewiesen. Voll Schmerz über verletzte Ehre schämt der große Calvin sich nicht, den Gegner nicht nur mit Schimpfwörtern zu belegen, sondern die schlechtesten persönlichen Motive ihm unterzulegen. „Also das ist das Schicksal (conditio), beginnt Calvin diese Schrift, das mir von Gott zu tragen auferlegt ist, daß von allen Seiten unverschämte gottlose, rasende Menschen sich gleichsam verschworen haben, ihre Galle insbesondere gegen mich auszuspeien! Sie schonen freilich auch nicht andere ausgezeichnete Männer, nein, sie beschimpfen die Lebenden und verunglimpfen die Namen der Todten; aber auf mich stürzen sie mit einer desto mächtigeren Heftigkeit; und das aus keiner andern Ursache, als weil sie Satan, dessen Sklaven sie sind, in dem Maße desto hitziger stachelt, als er meine Bemühungen um die Kirche erfolgreich sieht. Die alten Rabulisten übergehe ich, ihre Verleumdungen sind schon abgenutzt. Neulich ist Staphylus gegen mich hervorgetreten, ich weiß nicht, welch schändlicher Apostat! Von der andern Seite ließ Nicolaus Gallus seinen Uhu-Ruf gegen mich aus. Dann kam aus einem andern Loche Tilemann Heßhus, von welchem Menschen ich lieber die Leser aus seinen Thaten und Schriften sich ein Urtheil bilden lassen will, als selbst meine Meinung vorbringen. O Philipp Melanchthon! Denn dich nenne ich, der du mit Christo bei Gott lebst, und uns dort erwartest, daß wir mit dir zu der ewigen Ruhe versammelt werden. Du hast hundert Mal gesagt, wenn du von Arbeit und von Beschwerden ermattet, treulich dein Haupt in meinen Schoos legtest: Möchte ich doch, möchte ich doch sterben in diesem Schoos! Ich aber habe später tausend Mal gewünscht mit dir zusammen zu sein! Gewiß du wärest muthiger gewesen, die Kämpfe zu bestehen, den Haß zu verachten, stärker, die falschen Beschuldigungen für nichts zu achten! — Ich habe nicht vergessen, was du mir einmal geschrieben hast: „Ich weiß, ich schreibe die Worte selbst, die du gebraucht hast, ich weiß, daß du durch deine ausgezeichnete Klugheit aus den Schriften deine Gegner nach ihrer Natur und was sie vorstellen auf der

Bühne zu beurtheilen weißt.“ Aber ich besinne mich auch, was ich dir geantwortet habe: „Ja, du erinnerst klüglicher Weise daran, daß unsere Widersacher nur das im Auge haben, sich auf dem Theater Beifall zu verschaffen.“ — Von Worms aus beklagtest du, als du mir schriebst, daß die Sachsen, die aus dem benachbarten Lande abgesandt seien, weggegangen wären, nachdem sie unsere Kirche in den Bann gethan, und fügtest hinzu: „Nun feiern sie zu Hause ihre Triumphe, wie nach dem Cadmaeischen Sieg.“ In einem andern Briefe verschweigt Calvin seinen Wunsch auch nicht, „angeekelt durch der Gegner unversönliche Raserei und Wuth!“ — Von Staphylus sagt Calvin, er hat mir den Namen einer Secte, die er gebildet, angeheftet. Er lehrt, daß das Energisten seien, die nur die Kraft des Leibes Christi, nicht den Leib selbst im Abendmahl sein lassen wollen. Er macht Melanchthon zu meinem Genossen und citirt zum Zeugnis meine Schriften gegen Westphal. Sieh, mit welchem Koth er seine Patrone bewirft!“ — „Was soll ich aber mit Heßhus machen? der das feste Vertrauen hat, weil er mit einem hochtönenden und wohlklingenden Wortschwall prächtig ausgerüstet ist, daß durch seinen Hauch, was seinen stürmenden Angriff aufhält, zu Boden sinken muß? Die, welche ihn näher kennen, sagen, daß er überzeugt ist, daß er durch seine Paradoxen und absurden Behauptungen besonders sich Ruhm erwerben werde, vielleicht, weil ihm seine ungemäßigte Natur dahin reißt, oder weil er sieht, daß ihm, wenn er ruhig lehrt, kein Ruhm übrig bleibt, da er doch aus Eifersucht bis zur Raserei entbrennt. Wenigstens in seinem Buch gibt er sich als einen unruhigen Menschen von unbedachtsamer Kühnheit und Verwegenheit zu erkennen. Er macht es so, wie Cicero sagt, daß die närrischen Rabulisten seiner Zeit es gemacht haben, sie erregen die Erwartung, den Preis zu erlangen, dadurch, daß sie aus einer alten Rede etwas stehlen. So sammelt dieser treffliche Redner einige passende, schlagende Stellen aus seines Lehrers Melanchthons Werken und schmeichelt sich dadurch ein, ja, erlangt eine gewisse Majestät, wie ein Affe, der sich in Purpur kleidet, oder ein Esel, der sich mit dem Felle eines Löwen bedeckt. Er predigt von den ungeheuren Gefahren, die er zu bestehen gehabt, während er doch immer, eben so ruhig, wie glänzend, seinen Vergnügen nachlebte. Er redet von vielfachen Sorgen, während er zu Hause große Schätze zurücklegte, immer seine Arbeit für hohes Honorar verkaufte, Alles aber für sich allein verschlang. Es ist zwar wahr, daß er, da er an vielen Orten sich ein sicheres Nest hat bauen wollen, öfter durch seine eigene Unruhe vertrieben ist; — aber wenn ein Mensch voll von unersättlichem Ehrgeiz, streitsüchtig, unerträglich durch unbändige Rohheit ist, so ist kein Grund zu klagen, daß er mit Unrecht beunruhigt ist, wenn er durch eigene Unverträglichkeit Andern schwere Belästigungen verursacht." Dann führt Calvin aus, wie Heßhus Melanchthon, seinen Lehrer, behandelt; „wenn er ferner seine (Calvins) Erklärung des Abendmahls ein epicuräisches Dogma nennt, was ist es anders, als eine unanständige Frechheit zu schimpfen, wie Trinker und Hauswirthe kämpfen! Er selbst zeigt in seinem Betragen einen Epicuraeismus; aber unsere Genügsamkeit, unsere beständige Sorge für die Kirche, unsere Standhaftigkeit in Gefahren, unser Fleiß in unserm Amte, unsere ernste Uebung in der Beschauung der himmlischen Dinge ist ein Zeugnis, daß wir weit entfernt sind von der profanen Verachtung Gottes. Wäre doch dieser Thraso sich seiner selbst bewußt! Doch über seine Person habe ich schon mehr gesagt, als ich wollte. Allein genauer auf die Sache, die er vorträgt, einzugehen, ist überflüssig. Obgleich er freilich mit großer Ruhmredigkeit auftritt, so treibt er doch nichts, als die alten Thorheiten Westphals und ähnlicher Menschen Geschwätz. Von Gottes Allmacht, daß man einfach Glauben an Gottes Wort haben müsse, daß man die Vernunft unterdrücken müsse, redet er mit köstlichen Worten, wie er von Besseren gelernt hat, zu denen auch ich mich glaube zählen zu können. Und ich zweifle nicht, daß er, wie er in seiner Ruhmsucht kindisch thöricht ist, meint, Melanchthon mit Luther vorzustellen, weil er komischer Weise des Einen Redensarten borgt, des Andern Heftigkeit, weil er nicht besser ihm nachahmen kann, mit Schreien und Lärmen ersetzt. Aber daß ich nicht über

Gottes Allmacht streite, das Geheimnis des Mahles nicht nach der Vernunft bemesse, Gottes Wort nicht Glauben versage, zeigen meine Schriften. Heßhus wiederholt immer: „Wir lehren", „Unsere Ansicht ist", „In der Farrago, die Westphal gesammelt, liest man"; und doch kommen bei ihnen wunderbare Widersprüche vor. Westphal versichert ganz kühn, daß Christi Leib mit den Zähnen zerbissen werde, und bestätigt, was beim Gratian in Berengars Widerruf steht.*) Das billigt Heßhus doch nicht; er will den Leib mit dem Munde essen, aber nicht mit den Zähnen berühren, und tadelt heftig jene crasse Art des Essens. Nach allen seinen Prahlereien will Heßhus als Kern der Frage hinstellen, „ob der nicht die Substanz des Leibes Christi aus dem heiligen Mahle nimmt, der leugnet, daß der Leib selbst mit dem Munde genossen wird. Ich aber habe ja ohne Umschweife die Art und Weise der Mittheilung definirt, die Einheit nicht auf die göttliche Essenz beschränkt, sondern bestätigt, daß sie sich auf das Fleisch und das Blut erstreckt, da nicht gesagt ist: Mein Geist ist die Speise, sondern Mein Fleisch. Ich bestimme scharf, daß dasselbige Fleisch, das von uns genommen wird, uns lebendig macht, indem es uns eine Speise zum geistlichen Leben wird; und ich ergreife gern den Ausspruch Augustins: „Weil Eva aus der Seite Adams gebildet war, so fließt aus der Seite Christi uns das Leben zu (vitae originem et principium). — Calvin setzt dann wieder auseinander, wie die buchstäbliche Auffassung aller Wörter unmöglich, und darum eine Metonymie anzunehmen, nothwendig ist. Heßhus sagt, schreibt er, das Brod sei im eigentlichen Sinn der Leib Christi, und rechtfertigt das mit verschiedenen Deutungen, daß das heiße, unter oder in dem Brote sei der Leib Christi. Doch wen überredet er dadurch, daß das Brod dann doch nur ein Zeichen ist? Oder wen überzeugt er, daß das Brod nicht anzubeten sei, wenn es wirklich der Leib Christi ist? Denn solche Redensarten „der Leib ist in oder mit dem Brod," heben den eigentlichen Sinn der

*) Vergl. dagegen oben S. 176. 178.

Worte auf. Wir haben immer die Folgerung gemacht: „Wenn Christus in dem Brote ist, so ist das Brot anzubeten;“ jetzt aber dürfen wir um so mehr so schließen: „Wenn das Brod vere et proprie Christus ist, so u. s. w.“ Vergebens sucht Heßhus dadurch zu entfliehen, daß er behauptet, es sei keine hypostatica unio; denn da entsteht sogleich wieder der Einwurf, daß da, wo das Eine die Substanz des Andern genannt wird, dieselbe Sache sein muß; er mag immerhin leugnen, daß er eine Metousia annimmt. Dasselbige gilt von der inclusio, weil Christus nicht an Einem Orte Sich aufhalten (continetur) und zugleich an mehreren Orten sein kann. — Heßhus wendet zwar ein, die Vernunft sei die Gegnerin des Glaubens; aber es gibt drei Grade der Vernunft. Von Natur ist uns Vernunft angeboren, die ist nicht, ohne Gott zu beleidigen, zu verdammen; aber die hat ihre Grenzen und geht aus (evanescit), wenn sie diese überschreitet. Die Vernunft ist 2) in der verderbten Natur des Menschen selbst voll Fehler (vitiosa), zumal wenn der sterbliche Mensch die göttlichen Dinge, die er nur annehmen (suscipere) muß, seinem Urtheil unterwerfen will. Dies ist der Zustand der Trunkenheit, die süße Verrücktheit des Gemüthes, aus der der beständige Widerstreit gegen den Gehorsam des Glaubens hervorgeht, weil wir, um in Gott weise zu werden, nothwendig erst uns für Thoren halten müssen. Der dritte Grad der Vernunft ist der, wo der Geist Gottes und die heilige Schrift den Menschen regiert. Nachdem Calvin dann auf die frühere Weise auseinandergesetzt hat, wie die Metonymie sich auf „Brod“, als das Zeichen, nicht auf Christus bezieht, und wie Christus, wiewol dem Leibe nach im Himmel, doch dem Geiste nach gegenwärtig ist; kommt er auf die Behauptung seines Gegners, daß wir nicht nur durch den Glauben des Leibes Christi theilhaftig werden, sondern auch mit dem Munde essentialiter oder corporaliter Christum in uns aufnehmen. Da wundert er sich, daß Heßhus sich so gewaltig gegen das Zerbeissen mit den Zähnen und das Verschlucken mit dem Halse verwahrt, da man doch sonst die Speise nicht mit dem Munde aufnehmen könne. Dann führt Calvin aus, wie Christus Sich uns nicht weniger durchs Evangelium, wie durchs Sacrament mittheilt; und bemerkt zuletzt, wie er es lieber mit Stillschweigen übergangen hätte, daß sein Gegner noch darauf den Nachdruck so scharf und beschwerlich lege, daß auch die Unwürdigen den Leib Christi empfangen. Allein nachdem Calvin auf diese Weise zugleich des Gegners Unwissenheit, mit seiner Unverschämtheit, Dummheit und Frechheit glaubt zurückgewiesen zu haben, so daß er nicht nur bei den guten Männern von gesundem Urtheil in üblen Geruch kommen müsse, sondern auch bei den Seinen, da er so unglücklich für ihre Sache gefochten, keine Achtung mehr finden könne, hielt er es doch noch für nothwendig, das, was Heßhus vorgebracht, kurz zu widerlegen, damit Heßhus durch seine großsprecherischen Prahlereien nicht die Einfältigen betrüge. Doch kaum beginnt Calvin von der „Allmacht Gottes", so kommt er schon wieder auf sein altes Thema von der Metonymie zurück und redet wieder auf die alte Art. Bemerkenswerth ist das Geständnis, das er hier macht, daß er nicht selbst die Zeugnisse der alten Kirche gesammelt; das, sagt er, habe zuerst Oecolampad, dann Bullinger gethan, Peter Martyr habe sie aber so gehäuft, daß nichts zu wünschen übrig bleibe. Er selbst wolle sich mit kurzen Anführungen begnügen, damit der Leser erkennen könne, daß der neue Antiquarius nicht weniger dürre und nichtsnutzig sei, wie Westphal es gewesen! Es wäre wunderbar, daß Heßhus den Damascenus und Theophylact nicht unter die letzten Kirchenväter rechne, ob er doch ihre Zeugnisse zu gebrauchen sich schämt. Mehr Gelehrsamkeit und frommer Sinn, als in beiden, würden gelehrte und gesunde Leser freilich im Opus imperfectum des Chrysostomus ad Matthaeum finden, von wem dieses auch herrühren möge. Heßhus wähle sich nach Gutdünken die Schriftsteller aus; er beginne mit Ignatius, dessen Briefe doch mitunter selbst ein Mönch nicht für die seinen anerkennen würde; er führe Irenaeus, Tertullian, Hilarius an, die gar nicht einmal für seine Meinung sprächen, ebenso Cyrill, und nachdem er so sich aus den Kirchenvätern einen nichtssagenden, lächerlichen Triumphzug bereitet habe, rühmt er sich noch unverschämter Weise, daß er nicht verschweigen wolle, daß er Clemens Alexandrinus, dessen Zeugnis ihn belasten würde, übergangen habe. „Wenn in dem Vieh, schließt Calvin diesen Theil, etwas Geist oder Gelehrigkeit wäre, würde ich mich von seinen Schmähungen reinigen, aber weil er ein ungezähmter Stier ist, dessen Frechheit zu unbändig ist, laß ich Beza ihn zahm machen. Calvin schließt hieran einen Vorschlag: Optima ineundae concordiae ratio, si extra contentionem quaeratur veritas. Zuerst, schreibt er, ist zu bestimmen, worin unter uns schon ein Einverständnis ist; denn was beim Beginn des Streites am meisten von beiden Seiten die Gemüther erhitzte, ist schon außer Frage. Aufs gehässigste hob man auf der einen hervor, daß die Geistesgaben an die äußeren Zeichen gebunden seien, während von der andern nur nackte, leere Figuren, ähnlich den Schauspieleraufzügen (theatricis pompis) überblieb. Nun aber bekennen wir von beiden Seiten: 1) Die Sacramente sind nicht Zeichen des Bekenntnisses vor den Menschen, sondern Zeugnisse und Unterpfänder der göttlichen Gnade und Siegel der Verheißungen, welche unsern Glauben besser befestigen. 2) Gott bietet uns durch die geheime Kraft Seines Geistes, was Er durch die äußern Zeichen abbildet; also von Seiten Gottes werden uns nicht leere Zeichen geboten, sondern solche, mit denen die Wahrheit und die Kraft zugleich verbunden sind. 3) Die Geistesgabe ist nicht in die äußern Zeichen eingeschlossen, weil diese nicht auf gleiche Weise und nicht Allen ohne Unterschied nützen, auch die Wirkung nicht in demselben Augenblick erscheint, sondern Gott bedient sich der Sacramente frei, wie es Ihm gut scheint (prout visum est), so daß sie den Auserwählten Hülfsmittel zum Heile sind, den Andern Nichts bieten, und sie deshalb ins Verderben gehen lassen (aliis nihil conferunt). Endlich die Sacramente nützen nichts, wenn sie nicht im Glauben genommen werden, der ein besonderes Gnadengeschenk des Geistes ist, und nicht von irdischen Elementen abhängt. Was das Abendmahl insbesondere betrifft, ist man übereingekommen, daß unter den Symbolen des Brotes und Weines die Gemeinschaft des Leibes und Blutes Christi vorgestellt wird, und daß uns nicht blos ins Gedächtnis gerufen wird, daß Christus einmal am Kreuze für uns geopfert wird, sondern daß die heilige Einheit uns unwiderruflich bekräftigt ist (unitatem nobis sanciri), wodurch Sein Tod unser Leben wird, da wir, in Seinen Leib eingepflanzt, in Wahrheit von Ihm genährt werden, nicht anders, wie Speise und Trank unsern Leib nähren. Auch darin stimmen wir überein, daß Christus re ipsa et efficaciter Alles, was die Analogie des Zeichens und der bezeichneten Sache fordert, erfüllt, und daß deshalb uns in Wahrheit im Abendmahl die Gemeinschaft mit Seinem Leibe und Blute angeboten wird, oder, was dasselbe bedeutet, ein Unterpfand unter dem Brote und Weine uns vorgesetzt wird, das uns des Leibes und Blutes Christi theilhaftig macht. Es bleiben nun die Punkte über, die noch nicht klar sind. Jeder Vernünftige wird bekennen, daß der Kampf nur über die Art des Essens entsteht. Unsere Erklärung (definitio) ist, daß der Leib Christi verzehrt wird, weil er eine geistige Nahrung der Seele ist; eine Nahrung nennen wir ihn, weil er durch die unbegreifliche Kraft Seines Geistes uns Sein Leben einhaucht. Wenn aber Einige den Leib Christi verschlucken wollen, so stützt sie nicht das Ansehn der Schrift. Auf das Wort „ist" zu bestehen, ist nicht der Vernunft gemäß; das Wort muß dem Sacramente gemäß so erklärt werden: Das Brod ist die Gemeinschaft des Leibes Christi. Das Wort „Leib" wird figürlich aufs Brod übertragen, doch nicht, um nur ein leeres Bild des Körpers zu sein, sondern metonymisch, um zu zeigen, daß Christus nicht so das Brod ist, wie Er der Sohn Gottes ist. Vor Allem muß der Einwand von der Unermeßlichkeit des Körpers weggeräumt werden. Jeder Person des Mittlers müssen seine Eigenthümlichkeiten bleiben; denn etwas anders ist eine unio, als eine unitas. Ist dies geschehen, so können die Redensarten „unter und mit dem Brote" zugelassen werden. Vergebens wird über den „zwiefachen Leib" gestritten. Verändert hat sich der Leib Christi (conditio in Christi carne), da er in die Herrlichkeit aufgenommen ward; demnach muß feststehen, daß nur der gekreuzigte Leib uns im Abendmahl dargeboten wird. Ueber die Art ist nur festzuhalten, daß es nicht nöthig ist, daß die Essenz des Leibes vom Himmel herabsteigt, sondern daß die Kraft des Geistes genügt, die Schwierigkeit der Entfernung aufzuheben. Um den Anstoß wegen der Substanz zu heben, ist festzusetzen, daß wir des Fleisches Christi substantialiter theilhaftig werden, nicht durch eine fleischliche Vermischung, oder weil das Fleisch vom Himmel kommend in uns eindringt, oder weil es mit dem Munde verschlungen wird, sondern weil das Fleisch Christi unsere Seelen nicht anders lebendig macht, wie die Substanz des Brotes und Weines unsern Körper. Wegen des Ausdrucks spiritualiter ist zu bestimmen, daß es im Gegensatz zu „carnaliter" gebraucht wird, zu bezeichnen, daß der Leib Christi im Himmel bleibt, und uns, die wir auf Erden wandeln, dennoch das Leben aus seiner Substanz zufließe. (Diese Lebenskraft kann nicht unpassend ein Abstract von Seiner Substanz, abstractum aliquid a substantia, genannt werden.) Wenn man sagt, daß wir einen doppelten Genuß Christi verwechseln, leugnen wir, daß es einen sacramentlichen Genuß gibt, wie sie sich denselben vorstellen, die einen Genuß der Substanz des Fleisches ohne Wirkung und Gnadenbezeugung wollen. Die Unwürdigen empfangen sacramentaliter den Leib Christi, nicht in Wahrheit und in der That (non vere et re ipsa), sondern nur im Zeichen. Das Band unserer Vereinigung mit Christo ist allein der Glaube. Darum empfangen nur die Gläubigen Christum. Christus bietet Seinen Leib Allen an, aber weil die Ungläubigen sich die Thür zur Gnade verschließen, empfangen sie nicht, was ihnen angeboten wird.

Aus dieser Erklärung geht hervor, daß Calvin trotz aller seiner scharfsinnigen Bestimmungen, dennoch in keinem Punkte dem Gegner nachgegeben hat, oder auch nur ihm entgegengekommen ist.

Während Calvin aber so sich immer mehr auch von den andern reformirten Kirchen isolirte, hatte Westphal nicht umsonst mit den deutschen Theologen an einer wahren Vereinigung gearbeitet.

Freilich Melanchthon schloß sich aus; er wollte seine vermittelnde Stellung nicht aufgeben und konnte nicht lassen, gegen Westphal namentlich den alten Vorwurf trotz des Widerspruchs von Westphals Seite (s. S. 109) zu wiederholen. Noch im Juli 1559 schreibt er nach Breslau ganz erzürnt, daß auch Leonhardus Stöckel schreibet, ich und Andere sollen uns mit Westphalo zusammenthun und des Westphali Schriften helfen stärken; das will ich nicht! *) Was Melanchthon gegen Westphal einnahm, war seine Liebe zu Hardenberg und Westphals Anhänglichkeit an Flacius.

Hardenberg hatte noch immer in Bremen zu leiden durch Timanns Partei (s. S. 82). Trotz aller Bemühungen der Fürsten, Städte, wie der Theologen, schien Bremen nicht wieder zur Ruhe kommen zu sollen. Timanns im Jahre 1557 erfolgter Tod; der Einfall Christof von Vrisberg ins bremische Gebiet; die Wegführung eines Theils der Rathsherren und des Domcapitels hatte den Streit nicht enden können; ja, man hatte den ursprünglichen Streitpunkt ganz aufgegeben; von der Ubiquität, gegen die Hardenberg sich zunächst erklärt hatte, nicht mehr geredet **), da von Eitzen und die hamburgischen Pastoren schon in ihrem ersten Gutachten darauf gedrungen hatten, daß die Untersuchung auf den ganzen Streit vom Abendmahl zwischen den zwinglischen und den Gegnern sich erstrecken möge, weil Hardenberg auf die Disputation de ubiquitate insidiose darum allein agitiret, daß er das Hauptstück seines Irrthums damit stütze. Dennoch dauerte der Streit fort; ja, er wurde erst recht arg, als der bremer Senat durch den braunschweigischen Superintendenten Mörlin sich bewegen ließ, im De-

*) Corpus Ref. IX. p. 849; ähnlich p. 850 an Buchholzer.

**) Corpus Ref. IX. p. 995, vgl. Planck V., 2. S. 231 Anm. und S. 233 Anm.

cember 1559 den aus Heidelberg vertriebenen Tilemann Heßhus nach Bremen zu rufen und ihm die Superintendentur der Kirche an der Stelle des alten Prawest anzubieten. Heßhus wollte durchaus erst Hardenberg entfernt haben; er wollte mit ihm öffentlich disputiren. Hardenberg, der in einem Briefe an Melanchthon sich bereit erklärte, nach Heidelberg zu gehen, wohin Heßhus erst wieder zurückgekehrt war, und dort mit ihm zu disputiren *), lehnte entschieden ein solches öffentliches Schauspiel in Bremen ab. Melanchthon, dem Hardenberg in Allem folgte, fürchtete großes Unheil für die Kirche von einer solchen theatralischen Vorstellung, wie er es nannte, und schrieb an alle Freunde, von denen er glaubte, daß sie es hindern könnten **). Heßhus verließ deshalb wirklich, weil er die Disputation nicht erlangte, Bremen und ging nach Magdeburg, als Superintendent. Allein die Verfolgungen Hardenbergs hörten nicht auf. Die Fürsten und Städte des niedersächsischen Kreises mußten sich um dieser Händel willen mehrmals versammeln, und am 8. Februar 1561 ward Hardenberg vom Kreistag verurtheilt, und nicht nur er selbst, sondern auch ein anderer Prediger, Grevenstein, der nicht einmal seine Partei ergriffen hatte, sondern nur nicht wider ihn sich erklären wollte, wurde aus der Stadt vertrieben. Er ging erst zum Grafen von Oldenburg nach Rastede, und starb als Pastor in Emden 1574. Nach Hardenbergs Entfernung war durch Morlin und Heßhus der im September aus Jena verjagte Musaeus, als Superintendent nach Bremen gekommen und wollte durch eine strenge Kirchenordnung die Ruhe wiederherstellen (Juli 1561). Allein das Blatt wandte sich; im nächsten Jahre bekam die hardenbergische Partei die Oberhand, und Musaeus mit 12 andern Geistlichen, sowie die Rathsherren, die ihnen anhingen, ja, selbst drei Bürgermeister mußten die Stadt verlassen; Bremen ward reformirt. Auf die nähere Veranlassung dieser letzten Katastrophe werden wir wieder zurückkommen.

*) Corpus Ref. IX. p. 994.

**) Corpus Ref. IX. p. 1000, 1027, 1062, 1066, 1037, 1080.

Der ganze bremer Kirchenstreit ist sehr unerquicklich; er hat keine theologische Resultate geliefert und scheint auch aus keinen religiösen Motiven hervorgegangen zu sein. Von vorn herein traten politische Rücksichten und persönliche Interessen in den Vordergrund. Das Domcapitel mit seinem Bischof nahmen Partei für den Domprediger Hardenberg gegen den Senat und das Stadtministerium, und wiederum waren im Senat die einzelnen Glieder, wohl nicht nur aus theologischem Interesse, feindlich gegen einander. Der Bürgermeister Kenkel war von Anfang an ein eifriger Vertheidiger Timanns gewesen, aber der Bürgermeister von Büren ein ebenso eifriger Anhänger Hardenbergs. Als nun von Büren auf dem Kreistage zu Braunschweig einen Verweis bekommen hatte *), wollten die Gegner ihn bei der nächsten Rathsumsetzung, als ihn die Reihe des Präsidiums traf, nicht auf den Vorsitz lassen; allein die Bürgerschaft war zum großen Theil für von Büren; sie führte ihn aufs Rathhaus und machte ihn zum Präsidenten. Er benutzte dann seine Macht auch so, daß bald die meisten Glieder des Raths, mit ihnen die andern drei Bürgermeister, die Stadt verließen.

Das hamburgische Ministerium blieb immer auf der Seite Timanns. Der Superintendent von Eitzen selbst hatte bei der Zusammenkunft am 13. Mai 1560 mit Mörlin und dem Pastor Becker aus Stade, in der Hardenbergs Sache untersucht werden sollte, Hardenberg als Sacramentsschänder, in contumaciam, verurtheilt. Dennoch war von Eitzen sonst der Richtung Melanchthons sehr zugethan, wie er seinen alten Lehrer persönlich wieder sehr lieb gewonnen hatte, als er im J. 1556 in Wittenberg war, um die Würde eines Doctor der Theologie zu empfangen.

Es zeigte sich dies schon, als sich der Streit über das Abendmahl auch in Hamburg zu regen begann. Ein Prediger zu St. Petri, Joachim Magdeburg, gab im April 1557 eine Schrift heraus: „Von dem alten und neuen Christo. Von dem wahren Christo,

*) Hardenbergs Lehramt (von Elard Wagner, Bremen 1779) S. 334.

welchen der theure Mann Gottes, Dr. Martinus Lutherus, in diesen letzten Zeiten treulich gepredigет; Und von dem falschen Christo, den der Ketzer Berengarius erfunden, den nun die Englischen Propheten, die Sacramentirer nach ihrer blinden Vernunft predigen." Magdeburg hatte auf eine höchst unziemliche Weise sich gegen Melanchthon ausgesprochen. Hardenberg nannte ihn deshalb in einem Briefe einen teuflischen Faselhans und oberflächlichen Schwätzer.*) Der Superintendent von Eitzen, der sich schon an dem Titel der Schrift, wie an dem ganzen Ton, der in derselben herrschte, stieß, trug, als Censor der theologischen Schriften, sogleich beim Rath auf Unterdrückung des Pasquills an. Melanchthon war ihm dafür sehr dankbar und sprach seine Freude darüber gegen ihn, wie gegen den Senator Wetken und den Rector Delius, brieflich aus, zugleich seine Hoffnung, daß sie in der Unterdrückung von solchen Schriften, die nur Zank erregen könnten, immer wachsam bleiben würden, um die Einigkeit in der Kirche zu erhalten.**) Aber die Schrift enthielt doch gravia et utilia, wie selbst der Superintendent in Wismar, Johannes Freder, der frühere Lieblingsschüler Melanchthons, sich ausdrückte, und zeigte den Eifer des Verfassers für Gottes Haus. Westphal und seine Freunde waren deshalb mit der Unterdrückung derselbigen gar nicht zufrieden. Dadurch fühlte Magdeburg sich aufgefordert, die Sache auf die Kanzel zu bringen und fuhr trotz des Verbotes des Senates damit fort, selbst als sein Pastor, Pastor Kruse, der doch auch zur strengeren Partei gehörte, ihn warnte, bis er dafür im Mai seiner Stelle entsetzt ward***). Allein damit war die Sache nicht zu Ende. Die Gegenpartei fürchtete Unterdrückung der reinen Lehre. Der Pastor von St. Jacobi, Johann Bötker, der auch zu ihr gehörte, gab deshalb zu Michaelis schon einen „kurzen und einfältigen Bericht von des Herrn Abendmahl gegen die erneute Sacramentschwärmerei" heraus. „Wer vom

*) Corp. Ref. IX. p, 573.

**) Corp. Ref. IX. p. 436. 437. 439.

***) Greve von Eitzen, S. 50.

Abendmahl unsers Herrn etwas anders hält, als Luther, gehört zu den Freigeistern, hieß es in der Vorrede, aber desungeachtet sind itzund viel ansehnliche gelehrte Leute, an welchen man vorhin anders nicht gespürt, als daß sie mit Dr. Luther eins waren, welche der Sacramentschwärmerei nicht allein nicht widersprechen, sondern sie mit vielerlei Farben anstreichen, sie höflich und mit zweifelhaften Reden zudecken; lassen mit ihrem Namen wissentlich die Schwärmer ihren Irrthum schmücken, verhindern mit ihren Rathschlägen der Obrigkeit eifriges Vornehmen gegen die Schwärmer, halten auch die Schwärmer in großen Ehren, rühmen und recommendiren sie nicht allein ihrer Gelehrsamkeit, sondern auch ihrer besondern Heiligkeit und Weisheit halben u. s. w.“ War es doch in dieser Zeit, daß die flacianische Partei sehr aufgeregt wurde durch den frankfurter Receß. Nach dem traurigen Verlauf des wormser Gespräches *) hatten sich nämlich die Churfürsten von der Pfalz, von Sachsen und Brandenburg mit dem Landgrafen von Hessen und dem Herzog von Würtemberg vereinigt, um die Irrungen unter den Protestanten beizulegen, und am 18. März 1558 in Frankfurt einen Receß unterzeichnet, den Melanchthon früher einmal entworfen hatte. **) Melanchthon selbst erschrak, daß man diese Artikel unterzeichnete; er fürchtete, daß sie nur eine neue Veranlassung zum Streite werden möchten. Und er hatte nicht Unrecht. Die Herzöge von Sachsen nahmen gleich Anstoß an dieser Vereinigung; sie luden die niedersächsischen Fürsten und Stände zu einer Synode ein nach Magdeburg, und als der Magistrat dieser Stadt sich diese Zusammenkunft verbat, ließen sie die benachbarten Geistlichen nach Weimar kommen, um Decrete gegen den frankfurter Receß zu schmieden. ***) Die jenaer Theologen gaben ein Buch heraus, auf dessen Titel der Receß sogar als ein „samaritanisch Interim“ bezeichnet war. Melanchthon antwortete freilich schon

---

*) S. 105.

**) Corp. Ref. IX. p. 489.

***) Corp. Ref IX. p. 555. 565. Planck Bd. VI. S. 203.

im September 1558 *). Allein es folgte eine Erklärung gegen die Artikel nach der andern, von den Fürsten zu Anhalt, den Grafen von Henneberg, den Herzögen von Pommern und Mecklenburg, von Regensburg und Nürnberg **). Auch die Geistlichen von Lübeck, Lüneburg und Hamburg traten in Mölln zusammen, die Artikel zu begutachten. In dem Bedenken, das sie den Senaten übergaben, dankten sie zwar Gott, daß die Chur- und Fürsten an Mittel gedacht hätten, die ärgerliche und schädliche Uneinigkeit in der Religion unter den augsburger Religionsverwandten zu heben. In dem Receß würde ja ausdrücklich gesagt, daß sie die reine, wahre Lehre, die in göttlicher Schrift, den drei Hauptsymbolen, der augsburgischen Confession sammt der Apologie enthalten, zu erhalten gedächten, ohne widerwärtigen Irrthum zu dulden, daß durch diese Schrift auch keine neue Confession solle gegeben werden. Die beiden ersten Artikel von der Gerechtigkeit des Glaubens und den guten Werken seien auch recht und könnten angenommen werden. Ja, auch der dritte vom Abendmahl sei gut und stark gegen der Pfaffen Mißbräuche und die Transsubstantiation; auch ist das eine nützliche Regel, die wir allezeit bewahrt, daß Nichts Sacrament sein kann, außer (buten) der göttlichen Ordnung ***). Auch das Bekenntnis ist extra disputationem, für sich, gut. Doch weil die Sacramentirer jetzt sehr listig sind, so wäre wohl nöhig und gar nütze, daß unsere Lehre besser von dem Irrthum der Sacramentirer unterschieden wäre. Dazu werde 1. Cor. 10, 16 auf eine neue Art allegiret, „die Gemeinschaft mit dem Leibe," statt „des Leibes Christi" gesetzt, worin doch Luther selbst ein vivificum antidotum gegen alle Anfechtungen gefunden. Um dieser Bedenken willen, müsse bei diesem Artikel wohl protestirt werden, daß dies Bekenntnis nicht die augsburgische Confession, die Apologie und die schmalkaldener Artikel praejudicire. So aber bei Chur-

*) Corp. Ref. IX. p. 617.

**) Salig Th. III. S. 370 ff.

***) S. oben S. 107.

und Fürsten zu erlangen, daß dieser Artikel besser erklärt werde, wäre das sehr gut und dienstlich für die Kirche. Der vierte Artikel von den Adiaphoris könne mit guter Conscienz angenommen werden.*) — Westphal war mit von Eitzen auf diesem Convente zu Mölln gewesen.

Die Unzufriedenheit mit der Unterzeichnung der Artikel von Seiten der Fürsten sprach sich gleichfalls bei den Schweizern aus, wie wir (S. 106) gehört, und steigerte sich bei Melanchthon, als er vernahm, daß auch bei der Vermählungsfeier des Markgrafen Carl von Baden, im September 1558, einige Fürsten mit ihren Theologen zu Pforzheim ein Gespräch hielten; **) wie sollten nicht die, welche in Luthers Lehre die Wahrheit gefunden hatten, vor Allem trachten den Schatz, den sie gefunden, zu wahren, da sie ja in allen Bestrebungen der Gegner nur Angriffe auf die schon gefundene Wahrheit sahen! Flacius, der um Ostern 1557 nach Jena gekommen war, drang deshalb in den Herzog Johann Friedrich II., mit seinen Brüdern eine Schrift herauszugeben, die einer wahren Vereinigung zum Grunde gelegt werden könne, indem sie alle Irrlehren zu widerlegen suche. Dem Herzog gefiel der Gedanke, und er übertrug, vielleicht, weil Flacius ihm schon einen Entwurf gegeben, oder weil Flacius gerade am heftigsten mit den Wittenbergern in Streit war ***), die Ausarbeitung den Professoren Schnepf und Strigel, wie dem alten Superintendenten Hügel in Jena. Auf einem Convent mehrerer Theologen und Superintendenten in Weimar wurde die Schrift zur Censur und Approbation vorgelegt; aber dabei kam der Gegensatz zwischen Flacius und den Verfassern, — Schnepf starb inzwischen am 1. November — zum Ausbruch; sie wollten in der Bestreitung des freien Willens bei der Bekehrung des Menschen nicht so weit gehen, wie Flacius, doch dieser gewann die

*) Starkens Lübeckische Kirchengeschichte Th. 1. S. 193.

**) Corpus Ref. IX. p. 616.

***) Corpus Ref. IX. p. 657.

Oberhand und brachte die Verdammung des Synergismus in starken Ausdrücken in die Schrift, die nun im Anfang des Jahres 1559 als das „weimarische Confutationsbuch“ herausgegeben ward. *) Es ist schon früher erzählt worden, welche traurigen Folgen die Herausgabe dieses Buches hatte; Flacius trug die Hauptschuld; seine Aenderung des ursprünglichen Entwurfes veranlaßte, daß selbst die ersten Verfasser, Victorin Strigel und der Pastor Hügel, sich gegen das Buch erklären und die Unterschrift verweigern mußten, ja, als sie, trotz mehrfacher Warnung vom Hofe, auf den öffentlichen Widerspruch bestanden, in der Nacht nach dem Osterfeste 1559 unter militärischen Maßregeln gefangen genommen und auf das alte Schloß Grimmenstein bei Gotha gebracht wurden. Der Herzog wollte durch diese Schrift, wie er selbst schreibt **), seine Unterthanen warnen, daß sie sich vor Irrlehre hüten könnten; denn Gottes Wort solle in seinem Lande rein und lauter erhalten werden, darum auch sollte diese Schrift nicht nur von den Predigern und allen Beamten unterschrieben, sondern auch zu Zeiten auf der Kanzel vorgelesen werden. Flacius selbst war gegen die harten Maßregeln, die der Herzog bei der Einführung ergriff; er sagte, „daß der Arm der Obrigkeit zur Ausrottung der Irrlehren nicht viel tauge“, er bat den Herzog, Strigel und Hügel aus der Gefangenschaft zu entlassen ***). Oeffentliche Disputationen, Entscheidung sachkundiger Richter, in letzter Instanz die einer Synode, das schien ihm der Weg, wie theologische Irrthümer aufgedeckt und beseitigt werden müßten †). Er suchte

*) Confutatio et condemnatio praecipuarum corruptelarum et errorum hoc tempore ad instaurationem et propagationem regni Anti-Christi Romani pontificis aliarumque fanaticarum opinionum incongruentium et grassantium, heißt zum Theil der lange Titel. Corp. Ref. IX. S. 153. Es erschien zugleich deutsch s. Ed. Schmid des Flacius Erbsünde-Streit, in Niedners Zeitschr. für hist. Theol. 1849, 1. S. 18.

**) Corp. Ref. IX. p. 753.

***) Planck Th. 4. S. 604. Anm. Ed. Schmid a. a. O. S. 22.

†) Twestens Flacius Illyricus S. 20.

deshalb auch vor Allem die reine Lehre unter den Professoren der Universität zu erhalten. Westphal hatte die Berufung nach Jena abgelehnt; *) doch gelang es dem Flacius, an Schnepfs Stelle Musaeus zu stellen, der damals noch Prediger im Eichsfeld war. Im nächsten Jahr wurden auch Wigand und Matthäus Judex aus Magdeburg hin berufen. Allein es war die Zeit, in der die Obrigkeiten meinten, durch strenge Maßregeln die Einheit in der Lehre der Kirche und so im Volke aufrecht erhalten zu müssen; auch Heßhus wurde ja gerade in dieser Zeit in Heidelberg entsetzt und aus dem Lande vertrieben, und gegen Hardenberg erhob man sich in Bremen. Erst als der Herzog von allen Seiten, namentlich von dem Landgrafen von Hessen und andern Fürsten, die bittersten Vorwürfe erfahren, gab er im August die Gefangenen vom Grimmenstein los; sie sollten aber in Jena sich aufhalten, und freilich nicht eher lehren und öffentlich sich erklären dürfen, bis sie auf die ihnen vorzulegenden Fragen genügend geantwortet hätten.

Auch in Hamburg hatten die frankfurter Artikel böses Blut gemacht. Westphal nahm für Flacius Partei; er erklärte sich laut gegen Strigel und Hügel, — sie sind Pelagianer, schreiet er, schreibt Hardenberg an Eber, den 11. Juli 1559 **), — vielleicht billigte er deshalb doch noch nicht die Einsperrung; aber von Eitzen, der sich gerade bei der Herausgabe seiner Genesis jetzt wieder gegen Melanchthon über die vielen unnützen Zänkereien beklagt hatte ***), war, wie seine Anhänger, immer nur für die mildern Ansichten, und so entstanden neue Mißhelligkeiten. Als nun Westphal und sein Caplan Georg Tappe den Pastor zu St. Nicolai Dieterich Georgien (eigentlich Dirk Frese, er ward aber verschieden genannt †), wegen seiner calvinischen Ansichten in Verdacht brachten

*) Greves Westphal p. 169.

**) Corp. Ref. IX. p. 839.

***) Greve von Eitzen p. 59.

†) Greve von Eitzen p. 100, und meine Geschichte der St. Nicolai Kirche in Hamburg, S. 127.

und die Nicolai Kirchgeschwornen selbst sich gegen ihren Pastor erhoben, suchte der Rath am 6. Juli durch einen Machtspruch die Ruhe herzustellen, und ließ alle Pastoren, Caplane und Kirchdiener (die andern Prediger in und außerhalb der Stadt) von neuem die augsburgische Confession und ihre Apologie, die schmalkaldener Artikel, die Katechismen Luthers und seine andern Schriften, das Bekenntnis wegen des Interim, der hiesigen Prediger Confession über das Abendmahl vom J. 1557 und die andern Confessionen wider Osiander und Major, desgleichen die Epistel an die Wittenberger über die Adiaphora, unterschreiben, weil sie alle nur diesen gemäß predigen und lehren sollten *). Zugleich suchte der Senat durch einen Zusatz zu der aepinischen Kirchenordnung allen „Factionen und Rottereien" zuvorzukommen, unter der Drohung, daß der Rath sonst ernstlich gegen die Prediger verfahren werde. Das empörte den Stolz der Geistlichen; erst nach längerem Widerstreben, nachdem der Rath sich in milderen Ausdrücken über diese Artikel erklärt, entschloß sich das Ministerium zu der Unterschrift **). Inmitten dieser Unruhen erhielten die Hamburger, wie die andern Superintendenten in Niedersachsen, ein Schreiben von den jenenser Theologen, mit der Aufforderung, jetzt, nach Melanchthons Tode bei der traurigen Verwirrung in der Kirche entweder durch freundschaftliche Uebereinkunft, oder durch gemeinsame Herausgabe ihrer Bekenntnisse, oder durch eine Generalsynode wieder Ruhe und Einigkeit herzustellen. Der erste Weg sei vergebens in Coswig versucht; gegen die Synode wäre, daß die Adiaphoristen nicht kommen würden; sie, die Jenenser, wären deshalb für den zweiten Weg. Die hamburger Theologen waren natürlich in diesem Augenblicke nicht im Stande eine Antwort zu Stande zu bringen, und in den andern Städten in Niedersachsen ging es nicht besser, so daß die Jenenser empört nach einigen Monaten eine zweite,

---

*) Greve: von Eitzen S. 62 und in den Addit. S. 38.

**) Greve: von Eitzen Addit. S. 42. Ausführlicher habe ich über diesen Streit schon 1841, in der Zeitschrift für hamburgische Geschichte Th. 1 S. 219 ff. gesprochen.

ähnliche Aufforderung ergehen ließen, in der sie sich beklagten, daß sie nicht einmal einer Antwort gewürdigt wären. Als dennoch, wie es scheint, wieder nur einige Theologen, einzeln für sich, ihrem Wunsche entsprachen *), so erließen die jenaer Theologen jene Supplik an die evangelischen Fürsten, um eine General-Synode der orthodoxen Theologen zu berufen, die von den Fürsten, wie wir oben gehört haben, so sehr ungünstig aufgenommen ward. In Niedersachsen war diese Schrift zuerst von Joachim Mörlin, auch von Tilemann Heßhus, der noch in Bremen war, und von unserm Westphal unterschrieben. Bald mehrte sich aber die Zahl der Unterschriften; zuletzt erklärten sich alle Prediger im Herzogthum Sachsen, Thüringen, Meissen und Franken bereit **). Andere Prediger waren freilich zaghaft. Der Superintendent von Lüneburg, Henninges, z. B. schrieb schon im Anfang an Westphal, daß er zwar offen bekenne, daß ihm eine solche Synode lieb sein würde, daß er aber mit ihm besorge, daß sich viele Hindernisse in den Weg stellen würden, da er an den Ausgang des Gesprächs zu Worms denke, dem um so größere Unruhen gefolgt seien ***). Als nun die Fürsten nach vielen Verhandlungen im Januar 1561 in Naumburg zusammenkamen, wandten die Flacianer sich mit zwei Bittschriften an dieselben. In der einen baten sie um eine Synode der Theologen; nicht sollten diese Kläger und Richter zugleich sein, wie man fälschlich ihre Ansicht mißdeutet hätte, sondern Gottes Wort solle die einzige Richtschnur des Glaubens sein. In der andern Schrift besprachen sie die Veränderungen, welche mit der augsburgischen Confession vorgenommen waren. Matthäus Judex brachte diese Schriften nach Naumburg, und wandte sich an David Chytraeus. Chytraeus war freilich aus Melanchthons Schule hervorgegangen, aber seitdem er im Jahre 1551 Professor in Rostock geworden war,

---

*) Greve, Mem. von Eitzen p. 67.

**) Salig III. S. 569.

***) Greves Westphal S. 173.

hatte er sich schon in vielen Punkten von Melanchthons Ansicht entfernt und hatte sich in einem Gutachten über den frankfurter Receß, namentlich für die unveränderte augsburgische Confession, wie über die Nothwendigkeit der namhaften Verwerfung der Irrthümer ausgesprochen *). Jetzt war er mit dem Herzog von Mecklenburg in Naumburg. Doch auch Chytraeus half ihnen nicht. Die Fürsten vereinigten sich nach längerer Debatte dahin, die augsburgische Confession in der deutschen wittenberger Ausgabe von 1530 und der lateinischen von 1531 zu unterschreiben; doch in einer Präfation dabei erklären zu wollen, daß diese Unterschrift nur bezeugen solle, daß sie sich keiner neuen Lehre zuwenden wollten; daß sie aber nicht der Meinung seien, daß sie sich dadurch von der Confession, die 1540 und 1542 etwas stattlicher und ausführlicher wiederholt und auf Grund der heiligen Schrift erklärt und gewahrt sei, auch auf dem Colloquium zu Worms von den Ständen dem kaiserlichen Präsidenten wiederum übergeben, angenommen und darüber colloquirt sei, mit dem Wenigsten wollten abweichen. „Darum würden sie auch in ihren Landen nie eine andere Lehre, als die der heiligen Schrift, der augsburgischen Confession und Apologie in rechtem Verstande, dulden und schützen." — Da aber die namentliche Verwerfung der Haeresien, so wie die Erwähnung der schmalkaldener Artikel, in der Vorrede ausdrücklich verworfen wurde, sprachen sich die Herzöge von Sachsen, wie von Mecklenburg, gegen die Vorrede entschieden aus und erklärten die ganze Acte nicht genehmigen zu können, da auch die gegebene Erläuterung der Lehre vom Abendmahl ebenso verfänglich sei, wie die Bestätigung der Confession von 1540. Der Herzog von Sachsen eilte sogleich, am 1. Februar, fort; der Herzog Ulrich von Mecklenburg folgte am 4.; die andern Fürsten aber blieben in Naumburg und forderten die übrigen evangelischen Stände des deutschen Reichs zur Mitunterschrift auf. Allein die oberländischen Stände wiesen fast alle die Einladung ab; die pommerschen thaten

*) Schütze, Vita D. Chytraei I. p. 339. Krabbe; die Universität Rostock I. S. 556.

dasselbe. Die drei engverbundenen wendischen Städte ließen Deputirte ihrer Ministerien sich in Mölln besprechen, um einstimmig auf dem lüneburger Convente aufzutreten. Westphal begleitete den Superintendenten von Eitzen; die Theologen vereinigten sich den Obrigkeiten zu rathen, die Vorrede wegen der Verheimlichung des Zwiespalts, der stattfinde, nicht zu unterschreiben, die Irrlehren dagegen zu widerlegen und ihre Anhänger aufzufordern, sich offen zum wahren Sinn der augsburgischen Confession, der schmalkaldener Artikel und der Katechismen Lutheri zu bekennen; denn die frankfurter Artikel hätten sie verworfen. Ferner schlugen sie vor, das Mandat von 1534 gegen die Anabaptisten und Sacramentirer zu wiederholen; das Concil des römischen Bischofs aber nicht zu beschicken. Im Juli kamen nun die gesammten niedersächsischen Stände in Lüneburg zusammen, um über die naumburger Artikel eine Entscheidung zu treffen. Außer den in Mölln anwesenden Geistlichen waren dahin gekommen aus Bremen: Havemann und Segebade; aus Magdeburg: Heßhus; aus Braunschweig: Mörlin und Chemnitz: aus Wismar: Freder; aus Rostock: der Superintendent Kittel u. A. m. Hier beschlossen die Geistlichen, bei der augsburgischen Confession, der Apologie, den schmalkaldener Artikeln, dem Katechismus und andern Schriften Lutheri zu bleiben; den „Corruptelen“, die sich unter dem Scheine der augsburgischen Confession für Wahrheit ausgaben und doch mit demselben streitig sind, wie z. B. den Lehren Osianders, Majors, der Sacramentirer, Adiaphoristen und Synergisten, zu widersprechen und nach Gottes Wort dieselben zu verdammen; den Papst für den Antichristen zu erklären und ihm alle Gewalt in der Kirche abzusprechen, sich aber bereit zu zeigen, dem römischen Bischof auf einem unpartheiischen Concil in Deutschland zu widerlegen.“ Mörlin, der die Seele dieses Convents war, übernahm die Abfassung, und schrieb eine Vorrede, um die Artikel den Obrigkeiten zu übergeben.*) Voll Freude schrieb

*) Bertram, Lüneburger Kirchenhist. S. 183.

er am 7. August an einen Freund*): „Nun wird Wittenberg toben, Heidelberg rasen, Tübingen sauer sehen; aber es mögen dem Codrus die Eingeweide zerplatzen (nach Virgil) wenn nur die Reinheit der Lehre Christi erhalten wird!" Ja, er ließ die Artikel noch in demselben Jahre drucken. Das empörte den Superintendenten von Eitzen. Er behauptete, gar nicht zu solchem Schritte vom Senate befugt zu sein, hielt auch die Veröffentlichung für den Frieden der Kirche gefährlich, da ja die naumburger Artikel noch nicht einmal gedruckt erschienen wären, da diese selbst noch umzuändern wären, da die leipziger und wittenberger noch gar nicht gehört seien, und Flacius mit seinen Anhängern zu seiner Rechtfertigung ein freies Concil gefordert habe; auch müsse doch die Vorrede erst nothwendig einer Abstimmung unterworfen werden; er z. B. könne sie nicht billigen. Mit solchen Einwendungen wandte sich von Eitzen an den lübeckschen Superintendenten und an Andere. Doch das half nicht. Mörlin ließ von Eitzens Namen mit abdrucken und entschuldigte sich damit, daß von Eitzen auf dem Convente zu Lüneburg zugestimmt habe, daß er ja auch die Leipziger und Wittenberger gar nicht mit Namen angeführt, sondern nur ihre Irrthümer bezeichnet habe, als solche, die nicht in der Kirche geduldet werden sollten. Am 27. August 1561 versammelten sich darauf die niedersächsischen Stände zu Lüneburg. Sie billigten zwar die Schrift und den Widerspruch gegen die naumburger Präfation; allein das Schelten und Lästern der Prediger gegen einander, auch auf den Kanzeln, hatte einen zu hohen Grad erreicht; darum erließen sie eine scharfe Erklärung, das vielbesprochene lüneburger Mandat. In diesem befahlen sie, daß alle Prediger nach der Schrift, der augsburgischen Confession und der Apologie lehren sollten; daß denen, welche sich nicht darnach richteten, nicht zu gestatten, im Lande zu bleiben, ja, nach Gelegenheit der Ueberführung mit Leibesstrafe zu belegen; zugleich verboten sie das Schelten und Lästern von Privatpersonen oder Universitäten, die

---

*) Greve: Mem. von Eitzen, p. 83.

keines Irrthums überzeugt oder nicht durch ordentliches Erkenntnis überwunden wären; ferner untersagten sie alle Famos-Libelle, Schmähschriften, und unziemliche Lieder, die nicht allein zwischen Gelehrten, sondern auch zwischen Fürsten großen Mißverstand erregt hätten.

Es konnte nicht fehlen, daß durch ein solches öffentliches Mandat, alle lutherischen Pastoren sich in ihrer Amtsehre gekränkt fühlten. An allen Orten erhoben sie sich; Chytraeus in Rostock, vor Allen Mörlin, in Braunschweig, Heßhus, der schon nach seinem Fortgange von Bremen in Magdeburg Superintendent geworden war, und den aus Sachsen vertriebenen Wigand und Judex dort Aufnahme verschafft hatte. Sein Trotz auf seine Amtswürde hatte sich zwar auch hier schon stark geäußert, als nun aber auch der magdeburger Magistrat das lüneburger Mandat bekannt machte, stieg er grenzenlos. Der Magistrat mußte ihn wegen seines Polterns und Scheltens von seinem Amte suspendiren; da ließ er durch seinen Kaplan den großen Bann über den Magistrat von der Kanzel verkündigen; ja, er erklärte, den Befehlen des Magistrats nicht nachkommen zu dürfen, da dieser selbst im Banne sei; so mußte er denn zuletzt, am 21. October, mit Gewalt aus der Stadt geschafft werden.

Im hamburgischen Ministerio hatte des Superintendenten Einsprache gegen die Veröffentlichung von Mörlin vielen Widerspruch gefunden. Von Eitzen konnte den Verdrießlichkeiten, die ihm daraus erwuchsen, nicht widerstehen; er reichte zuletzt am 1. Juni 1562 sein Entlassungsgesuch beim Senat ein, folgte dem Rufe des Herzog Adolf von Holstein, und ging als Superintendent nach Schleswig. Am letzten Juni versammelte der Rath alle Geistlichen und legte ihnen das lüneburger Mandat zur Annahme und Nachfolge vor. Westphal, der nun als Senior das Wort zu führen hatte, erklärte aber, daß die Sache zu schwer sei, als daß sie ohne weitere Berathung, noch dazu, da sie ohne einen Superintendenten seien, eine Antwort geben könnten. Der Bürgermeister gestattete ihnen, auf der Schreiberei sich zu besprechen. Allein hier gingen die Meinungen so auseinander, daß sie in zwei Parteien vor dem Rath treten mußten; Westphal erklärte im Namen der Mehrzahl sich entschieden gegen die Annahme des Mandats, da sie sich nicht wollten strafbar erfinden lassen, wenn sie solche Lehre, wie ihr Amt das gebiete, straften; Schelten heiße ja nichts, als „Hart strafen"; der Pastor zu St. Nicolai mit 6 andern hatten dagegen nichts gegen die Publication, da sie das Vertrauen hätten, eine christliche Obrigkeit werde nichts Unbilliges von ihnen verlangen. Nach langen Verhandlungen erklärten auch die Ersteren, sie wollten über diese Sache auf der Kanzel schweigen, bis sie ihre Bedenken schriftlich dem Senat eingegeben. Dies thaten sie am 8. Juli. Gegen die im Mandat ausgesprochene Lehre an sich hatten sie nichts einzuwenden, wohl aber dagegen, daß der schmalkaldener Artikel und der Schriften Lutheri keine Erwähnung geschehen sei. Dann stellten sie es aber als nothwendig dar, daß bei der wahren Lehre die Verfälschung gestraft werde, um das Volk zu warnen; die Prediger müßten deshalb mit guter Vernunft und Einsicht strafen und schelten dürfen, ohne Ansehen der Person, selbst die Universitäten warnen dürfen, welche Irrthümer verbreiten. Es sei deshalb anzunehmen, daß die Obrigkeiten des niedersächsischen Kreises den Dienern Christi, die Freiheit, das Schwert des Geistes zu führen, erhalten, und nicht die Strafe und Condemnation der Corruptelen, wie sie bisher geschehen, für ein ungebührliches Schelten geachtet haben wollten. Dem Senat lag schon viel daran, die Geistlichen zur Annahme der Artikel zu bewegen; besonders da diese nun, nachdem sie die Eingabe an den Senat gemacht, sich darüber auf der Kanzel zu rechtfertigen suchten und gegen die Artikel predigten. Denn der Erzbischof von Magdeburg und der Herzog Heinrich von Braunschweig erließen Mahnschreiben an den Rath, die Prädicanten anzuhalten, dem Edict gemäß sich zu verhalten; ja, veranlaßten den nächsten Kreistag zu Lüneburg im August 1562, den Herzog Adolf von Holstein mit einem andern Fürsten zu beauftragen, den Rath und die Kirchgeschwornen zu Hamburg zu nöthigen, gegen die unfriedfertigen Prediger so ernstlich zu verfahren, wie der Erzbischof von

Magdeburg gegen Heßhus gethan. — Man hat dem Westphal seinen Widerstand sehr zum Vorwurf gemacht. Das hätte man aber zunächst dabei nicht übersehen sollen, daß Westphal gerade dadurch zeigte, wie er nicht das Seine suchte. Denn das war klar, daß Westphal nach von Eitzens Abgang nicht zum Superintendenten erwählt wurde, weil er sich nicht beugte. Er hatte mit den Pastoren Bötker und Crispinus wenige Tage vor der Uebergabe des lüneburger Mandats ein Schreiben beim Senate eingereicht, in welchem er die Nothwendigkeit nachgewiesen, daß, um die Einigkeit zu erhalten, die geistlichen Aemter mit Vorsicht besetzt, die Geistlichen nicht gezwungen werden müßten, Männer zu ordiniren, ehe sie sich von ihrer Tüchtigkeit überzeugt hätten, daß sie auch nicht ohne Untersuchung und Erkenntnis abzusetzen seien.*) Ein Streit, den bald darauf der Pastor Crispinus mit seinem Kaplan Franz Baring gehabt, und der so heftig wurde, daß selbst die gesammte Bürgerschaft, mit Ausnahme des Kirchspiels St. Nicolai, jeden Zuschuß zur Staatskasse verweigerte, falls Baring nicht abgesetzt würde, zeigte dem Rath noch mehr, welche Partei er gegen sich hatte. So entschloß er sich denn nach vielen vergeblichen Versuchen, die ihn nur immer mehr überzeugt, daß die Geistlichen in der Lehre im Grunde alle einig waren, sich damit zu begnügen, am 14. October 1564 den Machtspruch vom J. 1560 zu wiederholen, und dabei zu erklären, daß dieser Abschied und Machtspruch keinem Theile, keiner Person an seiner Ehre und Reputation nachtheilig sein solle.**) — Es handelte sich damals nicht sowol um eine Lehre, (die Lehre vom Abendmahl bot nur eine äußere Veranlassung), wie um die Frage, die noch nicht gelöst war, und die in der Geschichte des Heßhus einen so wichtigen Moment bildet, die Frage über die Stellung der Kirche zum Staate. Die Kirche war in Gefahr, durch die Lösung von Rom ganz unter die Gewalt der weltlichen Obrigkeit zu gerathen. Sehen wir es doch,

*) Von Eitzens Westphal S. 321.

) Die weitläufigen Acten hat Greve, in der **Memoria J. Westphali p. 125. 333.

wie in dieser Zeit jeder kleine Fürst verlangt, daß die Unterthanen, so bald es ihm beliebte, ihre Religion, ihren Gottesdienst und ihre Confession änderten. Das war der Grund, weshalb Westphal und seine Genossen so hartnäckig die Freiheit des Lehrstandes und des Bekenntnisses vertheidigten und sich von der Obrigkeit nicht wollten Schranken setzen lassen.

Waren doch gerade in diesen selbigen Jahren in den sächsischen Herzogthümern die ärgerlichsten Auftritte geschehen.

In Jena hatten, nach der Gefangennahme des Victorin Strigel und Superintendent Hügel, die Geistlichen einen solchen Gebrauch von ihrer Amtsgewalt gemacht, daß der sächsische Hof in große Verlegenheit gerieth. Ein Prediger hatte selbst einen der ausgezeichnetsten Professoren der Jurisprudenz, Wesenbeck, in den Bann gethan, weil er die Confutationsschrift nicht billigen wollte, und dadurch veranlaßt, seinen Abschied zu fordern. Das war doch selbst dem Herzog Johann Friedrich zu viel, und er errichtete deshalb in Weimar ein Consistorium und übertrug allein diesem das Recht, in den Bann zu thun. Die Professoren in Jena, die alle nicht ins Consistorium gerufen waren, geriethen in Wuth, besonders, als ihnen nun verboten ward, etwas auch außerhalb des Landes ohne Censur drucken zu lassen. Dazu kam, daß sie bisher das Recht der Inspection der Prediger im Lande gehabt hatten, jetzt aber dies Recht ihnen genommen und einem Superintendenten von Jena übertragen war, und Stössel, der Superintendent von Heldburg, in diese Stelle eingesetzt wurde. Sie übernahmen sich in ihrer Heftigkeit so, daß schon im September 1561 Musaeus, der eben erst von Bremen zurückgekehrt war; kurze Zeit darauf auch Judex, Wigand und Flacius, des Dienstes entlassen werden mußten.

Zu diesen harten Maßregeln hatte freilich der Strigelsche Streit viel beigetragen. Strigel hatte schon während seiner Gefangenschaft, bei der Disputation, die er mit Flacius vom 2. bis zum 9. August 1560 vor dem versammelten Hof gehalten, dem Flacius die Frage vorgelegt, ob die Sünde die Substanz oder ob sie ein Accidenz der menschlichen Natur sei. Flacius hielt letzteres für unvereinbar mit dem Worte des Propheten, daß der Mensch ein steinernes Herz habe, Hesek. 36, 26, auch mit Luthers Erklärung des natürlichen Zustandes des Menschen. So wenig, meinte er, man von einer verdorbenen Frucht sagen könne, ihre Substanz sei ganz dieselbe geblieben, wie früher, nur ihre zufälligen Eigenschaften seien andere geworden; ebenso wenig, ja, noch viel weniger, könne man dieses vom Zustande des natürlichen Menschen sagen. Wenn man behaupte, die Sünde sei etwas blos Accidentielles, gerathe man in den Irrthum der Katholiken, da ja die justitia originalis oder das Ebenbild Gottes nicht nur ein Accidens des ersten Menschen gewesen sei. Flacius sprach deshalb zum Schrecken aller Anwesenden es aus, die Sünde sei die Substanz des Menschen. Selbst die Freunde des Flacius nahmen an dieser Behauptung Anstoß; allein dessenungeachtet brach über dieselbige zuerst kein offener Streit aus. Allein, als nun Flacius aus Jena vertrieben war, ward Strigel getrieben, im März 1562, eine Declaration über die Lehre vom freien Willen herauszugeben und im Mai desselbigen Jahres mit zwei würtembergischen Theologen, dem Kanzler der Universität, Jacob Andreae und dem Abt Christoph Binder zu disputiren. Dabei kam es zu der Erklärung, daß beim Streit über den menschlichen Willen immer die Kraft, die etwas bewirke, (efficacia) von der Art und Weise, wie diese wirke, von ihrer Fähigkeit und Tüchtigkeit (modus agendi, capacitas, aptitudo) unterschieden werden müsse. Der Wille ist nach dem Fall des Menschen freilich nur ein leibeigener Knecht, ein Gefangener des Satans, seiner Fähigkeit nach; aber der Wille sei doch nicht ein Klotz oder Stein, sondern habe das Vermögen, die himmlischen Gaben des Geistes in sich aufzunehmen. Stössel selbst, Max Mörlin und andere Theologen unterschrieben diese Erklärung, als ihre Ansicht. Aber das erregte einen Sturm bei den Gegnern. Wigand und Judex erließen schon am 24. Mai, von Magdeburg aus, eine Censur dieser Declaration, die sie verdammte; Flacius war nach Regensburg gegangen; und stimmte von hier zusammen mit Gallus dieser Censur bei; die mansfeldischen Geistlichen setzten eine Declaration auf, die sich gegen die gebrauchte Formel aussprach. Heßhus gab eine Schrift nach der andern gegen die Erklärung heraus. Auf der andern Seite hatten Max Mörlin und der Superintendent Stössel es übernommen, die Geistlichen des Landes mit Strigel zu versöhnen, indem sie ihnen diese Declaration empfahlen, darum suchten sie nun in einer Superdeclaration Strigels Ansicht so annehmbar, wie möglich, zu machen. Allein eine Menge von Geistlichen konnten sie nicht gewinnen, da fuhren sie nur desto ärger auf der Kanzel fort, gegen die Irrlehren zu predigen, und vertrieben über 40 Geistliche aus dem Lande, unter diesen war der Superintendent von Weimar, Barthold Rosinus, und der von Altenburg, Breßnitzer. Ja, Strigel selbst verließ Jena, als er kaum wieder seine Professur angetreten hatte, und nahm in Leipzig eine Professur an, weil er in der Superdeclaration seine Ansicht nicht mehr erkannte und neue Beunruhigungen fürchtete. Eine Menge Streitschriften erschienen, Westphal auch ließ drucken: Annotationes in J. Stösselii modum agendi, et brevis confutatio calumniarum, quibus falso nominatam apologiam suam replevit. Er konnte auch weder die Declaration, noch die Superdeclaration für richtig halten, und hoffte seinen Freunden nützen zu können.*) Doch der Herzog hatte beschlossen, die Flacianische Partei solle sein Land räumen und sandte den Superintendenten Stössel nach — Wittenberg, um neue Lehrer für die zerrüttete Universität zu gewinnen. So kamen Selnecker, Freyhub und Salmuth nach Jena. Allein lange dauerte das nicht. Gerade in dieser Zeit hatte der Herzog Johann Friedrich der Mittlere der Lust nicht widerstehen können, die verlorne Churwürde für Sachsen wiederzugewinnen. Er ließ sich deshalb durch einen fränkischen Edelmann, Wilhelm von Grumbach, verführen, Händel anzufangen, die ihm die Reichsacht und lebenslängliche Ge-

*) S. Ed. Schmid, in Illgens Zeitschrift 1849, 1. S. 56. Planck Th. IV. S. 661.

fangenschaft zuzog (1564). Sein Bruder, Johann Wilhelm, der nun die Regierung des Landes allein erhielt, war ein strenger Lutheraner. Er erließ sogleich ein Ausschreiben wider die verführerische Declaration Victorini (Strigels); die melanchthonisch gesinnten Theologen zu Jena wurden wieder entsetzt und des Landes verwiesen; der Superintendent Stössel entfloh nach Wittenberg. Dagegen wurden Wigand, Coelestin, wie die Superintendenten Rosinus und Breßnitzer wieder zurückgerufen; ja, auch Heßhus kehrte im October 1569 wieder nach Jena. Heßhus hätte auch gerne Flacius dort wiedergehabt*); allein das ging nicht.

Flacius hatte die Behauptung, die ihm bei seiner Disputation mit Strigel entfahren war, daß die Erbsünde nicht ein Accidens, sondern die Substanz des Menschen sei, gegen die Vorstellungen seiner Freunde zu rechtfertigen gesucht und war in seiner Vertheidigung so beharrlich gewesen, daß er selbst zuletzt von derselben aufs lebendigste überzeugt war. Erst 6 Jahre nach jener Disputation trat er mit derselben öffentlich hervor. Er hatte schwere Zeiten gehabt, war mit seiner großen Familie — er hatte zuletzt 18 Kinder — von einem Orte zum andern gewandert, überall verstoßen, verfolgt, namentlich von dem Churfürsten August von Sachsen; aber er hatte nicht aufgehört zu arbeiten; neben seiner großen Kirchengeschichte, den magdeburger Centurien, gab er seine Clavis zu den heiligen Schriften des alten und neuen Testamentes heraus. In diesem letzteren Werke nun erschien, um 1567, seine Abhandlung „de peccato originali", welche seine wunderliche Ansicht auseinandersetzte. Diese Abhandlung erregte vielen Anstoß. Wigand vor Allen, der von der ersten Aeußerung dieser Ansicht an mit Flacius in Verhandlung über dieselbe getreten war, ühlte sich verletzt. Heßhus mußte, wenn auch mit Wehmuth, sich gegen ihn erklären; ja, als Flacius im Mai 1570 mit vielen Kosten von Straßburg nach Thüringen kam, und mit ihm und Andern ein Colloquium halten wollte, wiesen sie ihn zurück und verweigerten

*) Ed. Schmid, in Illgens Zeitschrift S. 65.

ihm eine Zusammenkunft. Auch an Westphal hatte Flacius sich gewandt und ihm, schon 1568, durch Wigand seine ausführlichere Declaration, wie es scheint, im Manuscript mitgetheilt. Westphal antwortete ihm,*) daß wohl Keiner, der gesunden Sinnes sei, es leugnen werde, daß die Natur des Menschen verderbt sei; aber daß der Ausdruck, die Erbsünde sei die Substanz, doch kaum bei Theologen gefunden werde. Er meine, man könne sagen, die Sünde und das Verderben des Menschen selbst sei ein Accidenz in Bezug auf die von Gott fehlerfrei erschaffene Substanz. Dieses Accidenz sei überhaupt unzertrennlich von den Kräften der Creatur, bis es durch die Wiedergeburt geschieden werde, und eine neue Creatur entstehe. Obgleich man also nicht sagen könne, daß die Sünde die Substanz sei, bleibe doch das wahr, daß in der Substanz die äußerste Verderbnis, wie daß sie die Pest der Substanz oder der menschlichen Natur sei." Flacius sandte ihm auch seine Abhandlung: de peccato originali; Westphal dankte ihm 1569, sagte, daß er dieselbe gelesen, wieder gelesen und sorgfältig im Einzelnen erwogen habe, und ihm dankbar sei für die genaue Sorgfalt, mit der er die Schrift ausgearbeitet und das Elend, was die ersten Menschen durch ihre Uebertretung den Nachkommen als Erbtheil hinterlassen, auseinandergesetzt habe; daß er aber es wohlmeinend aufnehmen möge, wenn er ihm schreibe, daß aus dem Allen doch nicht folge, was er hätte beweisen wollen. Man könne sagen: Homo totus est peccatum, est massa peccati, natura vel hominis substantia est peccatum, nicht aber peccatum est substantia. Als Flacius nun im folgenden Jahre von den Jenensern so hart zurückgewiesen ward, weil er, wie er schrieb, ihre Gegengründe, die sie ihm schriftlich mitgetheilt, schon, ohne sie zu nennen, zurückgewiesen, und ihren Rath, nicht öffentlich aufzutreten, nicht habe befolgen können; schrieb er schon am 5. Mai (1570) an Westphal und Andere einen Brief, in welchem er bat, daß doch, während die Papisten, Adiaphoristen und Calvinisten zum Untergange der

*) Von Eitzen, Memoria Westphali p. 382.

reinen Lehrer, die sie mit dem verhaßten Namen Flacianer brandmarkten, sich verschwüren, alle frommen Orthodoxen sich vereinen, und gegenseitig suchen möchten, ihre Uebereinstimmung und Gemeinschaft offen herzustellen. Unmöglich sei es ja, daß nur Zwei immer, bei der großen Menge der Materien, in so hohen Dingen zusammenstimmten, daß sie nicht zuweilen in ihren Redensarten von einander abzugehen schienen; wenn sie sich deswegen verdammen und anathematisiren wollten, würde kein Ende des Schismas und Streites sein. Er habe durch die lange, kostspielige, beschwerliche und gefährliche Reise seinen Eifer, die Eintracht und den häuslichen Frieden zu erhalten, bewiesen und so freundlich und dringend, wie möglich, den Jenensern geschrieben; aber sie hätten ihn zurückgewiesen. Zehn Jahre habe er diese Lehre bei sich erwogen, er sei im Gewissen überzeugt, seine Ansicht sei von der höchsten Wichtigkeit; ja, die Grundlage der Lehre von der Schöpfung des Menschen, dem Ebenbilde Gottes, der ursprünglichen Gerechtigleit, dann wieder von der erblichen Ungerechtigkeit, der Knechtschaft des Willens, wie von der ganzen Wiederherstellung und Erneuerung des Menschen, ja, aller Wohlthaten Christi. Er sei darauf gekommen bei der Bekämpfung der Pelagianer, Papisten und Synergisten. Darum bitte er die Brüder, die Jenenser zu vermögen, daß sie ihm 5 oder 6 klare und bestimmte Gegengründe kurz aufsetzen möchten; er wolle ihnen dann die Antworten mittheilen, und sie möchten entscheiden. So hoffe er mit Gottes Hülfe den Frieden zu erhalten. Westphal beklagte in seiner Antwort den häuslichen Krieg, den die Feinde schon benützten, da sie sich jetzt gerade rüsteten. Er bliebe dabei, schrieb er, daß die Erbsünde nicht in accidentibus, sondern in der Substanz selbst sei; aber damit begnüge er sich und ließe die paradoxen Redensarten, die nur Zänkereien hervorriefen. Er wisse wol, daß ein Philosoph behaupten könne, daß die Erbsünde entweder die Substanz sein müsse, oder ein Accidenz; aber der Apostel heiße das Weib in der Gemeinde schweigen, und das sei die Philosophie. Die Schrift biete uns genug Worte, den Streit zu Ende zu bringen. Wigand disputire so, daß schon ein neuer Streit über das Ebenbild Gottes entstehe. Wenn nicht den Disputationen ein Ende gemacht würde, werde die Wahrheit noch verloren gehen! — Flacius versuchte noch einmal ein Colloquium mit Wigand zu halten; er ging nach Speier, wo der Herzog Johann Wilhelm im folgenden Jahre (1571) auf dem Reichstage erschien und Wigand bei sich hatte. Aber trotz aller Bemühungen wurde Flacius zur Ruhe verwiesen, da sein Irrthum schon hinlänglich widerlegt sei. Da wandte er sich am 1. März 1571 noch einmal an Westphal, beklagte sich darüber, da doch selbst Luther den Gegenstand im Kampfe gegen die Sophisten so wichtig gehalten; er bäte ihn, doch die Vorrede zu den Demonstrationes, welche er herausgegeben, recht zu erwägen, um zu sehen, wie wichtig es sei, das Wort essentia festzuhalten gegen jenes flüchtige accidentia; er bäte ihn darum, um des Herrn willen, ein Colloquium zu veranlassen; Spangenberg, Chytraeus und Andern brauche er ja nur zu schreiben; sie könnten auch andere nützliche Themata verhandeln. — Aber auch Westphal sah kein Heil in einem Colloquium. Er erwiderte dem Flacius, daß er von Anfang an es habe kommen sehen, daß nur neue Kämpfe aus diesem Streit sich entspinnen würden, darum habe er sich in denselben nie gemischt; er habe viel darüber nachgedacht, wie die Sache zu Ende zu bringen sei, sehe aber kein Mittel, als daß sie der Vorschrift des Paulus folgten, und über Glaubenssachen nicht mit hohen Worten menschlicher Weisheit sprächen, sondern nur, was die Schrift lehre. — Westphal suchte auch in seinen Briefen an die angesehensten Theologen zur Ruhe zu reden.*) Wir haben wenigstens zwei Antwortschreiben, die dies zeigen, eins von Chytraeus, das andere von Wigand selbst. Der erstere erkannte Westphals Sorge für die Ruhe der Kirche an und sagte, daß bei ihnen in Rostock bis jetzt noch kein Streit über diesen Gegenstand stattgefunden, doch hätten sie gerade heute dem Superintendenten von Eisleben eine Antwort ertheilt, der ihnen das Buch des Cyriacus Spangen-

*) Greve Mem. Westph. p. 189 ff.

berg zugesandt habe, das die dortige Kirche verwirre. Auch Dr. Georg Coelestin habe von Brandenburg aus um ein Colloquium gebeten und einen Ort in der Mark, Lenzen oder Perleberg, zu einer Zusammenkunft vorgeschlagen. Spangenberg, in Mansfeld, hatte nämlich früher schon gemeint, der Streit lasse sich durch Luthers Aussprüche über die Erbsünde leicht entscheiden, wie man im Mansfeldischen überhaupt das Ganze für einen Wortstreit erklärte. Dagegen hatte Flacius sich erhoben, und Heßhus in einem Gegenbericht auch Spangenberg angegriffen. Dieser letztere war aber im Eifer der Vertheidigung in Conflict mit den andern Geistlichen in Mansfeld gerathen, und der Graf Volrat, der, wie Spangenberg, sonst zu Flacius sich neigte, hatte ein Gespräch mit den Jenensern veranlaßt. Dieses hatte wiederum Wigands Buch: „Von der Erbsünde, Lehre aus Gottes Wort" zur Folge. Gegen diese Schrift nun ließ Spangenberg eine Menge Gegenschriften los. Neue Gespräche, neue Streitigkeiten entstanden, so daß der Superintendent Mencelius zuletzt am 14. Juli 1572 vorschlug, auswärtige unparteiische Theologen um Rath zu fragen. Die Grafen von Mansfeld wandten sich darauf unter Andern auch an die Theologen zu Rostock, und die Rostocker erklärten sich in dem Gutachten, auf das Chytraeus in dem Briefe an Westphal hinwies, für Mencelius, ob sie gleich nicht die Art und Weise, wie Wigand die Sache gegen Flacius geführt, billigen konnten. *)

Wigands Brief an Westphal ist auch ein Zeugnis der leidenschaftlichen Aufregung, in die ihn der hartnäckige Widerstand des Flacius versetzt hatte. Er gab dem Westphal gerne in Allem Recht, aber er leugnete entschieden, daß es nur ein Wortstreit sei, und sagte, er werde nie zugeben, daß das alte Dogma der Manichäer, daß die Erbsünde die Substanz sei, dem Luther aufgebürdet werde; den Flacius halte er für einen aufrührerischen Geist, der mit seinem gottlosen Dogma Alles umkehren wolle, und den Westphal nie zur Ruhe bringen werde.

*) Krabbe, die Universität Rostock S. 658.

In dieser Zeit waren die Bestrebungen der deutschen evangelischen Fürsten, wenigstens die Bekenner der augsburgischen Confession enger aneinanderzuschließen, nicht ganz ohne Frucht gewesen. Als der Churfürst August von Sachsen wegen der Grumbachschen Händel die Reichsacht an dem Herzog Johann Friedrich vollzog, drückte er dem neuen Herzog Johann Wilhelm seinen Wunsch aus, daß man sich auch in Religionssachen vergleichen und die langgewünschte Einigkeit herstellen möchte. Der neue Herzog ging in den Wunsch ein. Das altenburger Gespräch zwischen den churfürstlich und herzoglich sächsischen Theologen und politischen Räthen kam unter der Leitung des Herzogs selbst zu Stande, es war im October 1568; doch die jenaer Theologen hatten in dem „Bekenntnis von der Rechtfertigung und den guten Werken", das sie im Anfange dieses Jahres herausgegeben, sich zu offenbare Angriffe auf die Lehre der Wittenberger und Leipziger erlaubt, als daß die Versöhnung leicht sein konnte. Wie sie auch im altenburger Gespräch ihre Angriffe auf das bei ihnen geltende Corpus doctrinae von Melanchthon, das ursprünglich (1559) nur als eine Buchhändler-Speculation gedruckt war, erst später als Corpus Misnicum Autorität erhalten hatte, und das außer der augsburger Confession die Apologie, die Loci theologici von Melanchthon, das Examen Ordinandorum und andere Bekenntnisse, die Melanchthon verfaßt, enthielt, so wie auf die spätere Ausgabe der Augustana nicht aufgaben, zogen die chursächsischen Theologen am 9. März 1569 fort. Die Jenenser wollten nicht von der unveränderten augsburgischen Confession und den schmalkaldener Artikeln lassen. Westphal folgte natürlich dem Gespräche mit der größten Aufmerksamkeit, machte sich selbst einen Auszug aus den dicken Acten des Gespräches, die in verschiedener Form von beiden Seiten herausgegeben wurden, bearbeitete die wichtigsten Materien, die darin besprochen wurden, aber, wenn er auch Freunden diese Arbeiten mittheilte, in Druck ließ er sie nicht erscheinen. Doch die Sache sollte ihm noch näher treten.

Der Herzog Heinrich von Braunschweig-Lüneburg, der bis an sein Ende katholisch geblieben war, starb im Jahre 1568. Sein Sohn Julius fing gleich bei seinem Regierungsantritt an, die Kirche zu reformiren. Er berief zu dem Endzweck Martin Chemnitz, den Superintendenten der Stadt Braunschweig, und den Kanzler der tübinger Universität, Jacob Andreae. Beide kamen und setzten die Reformation ins Werk. Andreae aber hatte mit der Erlaubnis, nach Braunschweig zu gehen, den Auftrag erhalten, eine nähere Verbindung dieser und der sächsischen Kirche mit der würtembergischen einzuleiten. Der Herzog Christoph von Würtemberg hatte nämlich, um endlich die Spaltungen in der Kirche beizulegen, Andreae aufgefordert, eine kurze Erklärung über die einzelnen streitigen Punkte, den von der Rechtfertigung, von den guten Werken, dem freien Willen und dem Mahle des Herrn aufzusetzen, um so ein gemeinsames Bekenntnis zu gewinnen. Andreae hatte das gethan, und sollte nun Unterschriften für dies Bekenntnis zu gewinnen suchen. In Braunschweig fand er Anklang. Nun sollte er nach Wittenberg gehen. Bedrängten Herzens zog er hin; das altenburger Gespräch nahm ihm alle Hoffnung auf Erfolg; doch — er gewann Georg Major und sah froh der Zukunft entgegen. Da traf ihn die Schreckensbotschaft, daß sein Herr, der fromme Herzog Christoph, gestorben sei. Der junge Herzog war noch unter Vormundschaft, von ihm war kein Beistand zu erwarten. Andreae wandte sich deshalb an den Landgrafen Wilhelm von Hessen und bat ihn, sich der Sache anzunehmen. Der Landgraf erklärte sich auch bereit dazu, falls die oberdeutschen Theologen erst die Artikel als wahr anerkennen würden. Andreae kehrte deshalb in sein Vaterland zurück. Er gewann einen sehr großen Theil der Geistlichen, die die Artikel unterschrieben. Doch als er in die benachbarten Staaten ging, fand er gleich in Straßburg Widerstand. Flacius war damals dort. Dieser versprach zwar, sich mit den Jenensern die Sache zu besprechen, stellte aber dann in zwei Brochüren seine Bedenken dar, daß Andreae die namentliche Verwerfung der Gegenlehre unterlassen, und daß er die Lehre vom Abendmahl nicht bestimmt genug gefaßt habe. Andreae schrieb zur Beruhigung der Flacianer eine Erklärung des fünften Artikels.*) Lieb war es dem Andreae nicht, daß er hiezu genöthigt war, denn er hatte inzwischen sich nach Wittenberg gewandt, dort aber schon mehr Bedenklichkeiten gefunden. Er sandte deshalb diese Schrift selbst an die Wittenberger und erklärte ihnen von vorne herein, daß diese Declaration nicht als zur Concordienformel gehörend angesehen werden solle; sie möchten an ihr keinen Anstoß nehmen. Doch die Wittenberger antworteten, nach ihrer Ansicht werde man mit diesen Artikeln nimmermehr zum Frieden kommen. Wolle man eine Aussöhnung versuchen, so müsse man ein bestimmtes Corpus doctrinae, d. h. eine Anzahl von Lehrschriften, welche auf beiden Seiten als Lehrnormen gelten sollten, aufstellen, dann könne man aus diesen einzelne Artikel ausziehen. Sie gehörten der Kirchengemeinschaft an, in welcher die ältere und die spätere augsburgische Confession, sowie das Bekenntnis von 1551, das Corpus misnicum und überhaupt die Autorität Melanchthons anerkannt werde." — Doch nicht nur die Wittenberger zogen sich jetzt zurück; in derselbigen Zeit, im Juni 1569, waren auch die hessischen Superintendenten zusammengetreten und hatten sich gegen eine sofortige Unterschrift der Artikel erklärt. Andreae machte sich deshalb rasch auf den Weg. Er eilte zuerst nach Cassel; der Landgraf war noch geneigt, ihn in seinem Bemühen zu unterstützen; er gab ihm deshalb ein Schreiben mit an den Herzog Julius von Braunschweig, und beide empfahlen die Sache dringend dem Churfürsten von Sachsen.

Der Churfürst nahm ihn auch freundlich auf und gab ihm ein Empfehlungsschreiben an die Professoren seiner beiden Universitäten. Andreae ging zuerst nach Wittenberg. Hier ließen sich die Professoren mit ihm in weitläufige Verhandlungen ein. Er glaubte schon sie gewonnen zu haben; sie entließen ihn mit ihren Segenswünschen; —

---

*) Heppe: Gesch. des Protestantismus Th. II. S. 260.

doch sandten sie ihm einen Brief nach, in welchem sie offen aussprachen, daß die chursächsische Kirche von dem Corpus doctrinae, das sie angenommen habe, in keinem Stücke weichen könnte, und sich über Andreaes Artikel alles Urtheils enthalten müsse. Die Leipziger erklärten sich in vollständigster Uebereinstimmung mit den Wittenbergern. Da aber die Leipziger vorher auch dem Andreae bei seiner Anwesenheit von Herzen gewünscht hatten, daß seine Bestrebungen der Kirche zum Heil gereichen möchten, und da Andreae inzwischen beim Churfürsten von Brandenburg und beim Herzog von Mecklenburg die freundlichste Aufnahme gefunden hatte, kam er hoffnungsvoll nach Wolfenbüttel zurück, und setzte seine Bemühungen dort ruhig weiter fort. Er besuchte nun, in Begleitung des braunschweigischen Rathes Heinrich von der Lühe den niedersächsischen Kreis. So kam er auch nach Hamburg. Hier setzte er am 1. November 1569 erst in der Versammlung des Rathes, dann vor den Hauptpastoren, nach dem Auftrag, den er vom Herzog Julius von Braunschweig empfangen hatte, auseinander, wie schon der verstorbene Herzog Christoph von Würtemberg öfter den verworrenen Zustand der Kirche beklagt und, um demselben abzuhelfen, einige Artikel habe aufsetzen lassen, und wie nun auch die Geistlichen in Hamburg gebeten würden, diese Artikel zu prüfen und entweder ihre Uebereinstimmung zu erklären oder ihr eigenes Bekenntnis aufzusetzen. Westphal, als Senior, antwortete, daß der traurige Zustand der Kirche allerdings beklagenswerth sei, und daß sie, die hamburgischen Pastoren, nicht so verhärtet wären, daß sie darüber nicht betrübt seien, daß sie aber keineswegs deshalb den Muth verloren und die Hoffnung aufgegeben hätten, die Kirche wieder hergestellt zu sehen. Es müsse dem Uebelstande Widerstand geleistet und Heilmittel angewandt werden, doch auf eine richtige Weise, nach dem Worte Gottes und unter Gebet zum Herrn. Die Heilung schwerer Krankheiten sei schwierig, alle menschliche Rathschläge allein, ohne Gottes Beistand, hülfen nichts. Das hätten alle Verhandlungen, zuletzt noch das altenburger Gespräch, bewiesen. Die besten Absichten des würtembergischen Herzogs seien bekannt; sie bäten deshalb Gott, daß Er einen solchen Eifer bei den hochgestellten Fürsten erhalten möge. Die Prüfung der Artikel würden sie mit den andern Predigern vornehmen und mit den Kirchen, mit denen sie seit Jahren in enger Verbindung gestanden, besprechen, und dann ihre Antwort ertheilen. Westphal that dies, und ließ dann am 21. December die Antwort des Ministeriums dem Rathe und so dem Andreae zukommen *). Die Prediger fänden keinen Grund, heißt es in der Antwort, weshalb sie, um ihre Zustimmung zu erklären, die Artikel unterschreiben sollten; dagegen viele Gründe, die sie hinderten. Sie hätten 1) die augsburgische Confession von 1530 unterschrieben, welche die ganze Lehre des Christenthums viel klarer und deutlicher darstelle, als die fünf Artikel. In diesen fünf Artikeln fände sich freilich eine allgemeine Verwerfung der Irrlehrer, aber nicht, wie in der augsburgischen Confession, specielle Antithesen, welche doch vielen Streitigkeiten vorbeugten. Darum gäbe es 2) auch Viele, welche die Artikel unterschrieben, die doch nicht mit der von ihnen, den Hamburgern, herausgegebenen Confession übereinstimmig wären; sie selbst würden also, wenn sie sagten, daß sie mit den Gegnern übereinstimmten, bezeugen, daß sie von dem rechten Bekenntnis ließen. — So sehr sie also eine wahre, ungeheuchelte Eintracht wünschten, so könnten sie Andreae doch nur rathen, mit der größten Umsicht in dieser Sache zu verfahren, damit nicht neue Streitigkeiten erregt, statt daß die früheren geschlichtet würden. Er wisse ja selbst, wie unglücklich die Vereinigungen, die nicht nach der Richtschnur des göttlichen Wortes unternommen wären, in der älteren, wie in der neueren Zeit, zu nichte geworden wären. Andreae war inzwischen weiter, nach Lübeck und Rostock, gereist. Der Herzog Johann Albert von Mecklenburg hatte von den rostockern Theologen am 28. November eine Erklährung verlangt, was sie von den fünf Artikeln hielten **). Die Rostocker, um die Einigkeit in der Lehre mit den wendischen Städten zu erhalten, wandten sich am 18. December

*) Greve: Mem. Westphali p. 197.

**) Krabbe, die Universität Rostock, Th. I. S. 660.

an die Geistlichen von Lübeck, Hamburg und Lüneburg, da diese, wie sie gehört, einen ähnlichen Auftrag erhalten. Sie äußerten dabei den Wunsch, die Rathschlüsse, die gemacht seien, um die Eintracht zu bewahren, so viel sie könnten, zu unterstützen; aber sie verbargen dabei nicht, daß Einige für besser hielten, dem Andreae die lüneburger Artikel als gemeinsames Bekenntnis zuzusenden; Andere, die zweideutigen, ganz allgemein gehaltenen Artikel, als zur Eintracht unnütz, einfach zurückweisen. Sie baten zugleich, daß die andern Städte ihnen ihre Ansicht mittheilen möchten, weil um das Fest Epiphaniae eine Versammlung der Superintendenten des Herzogthums berufen wäre, um die Sache zu berathen *). Das hamburgische Ministerium antwortete am 3. Januar 1570 den Rostockern gerade so, wie es sich in dieser Sache gegen den Senat ausgesprochen hatte, und bemerkte dabei, daß nicht ohne Grund heftigere Kämpfe und eine grausamere Verfolgung der Zeugen der Wahrheit, als bisher stattgefunden, zu befürchten wären, wenn eine so schwierige Angelegenheit ganz allein von Einem Manne betrieben und nicht genau nach der Richtschnur des göttlichen Wortes geführt würde. In einer so wichtigen Sache sei die gute Absicht nicht genug, sondern es müßten die sorgfältigsten Vorberathungen mit andern Theologen vorhergehen. Die rostocker Facultät sprach sich auch in ihrem Gutachten gegen die Unterschrift der Artikel aus **). Aber Andreae hatte inzwischen, trotz des Streites, der zwischen dem Churfürsten und dem Herzoge von Sachsen ausgebrochen war, trotz der heftigen Predigten, die Heßhus gegen ihn und sein Bestreben veröffentlichte, die Fürsten dahin gebracht, daß sie auf den Vorschlag, den er machte, eingingen, und zunächst „eine General-Conferenz etlicher gelehrter, friedliebender Theologen aus verschiedenen Ländern, deren persönliche Bescheidenheit und Liebe zu einem christlichen Frieden dem Andreae auf seinen Reisen bekannt geworden“, veranstalteten, um dann eine Vergleichung unter den Ständen und Theologen vorzubereiten. Zu diesen „friedliebenden Theo-

*) Greve: Mem. Westphali p. 398.
**) Krabbe a. a. O. S. 660.

logen" zählte Andreae unsern Westphal.*) Der Herzog Julius und der Landgraf luden Hamburg ein, „der gelehrten und gottesfürchtigen, friedliebenden Theologen einen oder mehrere, nach ihrem Gefallen, zum 7. März gen Zerbst zu einer Conferenz abzufertigen**). Die Hamburger sandten die Pastoren Nicolaus Staphorst und David Penshorn dahin. Vorher aber ließen sie diese sich mit den Abgeordneten von Lübeck und Lüneburg besprechen***), und instruirten sie dann also, daß sie — da in ihren Städten in der Regel nichts Anderes, als was der augsburgischen Confession, der Apologie, den schmalkaldener Artikeln, den Catechismen und andern Schriften Lutheri, so wie ihrem Bekenntnis wider das Interim gemäß sei, gelehrt worden; also auch einerlei Lehre bei ihnen gefunden werde — es hiebei bewenden lassen und in eine Subscription und Vergleichung sich nicht einlassen, sondern nur Alles, was vorginge, anhören, zurückbringen und ihr Bedenken und endlichen Schluß erwarten lassen sollten." Aehnliche Instructionen hatten aber auch andere Geistliche, die nach Zerbst kamen, bei sich; es fiel deshalb der Zerbster Beschluß nur dahin aus, daß man bei den Schriften der Apostel und Propheten, in welchen Alles, was zur Seligkeit vonnöthen ist, ausführlich begriffen sei, bleiben wolle. Was derselben Auslegung belange, bekenne man sich zu den drei alten Symbolen, der augsburgischen Confession und ihrer Apologie, den schmalkaldener Artikeln und Catechismen Lutheri, in welchen vier Stücken der rechte eigentliche und natürliche Verstand der heiligen Schrift deutlich und hell erklärt werde, nach welchen alle Schriften Lutheri, alsdann auch des Herrn Philippi Melanchthonis Bücher im corpore doctrinae und andere, desgleichen des Herrn Brentii und andere nützliche Schriften verstanden und gedeutet werden sollen."

Auf diese Art war die Einigkeit nicht herzustellen. Davon gab ein Vorfall einen Beweis, der in derselben Zeit, da der zerbster

*) Heppe Th. II. S. 291.

**) Nach dem Original im hamburgischen Ministerial-Archiv.

***) Starckens Lübecks Kirchenhist. S. 261.

Convent gehalten wurde, in Wittenberg sich ereignete. Hier wurde am 11. Mai eine große Disputation veranstaltet, 12 Studenten hatten zugleich um die Licentia in der Theologie gebeten. Die Facultät stellte Theses auf, in welchen die Christologie der schwäbischen Theologen widerlegt werden sollte. Andreae, der der Feierlichkeit beiwohnte, drückte sein großes Mißfallen aus. Ueberall, wohin sie kamen, machten die Theses Aufsehen; doch kam der Streit noch nicht zum Ausbruch*). Im Gegentheil, als Herzog Julius, um sich nach dem Geschrei über den Calvinismus der Wittenberger, das sich zu verbreiten anfing, genauer zu erkundigen, den Dr. Selnecker nach Wittenberg sandte, den er sich im Anfang des Jahres 1570 für einige Zeit als Hofprediger aus Leipzig vom Churfürsten erbeten hatte, brachte Selnecker ein „kurzes, rundes und einfältiges Bekenntnis der Kirche und Schule zu Wittenberg von der persönlichen Vereinigung zweier Naturen in Christo, auch von der communicatio idiomatum, wie vom Nachtmahl des Herrn" mit zurück, das so abgefaßt war, daß Andreae, wie Selnecker, jubelte, und froh am 20. August von der Kanzel erklärte, daß nun wirklich die kursächsische, würtembergische, hessische und braunschweigische Kirche verbrüdert, und die Concordie für ewige Zeiten begründet sei. Ja, Selnecker gab eine „Exegesis collationis cum Wittenbergensibus" heraus, in der er bezeugte, daß die Wittenberger in der Christologie, wie in der Abendmahlslehre mit Andreae übereinstimmten. Und Andreae schrieb in einem „Berichte von der Einigkeit der Theologen, so sich zu Zerbst auf der Synode am 10. Mai erklärt," daß alle Anhänger der augsburgischen Confession nun in ihrer Lehre, auch in der Ubiquitätslehre vollig übereinstimmten, und alle Lehrdarstellungen lediglich nach der augsburgischen Confession, Apologie, den Catechismen und den schmalkaldener Artikeln auslegen wollten.

Der Churfürst von Sachsen sprach gleich, am 4. September 1770, sein Befremden aus, daß Andreae den Inhalt des zerbster

---

*) Greve: Westphal. S. 205 und 408.

Gespräches veröffentlicht, da er doch so wenig, wie die Theologen in Zerbst selbst, den zerbster Abschied nicht publicirt habe, um die Flacianer nicht noch mehr zu reizen; auch rügte er, daß die schmalkaldener Artikel mit als Grund der Einigkeit angegeben seien, da doch die Stände augsburger Confession bisher weniger von diesen Artikel gewußt. Die Wittenberger und Leipziger erklärten Andreaes Behauptung der Einigkeit für ein aureum somnium; Andreae selbst sei in Wittenberg ganz feindlich gegen sie verfahren, und wolle nur Allen die Ubiquitätslehre aufbürden; den zerbster Abschied habe er pflichtwidrigerweise veröffentlicht; die Antwort, die sie an Selnecker gegeben, habe dieser aber ganz verstümmelt; sie sagten sich entschieden von der Ubiquitätslehre los. Auch der Landgraf von Hessen war gegen Andreae aufgebracht. Er schrieb an den Herzog von Würtemberg, daß es ihm bedenklich scheine, daß man noch mehr tractatus hominum, wie z. B. die schmalkaldener Artikel, die Catechismen, als normam fidei jetzt anziehen wolle. Ja, er ging noch weiter. Kurz vor dieser Zeit war Brenz gestorben und sein Testament bekannt gemacht; als nun Beza in einer Schrift sich bitter über die Schmähungen, die Brenz in seinem Testament gegen Calvin ausgestoßen, beklagte, da erklärte sich der Landgraf in allen seinen Erwartungen, die er von Andreae gehabt, getäuscht; und daß man sich nach seiner Ansicht, um neuen Zwistigkeiten vorzubeugen, an den Erklärungen, die die Fürsten 1561 zu Naumburg und 1562 zu Frankfurt abgegeben, begnügen lassen müsse. —

Andreae blieb bei allen diesen Widersprüchen scheinbar ruhig. Er setzte seine Bemühungen fort. Er schrieb am 23. December 1570 nach Hamburg und Lüneburg, vertheidigte die Publication des zerbster Abschiedes mit der Nothwendigkeit, den Verleumdungen der Gegner zuvorzukommen, und bat, die Unterschrift desselben zu beschleunigen, um eine Grundlage, auf der man sich gegen die einzelnen Irrlehrer aussprechen könne, zu gewinnen *). Denn freilich die Jenenser ruhten

*) Bertram, Lüneburger Kirchengesch. Beil. S. 115.

nicht; sie forderten immer heftiger die namentliche Verwerfung der Irrlehrer. Wigand hatte an Westphal in sehr erregter Stimmung geschrieben: „Dieser Gaukler und neue Apostel behauptet beständig, daß die Hamburger und Lübecker seine Pandora bewunderten. Er könne das nicht glauben, daß sie, die so viele Jahre durch ihre ausgezeichnete und beständige Bekenntnisse der Kirche vorgeleuchtet hätten, sich nun durch diesen Possenreißer und Dunstmacher zu einer elenden Amnestie verleiten ließen. Westphal habe doch gewiß die Acten des Gespräches gelesen, er bäte ihn, ihm freimüthig sein Urtheil mitzutheilen; er sähe nun, mit welchen Menschen sie es zu thun gehabt; er selbst (Wigand) wolle lieber mit den Päpstlern unterhandeln, als mit diesen. „Die Wittenberger athmeten in allen ihren Schriften hoch auf; aber sie (die Jenenser) ruhten unter dem Schatten Gottes und lebten, damit sie die Palme erlangten und die Gleichförmigkeit mit Christo erlernten und erführen. Schon seien die Wittenberger wieder in Dresden zusammen. *)

Ein Zwischenfall vermehrte noch die Wuth der Jenenser. Es war Sitte geworden, für die obern Classen der gelehrten Schulen den kleinen lutherischen Katechismus weitläufiger auszuarbeiten und in lateinischer Sprache drucken zu lassen. In Wittenberg erschien ein solcher Catechismus am 1. Januar 1541. Ein Arzt, Dr. Peucer, der Schwiegersohn von Melanchthon, hatte die Abfassung besonders betrieben. Dieser Katechismus kam aber bald in den allerbösesten Ruf; er wurde überall verschrieen wegen seines versteckten Calvinismus. Wie schnell er verbreitet wurde, ist daraus zu sehen, daß er, nachdem er in Leipzig erschienen, in demselben Jahr noch zweimal, und im folgenden wieder zweimal gedruckt wurde **). Der Erste, der gegen ihn seine Stimme erhob, war Selnecker. Er wurde von Chemnitz und dem Herzog Julius selbst dazu getrieben, grade weil er früher

*) Greve: Westphal p. 405.

**) S. Dr. C. R. W. Klose, „der Cryptocalvinische Catechismus" im Festprogramm des hamburger Gymnasiums, 1856.

zu Gunsten der Wittenberger die Flacianer verdammt hatte *). Er vertheidigte zuerst die gewöhnliche Uebersetzung von Ap. Gesch. 3, 21, wo es von Christo heißt: „welcher muß den Himmel einnehmen", da die Wittenberger, um die Umschriebenheit des leiblichen Seins Christi durch die Schrift zu begründen, mit Beza übersetzt hatten: quem oportet coelo capi". Bald stimmte das braunschweigische Ministerium, wie das zu Halle, seiner „Brevis et necessaria commonefactio de loco Act. 3." bei, und auch die Jenenser schwiegen nicht. Die Wittenberger sahen sich noch in demselben Jahr genöthigt, zu antworten, und veröffentlichten „die Grundveste von der Person und Menschwerdung unsers Herrn Jesu Christi," wider die neuen Marcioniten, Samosatener, Sabellianer und Monotheleten unter dem flacianischen Haufen. Sie behaupteten, in dieser Apologie, ganz ohne Absicht das Verbum δέχεσθαι passive übersetzt zu haben und vertheidigten diese Uebersetzung nicht nur selbst, sondern ließen auch durch den Professor der Philosophie Erasmus Rudinger, den Schwiegersohn von Camerarius **), eine besondere „Disputatio grammatica über Selneckers Auslegung herausgeben. Insbesondere aber eiferten sie in der „Grundveste" gegen Brenzens Lehre von der communicatio idiomatum realis. Dieser Angriff lag ihnen um so näher, da Selnecker selbst, wie Chemnitz, in dieser Zeit gegen die Theorie von Brenz sich ausgesprochen und behauptet hatte, daß Christus im Abendmahl leiblich gegenwärtig sei, nicht vermöge einer angeblichen Ubiquität, sondern vermöge der Multivolipräsenz, welche dem Gottmenschen zukomme ***). — Die Uebereinstimmung der Wittenberger mit den Calvinisten trat ganz klar hervor; nicht nur in der Lehre von der Vereinigung beider Naturen in Christo, von der Himmelfahrt des Herrn und Seinem Sitzen zur Rechten des Vaters, auch in der Lehre vom Abendmahl und von der Wirkung der Taufe

---

*) Rehtmeyer, Braunschweigische Kirchenhist. III. S. 352 und Beil. S. 185.

**) Becker, Lübeckische Kirchengesch. S. 205.

***) Heppe, Gesch. des Protestantism. II. S. 398.

sprach sie sich aus. Ja, in ihren Vorträgen machten die Professoren zu Wittenberg gar kein Hehl aus derselben. Zacharius Ursinus schrieb am 23. August 1572 an Bullinger: „Der wittenberger Professor Pezel lehre so über die Sacramente, daß seine Zuhörer ihn einen Calvinisten nennten," und triumphirte deshalb, „daß der Widerstand, den er finde, bald schwinden, und die Uebermacht der Wahrheit den Gegnern empfindlich sein werde, da sie ihr mit ihrem Geschrei nicht würden widerstehen können" *). — Die Lutheraner konnten natürlich dabei nicht ruhig sein. Unser Westphal arbeitete, wie er gewohnt war, die wichtigsten Streitfragen für sich durch. Mit Selnecker, der so in den Verdacht des Calvinismus gerieth, daß er zuletzt dem Herzog Julius seine Resignation einreichen mußte, **) fühlte er sich eins. Zu seiner Vertheidigung schrieb W. Breves indicationes de scripto Theologorum Witebergensium. Dann arbeitete er eine Schrift aus über „den neuen Catechismus", „über den Synergismus," „über den Grund, weshalb die Wittenberger die Calvinisten nicht verdammen wollen," „über ihren Beweis, daß Christus räumlich im Himmel gehalten würde." Aber alle diese Schriften ließ Westphal nicht drucken, sondern theilte er nur Freunden handschriftlich mit ***). „Die Schlußfolgerungen der Sacramentirer habe ich gelesen, schrieb er am 28. Januar 1572 †), sie zu lösen, habe ich nicht das Schwert des Alexander, sondern das des göttlichen Wortes zur Hand genommen. Ich meine, es gibt keinen köstlicheren und würdigeren Gegenstand, um den man sich bemühen könne, als die Herrlichkeit und Majestät, die der Sohn Gottes, der die menschliche Natur angenommen hat, und zur Rechten Gottes erhöht ist, empfangen hat." Doch öffentlich hervorzutreten sah er sich jetzt verhindert durch den Wunsch des hamburgischen Senats; er war am

*) Heppe a. a. O. S. 153 der Beilage.

**) Rehtmeyer a. a. O. III. S. 361.

***) Greve hat sie im Anhange seiner Memoria Westphali S. 419 abdrucken lassen.

†) Greve S. 207.

29. August 1571 zum Superintendenten der hamburgischen Kirche erwählt, und hatte als solcher schon Gelegenheit, für die Wahrheit zu reden; Streitschriften konnten seinem Wirken als Superintendent nur hinderlich sein.

Gerade im August 1571 hatte auch der Herzog Julius von Braunschweig wieder eine Zusammenkunft der niedersächsischen Theologen in Wolfenbüttel veranstaltet. Er hatte ein Jahr früher ihnen erklärt, er wolle bei der Kirchenordnung, die er auf Grund der augsburgischen Confession, der Apologie, der schmalkaldener Artikel und Lutheri Catechismen gestellt, bleiben; er bäte sie, zu sagen, ob sie mit der Lehre, die in diesen vorgetragen, übereinstimmten und nach diesen die Streitigkeiten schlichten wollten. Westphal, der auch unter diesen Theologen war, antwortete, er habe die Doctrinalia in der fürstlichen Kirchenordnung gelesen und fände sie so abgefaßt, wie in ihren Kirchen die Lehre allerwege bisher geführt sei. Darin hatten auch die andern fremden Geistlichen zugestimmt. *) Jetzt schlug der Herzog ihnen vor, nach dem Exempel, welches die Kirchen Anno 1556 in gleichem Falle wider den Calvinum mit großem Nutzen gebraucht, — eine gemeinsame Confession, wie von den controversis articulis nach Gottes Wort und nach der alten Grundveste Lutheri gelehrt wird, zu unterschreiben **). Chemnitz hatte zu diesem Endzweck „eine wiederholte, christliche gemeine Confession und Erklärung" gestellt; er hatte sie vorher mit Chytraeus bei einer Zusammenkunft in Boizenburg besprochen; doch Chytraeus war ängstlich geworden und lieber vom wolfenbüttler Convent weggeblieben. Allein gegen sein Erwarten fand die Schrift allgemein Anklang, und er ward, als später der damalige Coadjutor von Chemnitz, Mag. Pouchenius, sie nach Rostock brachte, um die Billigung der Universität zu erhalten, so von derselben eingenommen, daß er den Wunsch aussprach, daß über alle streitigen Artikel eine solche Declaration

*) Rehtmeyer Braunschweigsche K. G. III. S. 353.
**) Rehtmeyer a. a. O. S. 375.

ausgearbeitet werden möchte.*) Auch die hamburger Pastoren billigten das Bekenntnis und hielten jede fernere Verhandlung über dasselbige für überflüssig; doch der lüneburger Superintendent Goedemann hatte Bedenken; er fürchtete, wie er sagte, daß das ewige Bekenntnismachen nur neue Lästerungen von Seiten der Katholiken zur Folge haben könnte; glaubte aber im Grunde seines Herzens, daß man den Wittenbergern Unrecht thue**).

Der Herzog Julius schrieb dem Churfürsten aber directe, wie die braunschweigischen und niedersächsischen Geistlichen keineswegs, wie der Churfürst wohl glauben möge, Anhänger des Flacius seien; nein, daß sie gegen die Wittenberger sich zu erklären gezwungen seien, weil diese und ihre Anhänger in Sachsen gar nicht für rechte Lutheraner gelten könnten und nur deshalb Andreaes Vermittelungsversuch zurückwiesen, weil sie selbst calvinistische Ansichten hegten. Der Churfürst war über diesen Vorwurf erschrocken; Manches mochte dazu kommen, was einen solchen Argwohn in ihm nährte. Als er auf einer Reise nach Wittenberg kam, ließ er plötzlich seinen Verdacht und Aerger gegen die Theologen aus und forderte von ihnen, daß sie den (cryptocalvinischen) Katechismus, ins Deutsche übersetzten, damit auch seine Gemahlin sich über denselben ein Urtheil bilden könnte. †) Die Theologen suchten sich zu rechtfertigen; der Churfürst verlangte aber eine Synode der Geistlichen seines Landes, und daß sie dort ein „gut Lutherisches" Bekenntnis vom Abendmahl aufsetzten. Am 7. October trat die Synode zu Dresden zusammen; am 10. schon unterschrieben alle Anwesenden den „Consensus doctrinae, die kurze Wiederholung der Bekenntnisse der Kirchen Gottes in des Churfürsten zu Sachsen Landen." Der Churfürst war mit demselben sehr zufrieden, ja, über denselben so erfreut, daß er in einem Schreiben an den Herzog

---

*) Krabbe, der Universität Rostock. S. 662. Rehtmeyer III. Beil. S. 106.

**) Bertram, Lüneburg. Kirchenhist. S. 196.

†) Greve: Westphal p. 208. Heppe, S. 408. Beil. 134.

Julius sich hart über die Verdächtigungen, von denen dieser ihm geschrieben, ausließ, und es scharf rügte, daß die niedersächsischen Theologen ein Bekenntnis gegen diesen Consensus veröffentlicht hätten. Er meinte nemlich, daß das Bekenntnis von Chemnitz, das erst im December im Druck erschienen war, gegen das seiner Theologen gerichtet wäre. Und allerdings standen beide Bekenntnisse im geraden Widerspruch; das dresdener war ganz auf Melanchthons Art *), von der mündlichen Nießung des Leibes Christi war gar nicht die Rede; die Lehre von der Ubiquität des Leibes wurde ausdrücklich zurückgewiesen. Die orthodoxen Theologen hörten darum nicht auf, gegen die Cryptocalvinisten zu schreiben. Die Jenaer sprachen „von den Fallstricken etlicher Sacramentschwärmer in Wittenberg, die im neuen Bekenntnis listig versteckt". Lucas Osiander fand „zweierlei widerwärtige Lehrer und Geister in der Schrift, davon ein Theil gern die Lehre Lutheri handhaben und forttreiben wollte, der andere aber muthwillig dieselbe Lehre verfälschet und das zwinglische Gift darunter menget"; die Prediger in Frankfurt schwiegen nicht; Andreae, der in seine Heimath zurückgekehrt war, veranlaßte „eine Wiederholung und Erklärung der Kirchen und Schulen in Würtemberg von der Person Christi", in der die „Grundveste" ein Machwerk heimlicher Zwinglianer" genannt wurde.

Der Herzog Julius war von dem Angriff des Churfürsten so überrascht, daß er sogleich von seinen Theologen eine Entschuldigung verlangte, den Churfürsten zu besänftigen; und wirklich war Selnecker, der ja noch in des Churfürsten Solde stand, wenn er gleich in Braunschweig war, und immer eine verdächtige Rolle spielte, schwach genug, in der Antwort, die er verfertigte, zu rühmen, „daß der Sacramentirer Gaukelei aus den Kirchen in Chursachsen ausgefegt sei **). Wurde der Churfürst aber auch dadurch in seiner Ueberzeugung gestärkt, daß in seinem Lande das ächte Lutherthum herrsche; so sollte er doch bald zu anderer Ansicht kommen. Am

*) Heppe a. a. O. S. 409.
**) Planck V., 2. S. 600. Heppe II. S. 419.

3. März 1573 starb der Herzog Johann Wilhelm von Sachsen, und da er nur unmündige Söhne hinterließ, übernahm der Churfürst die Regierung über diese Länder. Da hielt er es für seine Pflicht, die Gegner der reinen Lehre, Heßhus, Wigand, Rosinus, alle Anhänger des Flacius, zu vertreiben, und dem flacianischen Unwesen ein Ende zu machen; er ließ eine umfassende Kirchenvisitation im ganzen Lande anstellen und alle Pfarrer auffordern, sich schriftlich zu erklären, ob sie das Corpus Misnicum annehmen, keine flacianische Bücher mehr lesen, oder ihr Amt verlassen wollten. Die Zahl derer aber, die lieber Haus und Hof im Stiche ließen, als gegen ihre Ueberzeugung dem Churfürsten folgten, war so groß, daß bald die Pfarreien im Lande nicht mehr besetzt werden konnten, wiewol sie jungen Studenten angeboten wurden. Indeß plötzlich fand ein Umschlag statt. Der Churfürst hatte über diese harten Maßregeln viel hören müssen; der Herzog von Würtemberg und der König von Dänemark hatten ihm Vorwürfe gemacht; der Argwohn gegen die calvinistische Richtung seiner Theologen ward auch von andern Seiten genährt. Nun erschien in Leipzig ein Buch „Exegesis perspicua et ferme integra controversiae de sacra coena,“ das freilich von einem schlesischen Arzte stammte, aber durch den Buchdrucker Vögelein heimlich verschenkt und verbreitet wurde, in welchem die Lehre Melanchthons auf vortreffliche Weise auseinandergesetzt war. Dies Buch wurde dem Churfürsten als offenbarer Beweis des in seinem Lande herrschenden Calvinismus vorgelegt, und als er nun seine Theologen nach ihrem Urtheil über dies Buch fragte, und hörte, daß sie dasselbe billigten, da entbrannte sein Zorn. Er ließ sogleich den Kirchenrath Stössel, den Hofprediger Schütz, seine Leibärzte Hermann und Peucer, wie den Geheimrath Cracov verhaften und in Untersuchung nehmen. Mit Entsetzen sah August, daß seine eignen vertrauten Diener, denen er sich mit Leib und Seele anvertraut hatte, sich offenbar dem Calvinismus ergeben hatten. Vier von den genannten wurden ins Gefängnis geworfen, mußten da Jahre lang, Cracov bis an seinen Tod, 1575, schmachten. Hermann

wurde, wie die vier wittenberger Professoren, Pezel, Widebram, Moller und Cruziger, des Landes verwiesen; andere verdächtige Beamte desgleichen. Der Calvinismus sollte im sächsischen Lande ausgerottet werden, und die „Torgauer Artikel", die der Churfürst aufsetzen ließ, sollten als Symbol gelten.

Inzwischen hatte Andreae nicht geruht, das Werk der Einigung zu Stande zu bringen. Er hatte das gelernt, daß er wohl die Wittenberger durch Sanftmuth und Nachgeben, die Niedersachsen aber nicht gewinnen könne, wenn er sich nur auf ein positives Bekenntnis stützen wollte*); er mußte die Gegenlehre widerlegen, die Hauptirrlehrer nennen. Er arbeitete deshalb in Eßlingen „Sechs christliche Predigten" aus „von den Spaltungen, so sich zwischen den Theologen augsburgischer Confession von Anno 1548 bis auf das Jahr 1573 nach und nach erhoben" und zeigte, wie sich ein einfältiger Pfarrherr und gemeiner christlicher Laie, so dadurch möchte verärgert sein worden, aus seinem Katechismus darein schicken soll." In der ersten handelte er von der Rechtfertigung, in der zweiten von den guten Werken, dann von der Erbsünde und vom freien Willen, von den Mitteldingen, von dem Gesetz und Evangelium, und endlich in der sechsten von der in den Nachtmahls-Streit eingeflochtenen Lehre von der Person und den Naturen Christi. In jeder dieser Predigten bezeichnete er namentlich die, von denen der Streit über den bezeichneten Artikel veranlaßt war, also, daß in der ersten Osiander, in der zweiten Major, dann Flacius, Strigel, die Wittenberger, Agricola und in der letzten „die neuen Wittenberger" genannt waren. Im März 1573 sandte Andreae diese Predigten gedruckt, mit einer Zuschrift, an den Herzog Julius von Braunschweig, in der Hoffnung, daß „nun doch gewiß Jedermann daraus ersehen werde, wie sein Gemüth niemals gewesen sei, bei dem von ihm getriebenen Concordien-Werke die geringste Corruptele oder Verfälschung reiner Lehre zu billigen und zu beschönigen". Andreae hatte diese Predigten auch an Chemnitz geschickt und ihn gebeten,

*) Starcke: Lübecksche K.-G. S. 449.

sie dem Ministerium der Stadt Braunschweig mitzutheilen, an Chytraeus, der damals auf der Reise nach Oesterreich war, und an Wigand und Westphal, mit der Bitte, sie in der niedersächsischen Kirche unter der Hand zu verbreiten, um den Wunsch der würtembergischen Kirche, die Einigkeit zu erhalten, fühlbar zu machen*). Westphal begrüßte diese Predigten mit Freuden; er sandte sie im October nach Rostock, und bat um die Zustimmung der Fakultät, da Andreae sein Werk auf eine zweckmäßigere und bequemere Weise als früher fortsetze. Die Rostocker wandten sich zuerst an Chytraeus, am 31. October 1573, und baten ihn, der sich damals noch auf seiner Reise nach Oesterreich in Berlin aufhielt, da er, wie sie hörten, mit andern Theologen, die sich bis dahin als eine Mauer, um die Reinheit der Lehre zu vertheidigen, den Corruptelen entgegengesetzt hätten, in Salzwedel zusammen sich besprechen wollte, ihnen seine Ansicht von der Sache zu schreiben, damit sie eine Antwort, die mit seiner, Wigands, Chemnitzens und der Braunschweiger übereinstimme, an Westphal senden könnten. An Westphal schrieben sie darauf im December, daß Chytraeus mit ihnen übereinstimme, daß sie, um die Einigkeit der benachbarten Kirchen zu erhalten, einen Convent in Lüneburg halten müßten; sie überließen es aber seinem Urtheile, ob es besser wäre, die Obrigkeiten durch einen Brief von seiner und Chemnitzens Seite oder durch einen vom Herzog Julius von Braunschweig dazu zu bewegen, damit ein solcher Convent nicht Verdacht errege**). Ob dieser Convent zu Stande gekommen, ist nicht gewiß. Westphal hatte eine Furcht vor einer solchen Zusammenkunft (Bertram Beil. p. 171) und ist auf keinen Fall auf demselben gewesen, da er in dieser Zeit schon sehr schwach wurde. Die niedersächsischen Theologen stimmten nicht für das Unterschreiben der Predigten, sie traueten Andreae nicht, weil sie seine früheren Bemühungen für das Einigungswerk im Gedächtnis hatten, deshalb sprachen sie durch Chemnitz den Wunsch aus, daß das Wesentliche in den Predigten durch einige

*) Planck Th. 6, S. 408.

**) Schütze, vita Chytraei t. II. p. 393 und Append. p. 40 ff.

angesehene Theologen ausgezogen und in Form von eigenen Artikeln gebracht werden möchte, bevor sie sich weiter auf dieselben einlassen könnten. Die tübinger Facultät bezeugte in einem Schreiben an das lübecksche Ministerium *), daß Andreae dem gegebenen Rathe folgen und kurze Thesen und Antithesen aus den Predigten ausziehen wolle, sie suchten ihn auch wegen der früheren Weglassung der Antithesen zu rechtfertigen und sagten, daß sie mit Freuden der berühmten Theologen Chemnitz und Westphal gelehrte Briefe gelesen, da ihr Inhalt ihnen sehr günstig seien, in welchen diese nicht nur selbst die sechs Predigten des Andreae billigten, sondern auch ihnen kund thäten, daß die Lichter der sächsischen Kirche, Wigand, Chytraeus, Heßhus u. A. derselben Ansicht seien." So entstand Andreaes Explicatio controversiarum, das s. g. Liber Tubingensis **). Westphal aber war schon, ehe es erschien, entschlafen, am 16. Januar 1574.

So zeigt das Letzte, was wir von Westphal, als Theologen, erfahren, seine Theilnahme an einem Friedenswerke! Ihn, als Menschen und Pastoren, zu charakterisiren, mögen noch einige Aeußerungen von ihm aus seinen Privatschriften dienen.

Im Jahre vor seinem Tode, machte er sein Testament. In dieses schrieb er: „Damit aber meine Lehre nicht in Zweifel gezogen werde, so bezeuge ich vor Gott, dem Richter der Lebendigen und Todten, daß ich die ganze Zeit über, die ich im Kirchenamte gewesen, meine größte Sorge habe sein lassen und Fleiß daran gewendet habe, daß ich die prophetische und apostolische Lehre schlecht und recht und nach dem Maße meiner Gaben verständlich und klar der Gemeine vortragen möchte, nach dem Worte Gottes in allen Artikeln des wahren Glaubens. Unnöthige und verwirrende Disputationen, allerlei Verfälschungen und neue Lehren habe ich geflohen und vermieden, auf daß ich mir bewahrete die gute Beilage, die ich von dem Manne Gottes, Dr. M. Luther, hochlöblichen Gedächtnisses und von seinen Mitbrüdern aus dem Worte Gottes

*) Starcke S. 449.

**) Planck Bd. VI. S. 409.

empfangen habe, und bleibe bei dem Vorbilde der heilsamen Lehre und gesunden Worte, verwerfe und verdamme noch alle Irrthümer, Ketzereien und falsche Lehren, alte und neue, welche Namen sie haben mögen, welche dem lautern Worte Gottes entgegen und dem christlichen Glauben zuwider sind. Meine Predigten habe ich zum größten Theile schriftlich verfasset und aufbewahrt, damit ich Jedem, der es von mir fordert, von meiner Lehre Rechenschaft geben könne. Ueber diese meine Predigten und Schriften wolle der christliche Leser, dem sie etwa vorkommen, gütlich urtheilen und richten nach der Richtschnur der heiligen Schrift, der bewährten Symbole, der augsburgischen Confession und deren Apologie, der schmalkaldener Artikel, auch der Bekenntnisse, so von den benachbarten Städten ausgegangen sind. So ich aber als Mensch an einer Stelle gefehlet, und gefunden werde, was nicht überall mit dieser Richtschnur übereinstimmt, so bitte ich, man wolle das an seinen Ort setzen, corrigiren und wegthun und mir solches zu gute halten. Denn ich spreche gerne mit dem heiligen Bischof Augustin und andern rechtgläubigen Lehrern den Propheten und Aposteln vor Allem die Ehre zu, daß sie die zweifellose Wahrheit in ihren Schriften der Gemeine Gottes ohne allen Irrthum gelehrt und nachgelassen haben, und es sollen keines Menschen, er sei so hoch und so gelehrt, als er sein kann, Schriften mit den Büchern der heiligen Schrift, den Canonicis libris, gleich gesetzt und gehalten werden. Bei diesem meinen Bekenntnisse wolle mich der barmherzige Gott durch seinen heiligen Geist in Jesu Christo, meinem Erlöser, in dem wahren Glauben der allgemeinen apostolischen Christenheit bestätigen, stärken, erhalten zur ewigen Seligkeit. Amen.

Am **11.** December **1573** sandte er noch dem Rath ein Schreiben, das beginnt: „Liebe Herren. Ich bitte euch bei meiner letzten Hinfahrt in das andere selige Land, um Christi willen, daß Eure Weisheit, als eine christliche Obrigkeit und Gottes Dienerin, der Kirche die reine Lehre und Religion unsers Herrn vor allen Dingen sich lasse befohlen sein, und mit allem nützlichen Fleiße darauf sehe, daß diese christliche Gemeinde bei der angenommenen und bekannten Wahrheit in gottseliger Einigkeit und Frieden gefördert und erhalten werde, und sacramentirische und andere falsche Lehren nicht sein, eindrängen und Raum gewinnen lassen." — Er bat, daß ein Superintendent eingesetzt werde, der die Einheit in der Lehre erhalte, daß die Pastoren die Früchte ihrer Arbeit genießen möchten. „Auch bitte ich Euer Weisheit als Gottes Amtleute, daß ihr jedermänniglich Recht und Gerechtigkeit verschaffen möget, vornämlich der verlassenen Wittwen und Waisen Sache euch treulich annehmen und ihnen aufhelfen lasset, damit nicht ihre Sache einige oder viele Jahre in der Schwebe bleibe und darüber die armen Wittwen vexirt und geplagt werden. Eure Weisheit wolle auch allen Ernst gebrauchen mit gebührlicher Strafe wider die vielen ärgerlichen Sünden, Laster und Schandthaten, als Mißbrauch des Namens Gottes, Fluchen, Lästern, Schwören, Hurereitreiben, Ehebrechen, Wuchern u. a. m.

Um den Armen eine leibliche Erquickung zu verschaffen, hatte er selbst schon im Jahre 1564 eine Stiftung in der Catharinen-Kirche gemacht, und der Prediger Georg Tappe hatte von seinem Gelde hinzugethan, daß am Dienstag nach dem Sonntage Laetare, an dem das Evangelium von der Speisung des Volkes gepredigt wird, unter eine Anzahl armer Leute nach einer Anrede durch den Pastor eine Menge Brod und Fische vertheilt werden möge. Die Stiftung vermehrte er in seinem Testamente, machte auch ansehnliche Legate für Stipendien, um Jünglinge, die Theologie studiren, zu unterstützen, so daß noch jetzt, nach 300 Jahren, Viele sich Westphals Testament freuen. Kurz vor seinem Ende sagte er: „Ich werde wohl schwach für dieses Leben, aber fürs andere, ewige Leben gewinne ich Kraft, weil dahin mein Lauf gerichtet ist. Welt, lebe wohl! lebe wohl! lebe wohl! Christus ist mein Leben und Sterben mein Gewinn! — Ich wünsche abzuscheiden und bei Christo zu sein! — In Deine Hände befehle ich meinen Geist! Du hast mich erlöset, Du Gott der Wahrheit; auf dich habe ich meine

Hoffnung gesetzt, o Herr; ich werde nicht erschrecken in Ewigkeit!" — So tönte noch beim Sterben nach der Wahlspruch seines Lebens:

Cor pavidum trepidumque, Deus, rogo, des mihi nunquam,
Obfirmes animum speque, fideque meum!

Schrecken und Furcht, o Gott, laß niemals das Herz überwinden,
Gib, zur Stärkung des Muths, Glauben und Hoffnung zu Dir!

CPSIA information can be obtained
at www.ICGtesting.com
Printed in the USA
LVHW040425110522
718423LV00002B/456

9 783375 010522